古典文藝研究輯刊

十一編

曾永義 主編

第2冊

西方漢學家的中國文學觀研究
——一次後殖民理論分析實踐（下）

胡淼森 著

國家圖書館出版品預行編目資料

西方漢學家的中國文學觀研究————一次後殖民理論分析實踐
（下）／胡淼森 著 — 初版 — 新北市：花木蘭文化出版社，
2015〔民 104〕
目 4+182 面；19×26 公分
（古典文學研究輯刊 十一編；第 2 冊）
ISBN 978-986-404-108-4（精裝）
1. 中國文學 2. 文學評論
820.8   103027539

古典文學研究輯刊
十一編 第 二 冊   ISBN：978-986-404-108-4

西方漢學家的中國文學觀研究
————一次後殖民理論分析實踐（下）

作　　者　胡淼森
主　　編　曾永義
總 編 輯　杜潔祥
副總編輯　楊嘉樂
編　　輯　許郁翎
出　　版　花木蘭文化出版社
社　　長　高小娟
聯絡地址　235 新北市中和區中安街七二號十三樓
　　　　　電話：02-2923-1455／傳真：02-2923-1452
網　　址　http://www.huamulan.tw 信箱 hml 810518@gmail.com
印　　刷　普羅文化出版廣告事業
初　　版　2015 年 3 月
定　　價　十一編 29 冊（精裝）台幣 52,000 元

西方漢學家的中國文學觀研究
——一次後殖民理論分析實踐（下）

胡淼森　著

目

次

第四章　當代西方漢學家中國文學觀新趨勢

　　按照斯賓格勒的說法，每一種文明體都有其「原始象徵」：西方文化的原始象徵是「純粹而無窮的空間」，阿拉伯文化的原始象徵是「世界洞穴」、古埃及文化的原始象徵是「道路」，中國文化的原始象徵是「道」，「中國之道」不同於埃及式的從起點到終點的必然性道路，而是「徜徉於他的世界」、「通過友善親切的自然本身」，更具有「天人合一」的色彩。〔註1〕

　　改革開放以來，中國創造了巨大的經濟奇蹟，這種經濟奇蹟是在一種典型的「非西方」模式下取得的。同東亞乃至東南亞各國全盤套用西方資本主義制度不同，中國的政治、經濟和社會制度，在西方國家看來依然保存有專制國家的因素，對中國的人權、政治制度乃至匯率和市場開放程度的批評之聲不絕於耳。然而，中國卻在沿著自己的道路穩步前進著，到 2009 年 GDP 躍居為世界第三。西方世界在驚歎中國經濟成就的同時也不得不考慮評價與定位問題：即一個國家能否在不因襲西方道路的前提下取得同樣的經濟成就。比起 20 世紀八九十年代以「儒家資本主義」而名噪一時的亞洲四小龍，中國經濟的迅速崛起更是一種「異類」的奇蹟，甚至構成了對馬克斯‧韋伯「新教倫理與資本主義精神」論調的反諷，其國家模式也無法用西方的民主體制加以定位，這就對西方經濟學、政治學乃至哲學思想傳統提出了更加無法迴避的挑戰。

〔註1〕〔德〕斯賓格勒著《西方的沒落》（第一卷），吳瓊譯，上海：上海三聯書店2006 年版，第 26～28 頁。

第一節　範式突破：彰顯「異」的價值

　　漢學本質上是西學。西學體制下的漢學從屬於東方學內部，而東方學又被納入寬泛的歷史研究、人類學研究和語言學研究的範疇內，從屬性的學術地位也就決定了漢學與思想、哲學的絕緣。一種「人類學模式」自列維・斯特勞斯的結構主義神話學開始就橫亙在西方學術體制內：非西方文明只具備某種「比較」意義，即以西方的尺子來丈量非西方的對象合不合標準，西方永遠是理論，東方只能是具體的例證或者第三世界的異類景觀。

　　當代世界的政治與學術、歷史與理論之間包含著深遠而複雜的聯繫。進入七八十年代，二戰以後獨立的前殖民地國家開始從文化上反思殖民主義話語，長期以來只能被表述的邊緣開始發聲，開始自我表述，影響到西方學術界，包括後現代主義、後結構主義和後殖民主義在內的「後學」紛紛興起，政治正確原則普遍確立，傳統的野蠻與文明、落後與進步、對象與主體二元對立的線性世界觀失去了合法性，人類必須學會寬容地看待文明的多樣性。

　　現代性的二元對立曾一度造成「去中國化」論調甚囂塵上，而當後學興起，反中心、反本質、反二元對立的風向在學界佔據主流之後，多極化的力量壯大，甚至開始同單極化思維相對抗，即用「對象」來反對「尺子」自身，於是如何重新對待中國這樣一個「絕對的他者」就成為擺在西方學界面前的新課題。在此背景下，學術界「再中國化」的風尚興起，其關注中國思想的異質性，而非像以往那樣停留在藝術和物質層面的中國熱。

一、經由中國反思「世界文學」

　　與傳統漢學家採用西方理論模式觀照中國文學相比，在 20 世紀漢學家艾田伯（René Etiemble, 1909～2002）身上，更多展示出一種百科全書式的智慧。在啟蒙時代影響了伏爾泰《風俗論》與孟德斯鳩《論法的精神》中的東西方比較視角，在 20 世紀則促使艾田伯經由中國反思法國與西方的文學研究，尤其是當時盛行一時的比較文學思潮，艾田伯在大量閱讀東西方文學文獻的基礎上洞悉了比較文學的危機，並提出了自己心目中的「比較文學之道」。這可以視為西方漢學家文學觀發展的新趨勢。

　　在 50～60 年代之交，法國學派與美國學派進行了激烈的交鋒，即以法國學派為代表的影響研究與以美國韋勒克、沃倫等人開啟的平行研究，前者重在文學史的梳理與彼此影響，是隸屬於文學史研究框架之內的，後者則提出

超越實際影響這一界限，從審美的共通性和文體、文類的普遍性入手，尋求某種跨文化的比較。其間又摻雜了對歐洲中心主義的批判與冷戰思維的參與，使得問題愈加複雜起來。

雖然像雷馬克等法國學者批評艾田伯為「搗蛋鬼」和「逆子貳臣」，但面對法美之爭，艾田伯始終站在法國中心主義乃至西方中心主義之外，不斷嘗試著用他者、東方的文學眼光來審視所謂的比較文學，並賦予這門學科以更多非偏見的價值。總體上看，艾田伯對於影響研究與平行研究的價值都有所承認，但本人更傾向於美國的平行研究。面對斯特拉斯堡大學的馬利尤斯——弗朗索瓦・基亞（Marius-François Guyard）的通俗入門讀物《比較文學》（*Littérature comparée*，收入了 1951 年《比較文學》叢書），他列舉並同意美國學者 C・S・布朗（Calvin S.Brown）的刻薄批評，基亞這本書將比較文學的工作歸為法國作家在國外、外國作家在法國、外國文學的相互影響這幾項，無形中賦予了法國中心地位（central position），將心比心，如果美國、阿拉伯和中國同樣做的話又將如何？因此，這種方法太過荒唐（madness lies）。

艾田伯認為，比較文學的危機正是在影響研究與平行研究的衝突以及西方中心主義與世界主義的衝突這兩大問題下凸顯的事件，危機論絕非危言聳聽。比較文學不僅面臨著方向與範疇的選擇問題，更面臨諸多棘手的現實問題，諸如學科建制、教學力量、語言翻譯、書目索引以及題目選擇等等。前述影響研究與平行研究的衝突，不妨看做文學研究的歷史學方法與廣義的批評學方法的博弈，前者將比較文學歸入文學史研究的範圍成為附庸，後者則更寬泛地服膺於世界文學與總體文學的理想，力圖將比較文學推向跨文化的比較文化，借用詩學的視角探尋人類普遍的審美共性與差異性，對西方舊的文體學、語言學和文類學等進行反思與改革。艾田伯的理想是建立一種真正意義上的比較文學：

> 這種比較文學把歷史方法和批評精神結合起來，把考據和文章分析結合起來，把社會學家的謹慎和美學理論家的勇氣結合起來，這樣比較文學立時便可以找到正確的對象和合適的方法。〔註2〕

理想的提出並不意味著問題的解決，反意味著更多問題的生成。艾田伯在批評影響研究的同時，也暗含著批評了比較文學界的某些西方中心主義思維，

〔註2〕　〔法〕艾田伯著《比較文學之道：艾田伯文論選集》，胡玉龍譯，北京：三聯書店 2006 年版，第 28 頁。

並對歌德的世界文學理想進行了回顧與重釋。他認爲18世紀的百科全書派代表了宏大視野下的理想比較學者，伏爾泰和孟德斯鳩都能夠從一個問題入手，利用其廣博的才能進行橫跨東西方文化間縱橫捭闔的比較，艾田伯認爲如果沒有這種才能，那麼大可不必去搞比較文學。〔註3〕他關於中國文化的最重要著作是《中國之歐洲》，其中主要是對於18世紀中法與中歐間思想與文化史碰撞、滲透與對話的歷史與可能性探索，對於純文學花費的篇幅不多。在《比較文學的危機》等重要的文學論著中，艾田伯對於中國文學的瞭解起到了加強舉證的力度和促進思想的生成的作用。例如，在提出平行研究的視角下對「意象」的比較研究可能性時，艾田伯引用戴密微在《中國古詩選》中對於中國意象獨特性的解釋，例如白色的明月與象徵「陰性」的西樓，烘托出李煜《相見歡》的蒼涼、孤寂與哀愁，而戈蒂耶（Judith Gautier, 1845～1917）在《玉書》（*Livre de Jade*）中寫詩人向蓮花傾訴愛慕之情，其實是弄錯了蓮花在佛教以及整個中國詩歌體系中的象徵意義，說明意象比較十分重要。〔註4〕

艾田伯相信中國文學與比較文學是交相互動的關係，他沒有把比較文學視爲僅僅屬於西方體系的學科，更不將理論視爲顛撲不破的眞理，相反，他始終是借助中國文學的研究對比較文學這一發端於西方的學科進行自覺的反思乃至顛覆。歌德說「理論是灰色的，而生命之樹常青」，艾田伯將中國文學視爲世界文學中的一部分，將東西方所有民族的文學都視爲常青的文學之樹。正是在這一宏大眼光觀照之下，艾田伯提出要「修正世界文學的概念」，他回顧了《歌德談話錄》中涉及到世界文學（Weltliteratur）的段落，欣賞並強調歌德的態度：「在這種情況下，我們要相互糾正」，而且歌德將詩歌視爲「人類的共同財富」的解釋雖然幼稚，卻體現出一種放眼四海的寬宏胸襟。並且，在宏大視野的背後是精神與審美領域的堅持：

> 我贊同歌德在世界文學中，尋找屬於一切文學美的永恒不變的東西。〔註5〕

在歌德的啓發下，艾田伯得以擺脫西方中心主義，站在人類的高度來審視世界文學，站在世界文學的高度審視中國文學。艾田伯批評所謂「理想書庫」

〔註3〕 《比較文學之道：艾田伯文論選集》，第32頁。
〔註4〕 《比較文學之道：艾田伯文論選集》，第37頁。
〔註5〕 《比較文學之道：艾田伯文論選集》，第91頁。

忽視東方、美洲和非洲文學的西方中心主義態度；當有朋友告訴他法國文學在 19 世紀成為其他文學的樣板時，他的回答是，不能忘了在「理想書庫」中一篇代表作也沒有的中國文學；而對格諾等人後來主編的《著名作家》一書中增添了許多中國現當代作家，艾田伯則發自內心地予以歡迎。

艾田伯呼籲西方人跳出本土立場，而其本人從來不缺乏這樣的勇氣。他在巴黎大學講授 19 世紀法國文學運動的課堂上，在按部就班地講完了浪漫主義、象徵主義等文學流派後，艾田伯向學生們大聲宣佈：「所有我參考和引用的文本，都是從我們稱之為公元前的中國文學中借鑒來的。」這種離經叛道的推崇，引起了一片驚歎〔註6〕。此外，回顧自己一生的求學經驗，他大膽地宣稱：

> 我的知識既來自孔子、莊子，也來自蒙田；孫子和康德幾乎給了我同樣的知識；而王充給予我的多於黑格爾。假如沒有在中國文化中繞一圈兒，大概我絕對不會找到我的真理、我的道德和我的幸福。〔註7〕

此外，他還認為自己作為漢學家，虧欠中國作品一份應有的位置。諸如此類離經叛道色彩頗濃的語句背後，透露出學貫東西的百科全書式學者對於中國文化發自內心的讚美，這是建立在一種寬宏博愛的世界主義眼光下的文化選擇。艾田伯是位西方學者，我們不應奢望其能完全擺脫西方文化立場的影響。但相比於前代和同代漢學家，艾田伯對於中國文化和文學的看法是健康的，不偏不倚，不神化其作用亦不貶斥其價值，他沒有忘記自己的法國人身份，只是並不神化或誇張這種身份的意義；這種對待他者的態度具有跨文化的借鑒意義：中國文學和文化並不能拯救世界，只是需要尋求沒有平等對話的機制，將自己的形象更客觀真實地展現在世界文學之林。

艾田伯的文論思想建立在對中國文字特徵的深入研究以及廣泛涉獵中國各個時代文學作品的基礎之上，並且一生同中國始終保持著深厚而持久的友誼。1934 年，艾田伯和戴望舒結為好友，並且合辦了《公社》雜誌，從年輕時期開始，艾田伯就關注魯迅、艾青、聞一多、馮乃超等最新的中國作家，甚至發掘出了毛澤東古體詩詞的審美意義。他不同意 M·盧瓦將中國現代作家稱為《牆頭蘆葦》（Roseaux sur le mur）的說法，認為不能單純從有沒有受

〔註6〕《比較文學之道：艾田伯文論選集》，第 210 頁。
〔註7〕《比較文學之道：艾田伯文論選集》，第 109 頁。

到「歐洲影響」來貶低或擡高中國文學的價值。艾田伯對中國文學的整體認知是建立在平等相互的對話基礎之上的，正是在啓蒙主義和世界文學的「通感」眼光之下，他對中國文學未來的世界意義做出了論斷，稱之爲「最有希望的文學」：

> 鑒於中國文學歷史悠久，鑒於它在各個領域（詩歌、小説、評論、戲劇）的豐富多彩的作品，鑒於它的文字——唯一能向全人類提供一種世界書寫語言的文字，每個人用各自的語言（無論是閃米特語、印歐語、婆勒語或班圖語），自然發音的語言，中國文學是我們人類最有前途的一種文學。〔註8〕

艾田伯的文學思想體系並非完美無瑕。比較文學面臨諸多細節乃至瑣碎問題，艾田伯提出建立眞正意義上的「世界文學」和「總體文學」，不但沒有解決固有的問題，反而將問題的關涉域空前拓展了。這對於文學思想而言是好事，但由此引發出了諸多的操作性難題躍然紙上。例如：一個學者究竟通曉幾門語言才有資格作比較文學？一個比較文學專業又需要引進多少這樣的學者？漢學家的漢語究竟達到怎樣的程度才能眞正理解中國思想？讀漢籍西譯本是否有意義？按照艾田伯的思路，比較文學的論文與課題選擇範圍將是空前甚至接近無限的，這是否會構成某種「幸福的煩惱」？艾田伯生前沒有解決這些問題，他對於這些問題的態度在不同場合下甚至出現過曖昧與矛盾之處，例如批評維吉爾·畢諾（Virgile Pinot）不懂漢語就寫了《中國對法國哲學思想形成的影響》（*La Chine et la Formation de L' Esprit Philosophique en France, 1640～1740*）〔註9〕和讚揚格諾不讀原文就能領會道家眞諦。借用章學誠對於《文心雕龍》與《詩品》的評價（《文心》「體大而慮周」，《詩品》「思深而意遠」），體大的「思想」往往難以「慮周」，然而在遺憾的同時，這也許反而能避免因「體大慮周」淪爲學科霸權話語的危險。

二、經由中國的思想與藝術之旅

艾田伯經由中國文學反思世界比較文學存在的問題，其同胞法國思想家弗

〔註8〕 《比較文學之道：艾田伯文論選集》，第213頁。
〔註9〕 《比較文學之道：艾田伯文論選集》，第13、15、174頁。並參見〔法〕維吉爾·畢諾著《中國對法國哲學思想形成的影響》，耿昇譯，北京：商務印書館2000年版。

朗索瓦·於連（François Jullien, 或譯余蓮, 1951～）則選擇了迂迴進入的方式，經由中國哲學的歷險而重新認識西方哲學傳統，從而成爲「（經由中國）從外部反思歐洲」的最大踐行者。於連的身份非常特殊，漢學家的淵博只是其入思的背景，對於孜孜不倦的文獻考據，於連從骨子裏表示厭倦，他希望擺脫和超越狹義的漢學研究，進入到對於中國這樣一個與印歐語系思想傳統截然對立的「異類」思想研究，揭示中國思想的獨特性，在此前提下反過來審視歐洲這把「尺子」，質疑希臘以降的歐洲思維傳統──學習中國是爲了返回希臘。

受歷史上學科分類的影響，漢學研究落入了某種俗套，即「一面是人或生平，另一面是作品或思想」，所有的漢學研究都受制於這種「人／作品」模式。〔註 10〕在於連看來，這種分裂的「傳記體」模式忽視了思想的深邃性，只是將中國的思想看成一個由人和作品組成的機械僵死的圖像，歸根結底是拿西方的模子來套中國。由此入手，於連提出，中國走過了一條與西歐完全不同的思想道路，其成就是完全「另類」的，需要眞正理解，中國思想的研究應該超越漢學模式，眞正將中國視爲絕對另類的他者來看待，而不是在多元主義的口號下從事簡單的比較。

在於連之前，福柯已經意識到東方思想的「無法解釋性」，這種完全陌生的體驗使西方的思想家福柯在日本禪宗面前表現得手足無措，徹底動搖了福柯清晰的哲學邏輯，使他說出某些不合規範的話來──「我認爲，禪完全不同於基督教的神秘主義。而且我認爲禪是一種神秘主義」。〔註 11〕日本的不可捉摸和不可框定已經引起了福柯的興趣，同時也令他不安，因爲其不合情理。儘管福柯強調了哲學命運在西方歷史經驗改變後的轉型必要，然而他只是指出了一種思想危機的跡象，並未完成自己的探索。在福柯停止思考的地方，於連開始了自己的解釋。於連反覆強調：同「日本經驗」相比，中國的思想無疑更具有原創性，因爲這是一個在與西方隔離的歷史環境中自發孕育出的思想文化傳統：「從嚴格意義上講，唯一擁有不同於歐洲文明的『異域』，只有中國」。〔註 12〕

長期以來，西方人眼中的「理論旅行」是單向的西學東漸，東方國家只

〔註 10〕〔法〕余連等著《（經由中國）從外部反思歐洲》，張放譯，鄭州：大象出版社 2005 年版，第 33 頁。

〔註 11〕《（經由中國）從外部反思歐洲》，第 10 頁。

〔註 12〕《（經由中國）從外部反思歐洲》，第 2 頁。

是理論的接受者，卻沒有對西學理論指手畫腳的權利。理論的旅行也意味著東方成爲靜止不變的「地點」、「對象」，只有西方能夠享受到理論背後所包含的高雅、自由與超脫。理論的旅行還意味著第三世界生成的任何學術話語只是變體，缺乏原創性，甚至可以說第三世界喪失了文化原創的資格，這樣導致的結果就是全世界只有一種學術話語，只有一種哲學思想，就是西方的傳統。然而細細想來，這些被人們不知不覺間默認的東西卻是反歷史的，新航路發現之前世界各大文明幾乎孤立發展，卻同樣創造出輝煌的成就；今日之西方有幸成爲世界的執牛耳者，卻只是 18 世紀以來幾百年間的事情，從人類動輒以千年爲單位的歷史來看，在歷史的長河中三百年也許只是短暫即逝的浪花而已，所以西方也無法擺脫某種文明的危機感。危機感越強烈，西方社會內部的保守主義話語就會泛濫，眾所周知的就是亨廷頓的「文明衝突論」和福山的「歷史終結論」，然而，前者相比於後者而言，至少承認了人類不僅僅有一種文明的事實。

　　於連秉承了法蘭西思想的顛覆性，他首先質疑這種理論旅行的合法性，他絕對不同意劉若愚借用埃布拉姆斯（Abrams, Meyer Howard, 1912～）著作《鏡與燈》（*The Mirror and Lamp, Romantic Theory and the Critical Tradition*）的「文本——世界——讀者——作者」四重模式歸納中國文學思想的做法，認爲這種西方式的所謂傳統，在中國傳統中可能是不存在或根本相異的。〔註13〕於連還以嘲諷的筆調寫下了福柯在東方國家遭遇到的尷尬：「福柯就像一位古代的旅行家，好似他剛剛在『某處』登陸，在一個陌生的國度，沒有任何地圖……」。理論的旅行者身份上的優越感，被這種「全然陌生」的體驗徹底打破了，既然理論沒有旅行的資格，那麼比較文學和漢學界所津津樂道的「比較」視角也就失去了意義。於連先破後立，繼而提出了文明「對立」的論點。然而這種對立與亨廷頓（Huntington, Samuel, P, 1927～2008）所謂的「文明衝突」（The clash of civilizations）不可等同，於連只是希望「找到一個相對於希臘的眞正對立物，一種原始的思想，人們可以從中讀到思想的另一個起點——凸現點」，〔註14〕這就給我們以啓示：文明間最初的關係是對立而非比較，只有正視差異才能避免種種先入爲主的偏見。

〔註13〕韓軍「跨越中西與雙向反觀——海外中國文論研究反思」，載《文學評論》2008
　　　　年第 3 期。〔美〕M.H.艾布拉姆斯著《鏡與燈：浪漫主義文論及批評傳統》，
　　　　酈稚牛譯，北京：北京大學出版社 2004 年版。
〔註14〕《〈經由中國〉從外部反思歐洲》，第 6 頁。

　　我們可以借助俄國形式主義學派（Russian Formalism）什克羅夫斯基
（Viktor Shklovsky, 1893～1984）的「陌生化」（defamiliarization）概念來描述
中國哲學對於連的啓發，經由遠東的中國，於連採取了「他者」的「陌生化」
視角來重新審視西方傳統，在拋棄了西方文明生活體驗所營造的許多前理解
和思維定式後，他重新獲得了面對西方時的「驚奇感」。於連發現：中西哲學
思想中的差異不僅僅表現爲答案不同，更表現爲問題的迥異，許多西方人習
以爲常的東西在中國傳統中卻聞所未聞，許多中國人反覆追問的問題在西方
傳統中則可能早已有了定論。

　　在《本質與裸體》（de l'essence ou du nu）一書中，於連就從人體攝影作
品出發，追問藝術是否絕對無功利性，絕對同欲望無關。他繼而發現：人類
的裸體在西方的雕塑和繪畫藝術中一開始就以光明正大的面貌出現，西方人
不以裸體爲羞，相反「裸」的概念逐漸由「匱乏」轉爲「盈滿」，「裸體使臨
在達其頂峰，供人靜觀」，〔註15〕裸體成了主體性的標誌，因爲只有人才能做
到「裸體」。這樣於連就由裸體問題進入到西方主體性的自我建構歷史，去除
了衣飾的人體成爲裸體，因其沒有任何外加物而成爲眞實、理想和純粹主體
的標誌。

> 　　裸體意謂本質，這一點我們可以在笛卡爾最著名的段落之一讀
> 到。……「赤裸」在此意味著把所有附加或移植之物去除，不再有
> 覆蓋和混合，因此能達到終極的眞實，並且不再改變：已經達到本
> 質的固定，具有存有學上的價值。因爲，化約到赤裸狀態，物理性
> 事物便會失去現象上的不堅定，因而具有形上學價值。換句話說，
> 存在只有在赤裸狀態下才能達致；當它被置於裸露狀態時，並不是
> 簡約，而是受到提升。〔註16〕

完成裸體與本質的關係論述，於連只是完成了工作的第一步。接著他嘗試跳
出西方固有的精神傳統，站在中國人的角度以驚訝的眼光看待裸體藝術的歷
史。問題出現了，爲什麼中國美術中沒有裸體？（當然這裡要排除掉一些拙
劣的春宮畫）。「中國裸體之不可能」，這是一個比較美學的話題，並最終引向
了比較文化。於連嘗試從幾個角度論證中西方在「裸體」問題上的差異：

〔註15〕　〔法〕弗朗索瓦・於連《本質或裸體》，林誌明等譯，天津：百花文藝出版社
　　　　2007 年版，第 7 頁。
〔註16〕　《本質或裸體》，第 24～25 頁。

1. 西方的裸體意味著本質，其包含著認識論預設：本質與現象、主體與外界的二元對立，中國則更願意在世界或自然的層面來甚至本質，中國思想中沒有善惡眞僞絕對的鬥爭，中國人不將人自身置於獨一無二的存在地位，而更多講求人與自然的內在和諧，尤其是宋代蘇東坡之後人物畫的地位遠遠低於山水畫；

2. 裸體藝術是建立在模特靜止的前提下，凝固的是畫家認爲最代表人體美的「瞬間」，中國人不是以靜止的眼光來看待與表現世界的，在爲人物畫像時，畫家也絕不會讓模特靜止或擺姿勢，而是觀察其活動、行爲，於動態中觀察其「神」，所以有「畫龍點睛」「頰上三毛自有神」等典故；

3. 西方美術強調的是封閉畫面突如其來的震驚效果，像《維納斯的誕生》等裸體繪畫給我們展示的是瞬間的、無法抗拒的生命之美，「這個裸體的臨在本身更令人驚奇——這裡『驚奇』也要取其強烈意義，即 thambos，普洛丁所說面對美時的驚駭」〔註17〕，而中國藝術深受莊子和道家哲學影響，講求「得意忘言」「象外之象」，有些貌不驚人的作品，細細品味後卻令人拍案叫絕，故有閻立本三觀張僧繇遺作方悟其妙處的佳話；

4. 西方美術是再現的藝術，中國美術則是寫意的藝術，與文字、書法關係密切。中西藝術雖然講求和諧，但西方的和諧是綜合性的（synthéthique），中國的和諧則是調節性的（régulatrice），一重分析統攝，一重持續變動，恰如體操與太極拳的差別。

於連使用的中西藝術對觀法取得了許多新穎的見解，他洞察到了中國人拒絕「一覽無遺」的裸體背後是「恬淡」「平淡」的審美習慣：

> 他們喜愛的恬淡具有一種無窮盡的展布能力。這恬淡是一種不引人注目的平淡。……裸體總是奇觀，不論我們是否有意如此。中國的審美談論樣式，確實推崇相反的方向：「初不引注意，但覺餘味無窮」。〔註18〕

最能代表中國人藝術精神的就是太極拳，具有無盡的延展性與可能性，依靠呼吸、流動遊走於天地之間，卻不像西方體操那般著眼於肌肉。中國人忽略「肉體」而重視「衣服」，當西方畫家孜孜不倦地尋求人體最合適的比例時，蘇東坡等中國畫家卻認爲雲彩與石頭比人體更具藝術價值，雲石皆無定形，

〔註17〕《本質或裸體》，第29頁。
〔註18〕《本質或裸體》，第45頁。

比起依賴皮囊的人來要更爲空靈自由。中國畫家甚至將畫人體視爲畫死人，雖然中國人不缺少逼眞臨摹的能力（看一看歷代的花鳥工筆畫就知道了），但就是對人體的肌肉和骨骼不感興趣，反而留下諸如吳帶當風這樣的衣袂飄搖典故。這一反主體的美學究竟還能不能算是美學？中國的藝術還能不能稱爲西方意義上的藝術？於連在這些問題上踟躕不已。最後他嘗試著剝離「美」或「美學」的偏見，以本質直觀的現象學筆法描繪中國藝術的眞髓：

> 中國的藝術家並不尋求在可見者中使最可見者湧現、也不尋求在其中包含著理想；相對的，他們追尋以可見者捕捉不可見者；他們要捕捉的是無形的左右，或曰「神」。〔註19〕

中西藝術美學比較的結果是對「美學」概念本身的質疑，於連似乎經由中國發現了 18 世紀以來的「美學霸權」，用「感性」來命名所有人類藝術，是否在有意無意間剝奪了「非感性」的藝術的存在權力？當西方人從古希臘開始就將形式與內容的二元對立視爲所有藝術品的本質特徵，認爲藝術就是以形式統領質料，從而賦予質料以超越其自身的意義之時，中國人的世界觀卻強調「氣」與「理」的相互和諧而非對抗衝突，中國人總是在過程中思考事物和存在本質，將世界和藝術品都視爲流動的而非靜止的。但在中西交流的過程中，中國藝術的本土化特徵用語卻被習慣性地翻譯爲「美」，「就好像美的觀念是一個根本的中心點，一切都必然以它爲中心圍繞」，「美」成了所有藝術評論的靶心，這就是一種美學中心主義霸權。於連希望能打破這種霸權。

美學和藝術問題背後是中西認識論模式的差異，於連發現：

> 中國與希臘不同，並不將可見與不可見（或是感官的與心智的、原則與原因、arché 及 aitia）做截然的區別。中國所有的注意力都集中在從此到彼的階段：從「靜」到「微」，而後者是結晶開始出現及成形之時；或者，相反的、具體的事物在淨化的過程中昇華（「精神」的觀念）在此，又可見到「轉變」觀念的出現。在希臘世界的形式，突出、固定且絕對，是一種稱霸的形式；而中國採取相反的態度將注意力放在隱晦且持續的事物之上。〔註20〕

於連提出這些問題的同時也陷入了沉思與焦慮，作爲西方的哲學家和研究中國的漢學家，他的雙重身份令自己也陷入「不知爲誰言說」的迷局，有時候

〔註19〕《本質或裸體》，第 47 頁。
〔註20〕《本質或裸體》，第 81 頁。

他會用理念先行的眼光看中國，重複一些諸如「佛教傳入前中國無形而上學」之類的陳詞濫調；但有時候他會以中國文學藝術中獨有的概念如靜、勢、味等為武器，批判美學霸權主義和西方固有的認識論傳統。〔註 21〕我想，儘管於連經由中國反思自身的終點在於「自身」，中國只是媒介或工具而已，他也無法忘懷背靠的西方理論模式，甚至繞了一圈之後堅定了對自身文明的信仰，遠行是為了回家後以驚奇的眼光面對舊物〔註 22〕。但這位漢學家最可寶貴的經驗在於：他總是嘗試逃出西方文化的前理解（儘管無法絕對做到），避免以柏拉圖式理念——現實這樣的二元對立思維來按部就班地「套」中國對象，而是以存在的歷史事實為本源展開回溯性思考，盡可能用事實來「顛覆」自己早年習得的理論，這樣就能擺脫了許多形象學意義上的「套話」或「濫調」（比如中國藝術纖細、細緻入微等「讚譽之詞」隱含著將中國女性化的欲望）。這代表漢學家可貴的「自我突圍」精神探險歷程，更易為中國學者所接受和進行對話，這也拓寬了未來世界漢學發展的空間。

於連有一本書的名字叫做《迂迴與進入》（Le detour et lacces），縱觀於連的入思途徑，可以說迂迴的策略是為了進入，為了返回西方自身古希臘傳統。這也將所有學者推向一個「立場的悖論」：一方面，學者是必須要有本土文化的立場，秉持一種身份意識，正如海德格爾的一段大實話：

> 我堅信，只有在現代技術世界誕生之地才能作轉向的準備，這一轉向不能靠接受禪宗或其它東方的世界經驗完成。改變思想所需要的是歐洲傳統及對它的重新認識。〔註23〕

另一方面，後學以降的西方學者又竭力想超脫固有的身份，盡最大可能理解中國思想，甚至從根本上質疑從黑格爾開始直到亨廷頓和福山的西方——非西方二元對立模式的合法性。於連的身後是整個西方學術界和思想界的新動向，這種動向是由弗蘭克（Frank, Andre Gunder, 1929～）的《白銀資本》、何偉亞（James L.Hevia, 1947～）的《懷柔遠人》以及柯文（Paul A. Cohen, 1934

〔註21〕〔法〕余蓮著《勢：中國的效力觀》，卓立譯，北京：北京大學出版社 2009年版。

〔註22〕「在旅遊的終點上，我們回家，回到西方，我們想起了旅程上的感受，於是使得裸體的成為陌生。」於連的結論意味著他此次精神藝術之旅的終點還是確認裸體無可替代的「意義」。

〔註23〕轉引自〔德〕卜松山著《與中國作跨文化對話》，劉慧儒、張國剛譯，北京：中華書局 2000 年版，第 92 頁。

～）的《在中國發現歷史》等質疑和突破傳統中國研究範式、經由中國提出新思維的一系列著作造就而成的。〔註24〕

　　就這個意義而言，當代漢學界的「再中國化」包含著比17～18世紀中國熱深刻得多的思想意蘊，是一種更具有超越感的「再中國化」：人類經過了否定之否定，重新回歸到多元主義的道路上來。承認身份是爲了超越身份。正如莊子在《齊物論》中所說：

　　　　古之人，其知有所至矣。惡乎至？有以爲未始有物者，至矣，
　　　盡矣，不可以加矣。其次以爲有物矣，而未始有封也。其次以爲有
　　　封焉，而未始有是非也。是非之彰也，道之所以虧也。道之所以虧，
　　　愛之所以成。

今天看來，莊子這段話不啻爲對全球化時代知識分子立場問題的絕妙隱喻。「未始有物——未始有封——未始有是非——是非之彰」的遞減序列，也恰恰代表了西方現代性二元對立思維一步步塑造知識話語和知識群體的歷史過程。今天，全球知識分子都面臨著尷尬的局面：道已虧，愛已成，如何抉擇？如何突破？

　　按照薩義德的說法：一切的「再現」都是歪曲和過濾，把活生生的現實化約成一張張靜止的圖像，在相機出現前後都是西方人「報導」的潛在邏輯。薩義德認爲西方文化長期以來追求的「純粹」性其實質是一場騙局，人爲什麼一定要成爲「純粹」的某一類人呢？事實上，人可以成爲「混雜」的人，不存在一個共同的神聖「開端」，所有文明都是在不同地域自發生成的，每一種文明都有其合法性，而作爲個體都有選擇多種而非一種身份的權利。

　　種種「身份」導致的二元對立由此而生，愛與恨變成相伴相生的孿生兄弟。那麼，一種超越二元對立、「混雜」的生活方式是否可以看作知識分子值得的追求之一？作爲知識分子的漢學家在多大程度上能夠明晰身份意識，在明晰之後又在多大程度上能夠超越身份本身，達到一種「無中無西」的思想狀態，或者至少抱持在「封」與「是非」之間懸置價值判斷？依然是割捨不去的問題。至少，於連從「異」到「益」的入思路徑對中國學者有著另類的

〔註24〕　〔德〕弗蘭克著《白銀資本：重視經濟全球化中的東方》，劉北成譯，北京：
　　　　中央編譯出版社2008年版；〔美〕何偉亞著《懷柔遠人：馬嘎爾尼使華的中
　　　　英禮儀衝突》，鄧常春譯，北京：社會科學文獻出版社2002年版；〔美〕柯文
　　　　著《在中國發現歷史：中國中心觀在美國的興起》，林同奇譯，中華書局1989
　　　　年版。

啓示：以類似的方式返本開新，借助於遠行的距離感，眞正理解故鄉與本土文化的價值。〔註25〕

第二節　範式突破與譜系延續

　　在法國漢學自發地突破舊範式的同時，美國漢學界也對傳統的「中國研究」範式進行了自我清理與反思。集中體現爲費正清學派的內部調整、後現代與後殖民思潮的影響，甚至出現了一批「後殖民」漢學家的身影。

一、「以中國爲中心」仍屬內部調整

　　費正清本人新聞體般簡潔明瞭的寫作方式，被人譏誚爲「新聞史家」，費正清的學生如列文森、史華茲等人在思想和言說的深度上超過了老師，但費正清學派的特點一直延續到了 20 世紀 80 年代。這種「西方挑戰，中國響應」的寫作模式可以概括爲：以現代化理論爲指導，堅信中國現代化的過程主要是由於西方的侵入，這在中國社會造成了極大的結構性的變動，中國對西方的反應表現爲一系列的改良和革命，勾勒了中國近代史的主要面貌。〔註26〕

　　進入 20 世紀 70 年代，由於後學興起以及美國大學政治生活的激進主義傾向，年輕一代的史學家，包括費正清的學生們，開始有意識地突破這一模式，強調中國傳統社會自身的變化。這種變化最終以 1984 年費正清的學生保羅・柯文（Paul A. Cohen, 1934～）的總結性著作《探究中國歷史：美國研究現代中國史的著作》（*Discovering History in China: American Historical Writing on the Recent Chinese Past*）爲標誌性成果。柯文在書中提出了突破以往三種類型的「西方中心主義」歷史寫作方式（包括衝擊——反應模式、現代化模式、馬克思主義的帝國主義批判模式），集中批判了費正清「衝擊——反應」模式的兩大缺陷，即忽視了中西方兩大變體之間的相互作用以及忽略中國自身特徵而損害中國研究的全面性。柯文讚賞以孔菲力（Philip A. Kuhn, 1933～，同樣是費正清的學生）所著《晚近中華帝國的起義和它的敵人們》爲代表的一

〔註25〕湯一介「研究海外中國學的意義」（*The Significance of the Overseas Chinese Studies Research*），2009 年 9 月 8 日在國家圖書館「互知・合作・分享——首屆海外中國學文獻研究與服務學術研討會」上的發言。
〔註26〕王晴佳「美國的中國學研究述評」，載《歐美漢學研究的歷史與現狀》，第 378 頁。

批新興著作，這些著作大多淡化西方影響而強調中國社會本身變化因素。以此爲契機，柯文呼籲要重視西方入侵之前中國社會自身的變化，最終確立「一種以中國爲中心的研究方法，即從中國本身的環境出發來研究近代中國的變遷」。〔註27〕柯文提出的「以中國爲中心的研究方法」包括四個方面的特徵：

　　（1）研究與中國發展有關的課題，而不是尋找能證明西方對中國影響的課題；

　　（2）對中國進行區域性研究，而不是把中國看成鐵板一塊：

　　（3）分層次研究中國社會，既考察上層，也研究下層；

　　（4）引進各種社會科學的方法和理論，與傳統的歷史學方法結合研究。

　　　　〔註28〕

　　這標誌著美國漢學自身的範式突破。具體到柯文理論與漢學家的中國文學觀思想之間的關係，需要清醒認識到：首先柯文在提出「以中國爲中心」時雖然批評了前人，但柯文自己也申明：提出這些修正意見恰恰是因爲他站在了費正清和列文森等巨人的肩上，因此應將其視爲費正清範式的內部修正而非外在顛覆；其次，柯文的著眼點主要是視角的改變，但他關注的研究領域同樣集中在社會史、經濟史和思想史領域，也就是費正清開創的以現代中國現實問題爲中心的研究領域，因此「以中國爲中心」只是視角的突破而非領域的突破，這種領域是以國家利益爲依據的實用主義選擇，憑藉學者一己之力無法改變；最後，柯文提出的理論並未能對漢學家研究中國文學問題產生直接和重大的影響，無法改變文學研究在美國實用主義漢學中的邊緣地位，新一代學者們依然將中國文學視爲史學研究的佐證或材料，而其他從事文學研究的漢學家並未能從柯文的理論範式突破中獲得多少啓發。〔註29〕

〔註27〕〔美〕柯文《在中國發現歷史：中國中心觀在美國的興起》，林同奇譯，北京：中華書局 1989 年版。

〔註28〕王晴佳「美國的中國學研究述評」，載《歐美漢學研究的歷史與現狀》，第 379 頁。

〔註29〕漢學家影響美國人的美學藝術觀，更多是經由龐德這樣詩人的「翻譯」與「改寫」，與費正清所代表的實用主義史學觀念大相徑庭。所以一些中國文學的實際翻譯者身上，我們更能發現中國文學的眞正非功利意義。例如同江亢虎（1883～）合譯過《唐詩三百首》的美國詩人陶友白（Harold Witter Bynner, 1881～1968），就在翻譯唐詩的過程中直觀感受到了中國文學之美乃是根植於其文字：「中國人的天賦就存在於他們的書寫語言中，存在於神秘字符的彎曲、方正與碰撞之中」，這種認識超出了費正清學派的任何一位專家。此外龐德的先驅費諾羅薩（Ernest Fenollosa, 1853～1908）很早就認爲「我們面臨的責任不

二、中國研究的後現代轉向及其爭議

在 20 世紀思想史譜系中，一般認為：後殖民主義、後結構主義和後現代主義同屬於「後學」思潮，三者都強調對於傳統的反叛，對於中心——邊緣二元對立的顛覆。但圍繞著美國漢學界關於中國歷史研究的範式轉換問題，最近爆發的眾多爭議卻預示著某種奇特的現象：在一定的語境下，後殖民主義與後現代主義可能走向對立面，展開激烈的交鋒。

爭議的焦點是何偉亞獲得列文森學術獎的後現代史學著作《懷柔遠人》（*Cherishing Men from a Far*），此書以其新穎的後現代視角重讀了 1793 年馬嘎爾尼勳爵出訪清朝期間中西雙方的博弈與交往，通過描述與舉證打破了西方人一貫的誤解，指出鴉片戰爭之前的中國在處理對外關係時並非堅持「朝貢體系」，而是根據實際情況靈活應變，中國也並非閉關自守的停滯帝國，問題在於馬嘎爾尼為代表的西方人不尊重中國禮儀，才會誤讀乃至歪曲出使中國的印象。此書一出，贏得讚譽無數，被譽為後現代史學的典範，也是漢學範式轉移到「以中國為中心」的標誌。

以中國為中心，重新思考中國史乃至整個近代世界歷史，不失為新穎的視角，然而《懷柔遠人》書中不乏許多後現代色彩的常識錯誤，史學界前驅周錫瑞（Joseph Esherick, 1942～）乾脆以「望文生義，方為妥善」來諷刺何偉亞和後現代式的研究方法，認為連「皇帝」和「黃帝」都分不開，將「方為」解釋為空間形狀，這樣的研究拙劣而可笑；然而何偉亞也不乏支持者，例如本傑明・艾爾曼（Benjamin A. Elman, 1946～）就為何偉亞的著作進行過辯護。圍繞著本書及其背後的後現代範式問題，包括杜贊奇（Prasenjit Duara）、魏斐德（Frederic Wakeman, 1937～2006）、黃宗智（Philip C. C. Huang, 1940～）在內的中外學者紛紛撰文討論，眾說紛紜。漢學領域的中國歷史問題逐漸演化

是去攻打他們的要塞或者利用他們的市場，而是去學習進而認同他們的人性和他們心中的願望……那些記錄在他們的藝術、文學和生活悲劇當中的思想理念，正是我們需要借鑒以充實自己的。」 費諾羅薩早在 20 世紀初期就意識到了中國的市場具有重大價值，但他恰恰提出了一條迥異於後世美國漢學家的治學路徑，那就是以心靈、藝術的共通性為原則，借鑒中國和東方藝術以充實自己。後世的意象派和垮掉的一代，正是在這個意義上找到了中國。See Ernest Fenollosa. *The Chinese Written Character as a Medium for Poetry.* Ed.Ezra Pound.San Francisco, California: City Lights Books, 1968.另參見江嵐著《唐詩西傳史論——以唐詩在英美的傳播為中心》，北京：學苑出版社 2009年版，第 217 頁。

出了多種分論題，引發了美國學術界對於漢學範式，歷史學的理論與實踐衝突以及後殖民主義與後現代主義關係等問題的思考。

首先是漢學範式問題，眾所周知美國漢學的興起本身就是反對傳統漢學的結果，按照楊念群的說法：傳統漢學「對中國的認識主要源於來華傳教士的各種報告、著述、書簡中拼貼出的一幅中華帝國的歷史圖景」，屬於對中國歷史進行的「想像式建構」；而美國「中國研究」（Chinese Studies）卻與古典漢學研究（The Classical Sinology）的分析路徑大相徑庭，它成為美國全球化總體戰略支配下地區研究（The Regional Studies）的組成部分，更多強烈的「對策性和政治意識形態色彩」。〔註30〕研究範圍偏重於現實中國，主要分析中國如何在同西方的交往中逐步走向現代化的現實性與可能性，因此具有更多「策論」色彩，即使是被麥卡錫主義者指責為丟失中國負責的費正清，其實研究與寫作的初衷也是幫助美國透視中國歷史，制定正確的對話策略，服務國家利益，其晚年重獲美國政府器重也有其必然原因。

相比之下，60年代初美國中國學界出現對於費正清模式的反思，其實是有政策鬆綁，意識形態控制漸趨放鬆的因素在裏面，這種反思更多集中在學術理念內部的分歧。80年代出現了柯文對費正清的批評，認為費氏過於重視中國沿海地區，且將中國社會的一切變化歸結為「西方衝擊」，無論是衝擊——回應模式、現代化模式還是馬克思主義模式，均為「西方中心論」的產物。柯文希望能夠新樹立起「以中國為中心」的史學研究方法，柯文的思想受到20世紀50～60年代殖民地獨立的背景影響，與後殖民主義的興起交相輝映，強調文化的多元共存特徵。〔註31〕同一時期，受到利奧塔（Jean Francois Lyotard, 1924～1998）後現代主義知識學的影響，美國漢學研究界的中國史研究也漸趨區域化，擯棄了費正清的宏大敘事，開始向地區史方向靠攏。受到改革開

〔註30〕 參見楊念群「美國中國學研究的範式轉變與中國史研究的現實處境」，載黃宗智主編《中國研究的範式問題討論》，社會科學文獻出版社2003年版，第289～290頁。需要補充的是，楊念群在這篇文章中沒有能夠對於歐洲漢學的歷史進行更多分析，只是籠統地概括為源於「來華傳教士」，未能注意到1814年之後歐洲專業漢學同傳教士漢學之間的重大區別。美國漢學同古典漢學相比，除了在思想層面一重戰略性而一重想像性之外，也包含著在方法上一重社會科學方法而一重人文科學方法，在內容上一重當代中國的經濟與社會史而一重古典中國的文獻、語言與文學。

〔註31〕 遺憾的是柯文本人的史學研究著作如《歷史三調》等並未能更好地體現自己的史學理念，體現出實踐與理論的某種脫節。

放影響，80 年代以後，中國學術界也吸取了美國漢學的成果，對一些的歷史事件如義和團、太平天國和洋務運動的評價也呈現出多元並置的場面。經過幾十年的發展，諸如現代化、革命、現代化、西化等概念背後的褒貶色彩漸趨淡化，人們開始以更爲客觀冷靜的態度面對中國歷史。

後殖民主義與後現代主義的結合，則在研究範式上呈現出更多離經叛道色彩，例如史學大師史景遷的著作已經漸趨模糊了史學與文學的界限。後現代史學深受美國新歷史主義影響，強調歷史的建構性，文學文本與歷史文本的相似性。在學術方法上對於歷史與文學區別的解構，以福柯式的視角強調話語與權力的共謀建構，同時在社會思潮領域受到了後殖民理論和少數族裔理論的衝擊，尤其是美國大學和學術機構「政治正確」運動的現實影響，導致了一批文風活潑、思維敏銳、具有顛覆色彩的學術著作誕生，《懷柔遠人》的出現並非偶然。

其次是歷史學的理論與實踐衝突問題。美國漢學界並非鐵板一塊，既有以客觀、實用、可操作的社會科學方法的學者，也有深受歐洲傳統漢學治學路徑影響的周錫瑞、魏斐德等人。圍繞著何偉亞《懷柔遠人》一書，歷史研究與歷史理論之間的關係問題被擺上了前臺。杜贊奇強調「歷史是反理論」的，推崇歷史學實踐對於歷史觀念的顛覆有助於打破以西方爲中心的線性歷史觀，指出「如果不透徹地思考時空是如何在歷史中被想像和生產，我們將被動地受到權力的控制」，呼籲學科和研究者個人都要敢於反思自我。〔註32〕周錫瑞則以批判何偉亞《懷柔遠人》入手，將矛頭指向薩義德的《東方學》，因何偉亞本人是以東方學爲自身部署立場，力圖挑戰「把西方客觀主義的理論特別是社會科學的模式運用於非西方材料的研究中」這一流行做法，而經過對《懷柔遠人》中幾個錯誤的尖銳批評，周錫瑞眞正的矛頭指向的是「後殖民學術的方法論和政治」，認爲何偉亞不過是政治正確運動的受益者，政治立場的正確性壓倒了學理和證據的可靠性，他反問道：「假如把更大的價值賦予正確的政治立場上而非對過去的準確表述上，我們怎能指望我們的學術研究在堅定的、眞正的信仰群體之外更具說服力？」周錫瑞還指出何偉亞對於學術史的忽略，例如對阿蘭・佩雷菲特《停滯的帝國》中展示的材料都沒能仔細閱讀，體現了學風上的不嚴謹，此外對於中國學者有關馬噶爾尼和清廷

〔註32〕杜贊奇「爲什麼歷史是反理論的」，載黃宗智主編《中國研究的範式問題討論》，北京：社會科學文獻出版社 2003 年版，第 23 頁。

的研究不予理會則充分再現了歐洲中心論的殖民主義立場，「這些可憐的、落後的中國人不能理解西方理論的最新發展——在這裡，便是後現代和後殖民話語」〔註33〕。如果後現代和後殖民等「後學」成爲貼上西方專有標籤的高雅理論，那麼也就失去了本應有的意義，周錫瑞的這一批評倒頗有見地。黃宗智則將後殖民理論納入80年代以來的「文化主義研究」潮流加以考量，在承認薩義德《東方學》的有效性的同時，更提出其理論上的漏洞和不一致，尤其是「在我們中國研究領域，大多數漢學家都是中國愛好者，有時他們對中國的迷戀甚至超過了他們自己的文化，他們無論如何不能簡單地等同於像薩義德所說的『東方主義者』那樣成爲對他們的研究主題的詆毀者」。〔註34〕黃宗智眞正憂慮的是：後殖民和文化研究衝擊之下，所有的社會科學理論都經歷了懷疑乃至拋棄，這樣的話學術研究的可能性就成爲問題。黃宗智看到了後殖民與漢學領域碰撞後的不一致，但問題在於僅僅以迷戀「中國文化」爲理由肯定漢學家而拒斥薩義德的後殖民理論，以情感代替身份和文化關係，立論稍顯薄弱。總而言之，圍繞著歷史學的理論與時間問題，美國漢學界尤其是中國歷史學界展開了激烈辯論，而話題的焦點也自然關涉到了兩種後學——後殖民與後現代——不爲人知的關係問題上。

最後，在新的歷史語境下，有必要重新審視後殖民與後現代的關係，不應泛泛地稱之爲「後學」，而要重視兩者之間斷裂甚至衝突的地方。英國後現代社會學家齊格蒙特・鮑曼（Zygmunt Bauman, 1925～）就對於少數族群研究等亞文化、邊緣人研究不以爲然，認爲這是忽略了眞正的現實問題，強調「邊緣」「變異」，其實質也是迴避普遍人性和普遍問題。由於「思想（知識）視域的內陷」（implosion of intellectual vision），後現代主義所需要的批評性檢審，被轉化爲西方知識分子共同體的自我專注甚至自戀。聯繫當前現實，這種自戀的結果就是西方知識分子對於東方的新一輪漠視，認爲導致西方知識分子危機的因素具有普遍性，而中國知識分子的危機只是純粹的地方性和中國性事件，這一點從黑格爾到哈貝馬斯再到福柯又有什麼區別呢？這樣，後現代主義就和新一輪的殖民主義結合在了一起。後現代文學批評家哈羅德・布羅

〔註33〕周錫瑞「後現代式研究：望文生義，方爲妥善」，載黃宗智主編《中國研究的範式問題討論》，社會科學文獻出版社2003年版，第66頁。

〔註34〕黃宗智「學術理論與中國近現代史研究」，黃宗智主編《中國研究的範式問題討論》，第117～118頁。

姆（Harold Bloom, 1930～）則乾脆帶有情緒化地稱薩義德代表的後殖民文學批評爲「憎恨學派」（school of resentment）。美國歷史學界對於這一問題同樣有所回應，亞歷山大・伍思德（Alexander Woodside）就指出：後現代理論家琳達・赫奇遜（Linda Hutcheon）所謂的後現代主義對「差異」的興趣不同於東方主義對「他者」的興趣，其實在實踐層面是站不住腳的。因爲「東方主義的怪獸並不總是生活在愛德華・薩義德爲之安排的地方。後現代主義對人類多樣性和不同質性給予充分重視，就其自身而言是有價值的，但當其失去對經濟和物質史重要性的興趣而賦予語言、象徵主義和其他的文化表現行爲和形式以特權性解釋權力——即當後現代主義成爲對其自身來說是致命的後社會性的時候，有時候會意外地結出類似於東方主義的果實」，〔註35〕這表明後現代主義在某種條件下（例如過分強調自我或者忽視現實因素的時候），同樣孕育著東方主義的危險，這一切則源於其對「異質文化」的過分重視。美國學界對於這些問題的反思，可以引發我們對於整個漢學體系下中國研究範式問題的深切思索，對理解漢學中對於中國文學的研究範式也有所啓發。

三、生態學敘說與全球史視野

近些年來，對於歐洲中心論（Euro-Centrism）的反思已經成爲了熱潮，所謂「歐洲中心論」或「西方中心主義」（Western Centralism）至少包含兩個層面的內容，一是在思想領域，成爲近代以來歐洲人看待世界的一種模式，形成了如社會達爾文主義等種族偏見；二是在學術領域，成爲許多東方學家和漢學家用來解釋世界歷史的理路，在解釋印度、非洲和東亞的近現代歷史時，許多專家往往傾向於一種以西方爲中心的推理套路，即將自由、民主、科學、進步等觀念看作是根源於歐洲歷史的先天眞理和普世價值，近代以來的各民族歷史不過是被西方「喚醒」，作爲後發現代性國家追趕西方，逐步融入西方中心的歷史。美國「中國研究」長期以來就是在這種思維指導下孕育出了大批學術成果，柯文等學者提出以中國爲中心來解釋中國史的「中國中心觀」，問題在於，先破後立，立要比破難得多，如何找到一種不同於西方中心主義的研究方法而不落入舊方法的窠臼？

柯文所謂的「中國中心觀」局限於用來解釋中國自身歷史時的一種客觀

〔註35〕亞歷山大・伍思德「在西方發展乏力時代中國和西方理論世界的調和」，載黃宗智主編《中國研究的範式問題討論》，第 35 頁。

意識，柯文很謹慎地恪守著自己的論域。而在世界史研究中，那些從事漢學研究的專家卻嘗試著將「中國中心觀」納入全球歷史的考量中，成爲一種解釋歷史的新思路。弗蘭克的《白銀資本》就強調了中國爲中心的白銀體系對於近代世界的重要作用，在中國學界引發了不少共鳴。與之類似，美國學者羅伯特‧B‧馬克斯（Robert B. Marks）的《現代世界的起源——全球的、生態的述說》（*The Origins of The Modern World*）〔註36〕則引證了「中國中心觀」的意義不僅僅局限於中國或亞洲問題，而成爲全球化語境下真正的「全球史」的重要參考。簡而言之，真正的世界史必須能容納不同的世界，全球史的學術取向正是「把全球化歷史化，把歷史學全球化」。

　　馬克斯以 1400 年爲現代世界歷史的起源，一反以西方優越論來解釋世界歷史的做法，而是提出了歷史的偶然性（historical contingency）、偶然事件（accident）和歷史的偶合（conjuncture）三個概念，從物質世界和貿易世界開始，條分縷析地論述了現代世界興起的多方面原因，以及西方之所以能成爲現代世界初期領導者的偶然性因素，在一定意義上掃除了西方中心論的迷障，代之以真正全球的歷史視野。

　　反對西方中心主義不是政治正確的跟風做法，而是在佔有大量歷史材料後深思熟慮的方法轉型。馬克斯的結論回到了對於「西方興起」神話的批判上，這種對西方興起的解釋「似乎是愚蠢的（並且是危險的），但世界上最富裕、最強大地區的許多人卻把它作爲『真理』而接受。……西方興起的故事更主要的是：一些國家和民族從一些偶然歷史事件和地理環境中受益，在某一時間（歷史的偶合點）得以主宰他人並積累財富和實力。除此之外沒有更多的秘密。瞭解到西方財富、權力和特權的偶然性，那些已從中受益的人們應當爲他們好運的真實來源感到羞愧，而那些沒有得到好處的人應振作起來，相信在未來新的機遇會垂青他們。歐洲在過去並非總是居支配地位，甚至不能靠近那種地位，即使上世紀的歐洲中心論思想拋出了那樣的神話。」〔註37〕生態的敘說，是必須與全球史的視野相一致的，將歷史全球化和將全球化歷史化的實質，就在於引入長時段和大視野，站在更高的角度審視文明的過去、現在和未來。

〔註36〕〔美〕羅伯特‧B‧馬克斯著《現代世界的起源——全球的、生態的述說》，夏繼果譯，北京：商務印書館 2006 年版。

〔註37〕羅伯特‧B‧馬克斯著《現代世界的起源——全球的、生態的述說》，第 203 頁。

　　馬克斯至少告訴我們：1.新航路發現後，世界歷史並非立刻就向西方傾斜，長期以來，至少在 19 世紀之前，西方依然沒有超越印度和中國；2.以中國爲中心的白銀體系刺激了全球貿易的發展，此前西歐同中國貿易的停滯大部分應歸結於西方自身物質資源的匱乏，而西方殖民者從美洲新大陸掠奪來的財富尤其是白銀大量流入中國，爲西方換回了物質資源。這一貿易體系爲西方崛起創造了條件。3.西方崛起不是神話，西方人並非先天優於其他人種。以往學界解釋中國歷史的時候頗多偏見，例如先天認爲中國缺乏市場經濟，不控制人口等等構成了中國自身停滯不前的原因，經過仔細考證其實並不成立，中國成熟的白銀體系不僅便利了自身的對外貿易，同時也帶動了整個世界的經濟發展，中國自身也有控制人口的措施。從生態史角度看，工業革命代表的是從農業體系向工業體系的過渡，之所以在英國興起恰恰在於其貧瘠的土地無法產生足夠的農業產品、從殖民地掠奪來的黃金以及豐富的煤礦資源，歷史的偶合成就了不列顛帝國。4.西方的興起是建立在暴力與殖民的基礎之上的。中國和阿拉伯也有自身的航海傳統，用海洋文明來指涉西方失之偏頗。海洋文明絕非西方的獨創，在葡萄牙艦隊開始武裝貿易之前，世界航海貿易體系已經有條不紊地進行著，世界各國港口對於商人都十分尊重並加以保護，蒙古帝國時期歐亞大陸的統一與和平爲經商和旅行創造了條件，蒙古、中國和阿拉伯君主絕非夜郎自大的愚人，新航路開辟之前的海洋是和平和財富的象徵，西方不是發現了海洋，而是開啓了武裝保護商船和強制貿易的惡劣先例，從此海洋被分割和獨佔，這是西方文明的一大原罪。西方創立的關稅保護制度並非先天適用，英國最初這樣做是爲了扭轉同印度的貿易逆差，結果隨著政治上控制印度，印度棉紡織業的物美價廉被英國的關稅壁壘擊垮，淪爲了棉花等農產品的原料出口國；鴉片則成爲英國擴大對華貿易順差，掠奪中國財富的重要手段。

　　從生態歷史的角度看，全球史是多個世界被整合爲一個世界的過程，在此過程中，中國發揮著巨大的、不可替代的作用，儘管這種作用被後來西方中心主義的研究無視和歪曲。歷史是被講述的歷史。西方人講述的神話正在破滅，許多習以爲常的概念諸如自由、民主、民族國家、愛國主義等等，其實只是被言說的概念，其目的是爲了讓地方化的西方觀念普世化，使得本來不正常的東西成爲先驗眞理。新航路開闢以來，西方人用了 200 多年的時間確立了自身價值觀念的合法化，而今天引入生態學、文化地理學和全球史的視野，也爲去僞存眞，反思乃至超越種種遮蔽歷史的觀念提供了啓示。

四、後殖民漢學家及其學術實踐

後殖民理論絕非顛撲不破的眞理，理論內部固然矛盾重重爭議不斷，當理論繼續向東旅行，遭遇到東亞、南亞和東南亞的新問題時，必然要產生於當地歷史和現時的碰撞與對話問題。正是出於對後殖民理論的正視而非仰視、俯視、斜視甚至蔑視，本土問題才得以在後殖民語境中獲得新的闡釋和研究，同時萌生了本土的理論資源，甚至與《東方學》並駕齊驅，成爲參與全球後殖民理論對話的思想主體。

出於種種原因，中國尤其是大陸學者同後殖民理論之間的關係總是隔著一層，頗有些「猶抱琵琶半遮面」的感覺，少數幾個港臺或海外學者如周蕾（Rey Chow）、趙健秀（Frank Chin）等強調地域經驗中的後殖民特徵，例如周蕾甚至將矛頭指向了「中華性」，將中國視爲《東方學》中的英法國家類似的文化殖民角色。後殖民理論中強調的所謂「殖民」，主要是一種文化上的權力不平等關係，以及這種關係同西方殖民政策之間的複雜聯繫，在這一點上，遭遇「三千年未有之大變局」的近代中國，在文化的苦痛上同朝鮮、越南、印度等前殖民地國家頗具有可比性，雖有程度差別，卻也毋庸繼續閉目塞聽，堅持「後殖民與我無關」的強調。尤其是在今天的全球化時代，如何面對本土文化，如何解決民族形象在異域的變異和影響問題，這些都爲中國經驗下的後殖民未來提供了新的可能。在這方面，美國後殖民理論家，漢學家德里克對於全球化下後殖民理論走向的分析頗具有啓發性。

阿里夫·德里克（Alif Dirlik, 1940～）作爲當代後殖民批評中最爲重要的理論家之一，近些年來在中國學術界頗有影響力，他的一批重要著作如《後革命氛圍》、《後殖民氛圍：全球資本主義時代的第三世界批評》和《跨國資本主義時代的後殖民批評》等中譯本也在國內出版。可以說中國學術界對於德里克的引入和推廣是成功的，這使其成爲後殖民批評中「三劍客」（薩義德、斯皮瓦克、霍米·巴巴）之外在中國知名度和影響力最大的批評家。原因是多方面的：首先是德里克自身的身份，作爲一名專業歷史學家，他在相當程度上脫離了純粹理論的抽象性與獨斷性，以其豐富而紮實的歷史學修養遊走於政治、歷史、文化、政治和批評領域，顯得遊刃有餘；另外，德里克的史學研究往往是圍繞著現代中國的歷史，這使其接收了中國文化的薰陶成爲水平頗高的漢學家，也因此贏得了中國學者的讚賞；再有就是德里克敏銳的學術嗅覺，在意識到純粹的後殖民批評存在各種各樣問題後，德里克主動將其

與全球化問題接續起來，以中國、亞洲、美國和世界四大空間爲戰場，以全球化爲時代背景，針對族裔認同、少數族群命運以及本土主義等問題展開了一系列富有成果的研究，在學術上佔據了前沿制高點。還有一個原因就是德里克本人主動參與了中國文化問題的討論，頻繁出入於中國舉辦或有關中國問題的學術會議，讓自己的聲音更好地傳播開來。

縱觀德里克對於後殖民這一批評概念的理解，可以看出有以下特點：

第一，在某些範式和問題上，突破了後殖民批評的固有觀念，提出了不同於後殖民經典理論的「反命題」。例如：從薩義德《東方學》開始，後殖民理論家一個反覆強調的底線倫理在於：不因爲揭露東方主義而鼓勵生成所謂的西方主義，揭露「東方」的身份和歷史是被西方中心主義建構的產物，歸根結底是爲了超越身份和歷史，達到一種無國界、無種族、無身份的「雜糅」狀態。出於這種立場，後殖民理論家們對於民族主義、本土主義以及形形色色的第三世界民族宏大敘事保持著本能的警惕，晚年的薩義德回歸到世界主義和人道主義立場，不止一次地批評民族主義政府對於第三世界國民的壓迫，原因正在於此。而從學理上講，這樣的立場延續了後殖民的理論武器——維科「先行建構」觀念——強調一切的集體身份都是話語建構的產物，是值得懷疑和批判的。

德里克卻反其道而行之，致力於全球化時代本土主義的命運問題，在字裏行間能看出對於「本土主義」和「民族主義」的同情，他更多地從實際經驗入手，描繪第三世界人民尤其是作爲民族代言人的作家復原被西方遮蔽或毀滅的「民族故事」的重要意義，通過引用西爾柯的小說《儀式》中的文字，說明了身份意識的眞實可感性以及與人們生活的不可分割性。德里克指出「小說故事本身是在尋求爲本土民族創造一個現實，它與正在滅亡他們的現實不同。通過挽救被在歐美史學著作中歪曲了的本民族的歷史來恢復自身身份」，這無疑具有合法性。不是所有的敘述都是謊言，不是所有的故事都是建構，文學和文化不能用所謂科學主義的眞理觀加以強行界定和判斷，那樣只是一種越界，對於人類個體而言，唯有體驗才是最爲眞實的。如果後殖民批評在揭露了西方中心主義之後又簡單地將第三世界民族主義和本土主義視爲同樣「先行建構」的話語圈套，那對於後者是極其不公平的，也是一種歷史的退縮和政治的共謀。實際上，後殖民理論正有將自己的理論成果局限於「混雜性與異質性」的危險。德里克的立場在於重申文化身份的重要性，這種重要

性在於它是具體可感值得尊重的體驗，而不是少數理論家們玩弄的時髦材料：「在此情況下，文化身份並不是『身份政治學』的問題，而是一種生存條件，它隱含的意義只有在參研過權力的結構後才能被領會。」〔註38〕

其二，德里克自覺將後殖民問題應用於全球化問題的研究，提出了全球化時代本土化問題，審視全球化發生的歷史譜系，以及在這個對立衝突矛盾重重的複雜共同體中，新的批評視角是否可能發生的問題。德里克首先將後殖民的空間視角引入了全球化研究，鮮明地提出了「社會及文化分析中的地域觀念」問題，將地域、空間的概念引入文學批評，從而體現出建構所謂「空間批評」或「地域詩學」的努力。事實上，空間問題和地域問題的確是後殖民主義對於文學批評的重要貢獻，從薩義德在《東方學》和《文化與帝國主義》中提出了《簡‧愛》、《曼斯菲爾德莊園》等西方小說背後隱藏的東方背景開始，文學研究的地理學和空間視角就初露端倪，然而迄今為止相對於「時間」研究的如火如荼，學術界依然缺乏將地理學、文化認同和地域劃分等問題引入文學研究的嘗試，德里克關於「地域」「空間」的論述雖然不多，但具有一定的啟發性，不應忘記亨利‧列斐伏爾（Henri Lefebvre, 1901～1991）的判斷：地域乃人為生產的，而非僅僅是事物發生的特定位置。〔註39〕

在全球化時代也許不再有地域的概念，因為「全球性是地域的條件。我們用否定來談論地域。地域在消亡的時刻才引起人們的注意：用非工業化進行破壞，或在發展話語中通過把村落變成『一般性』村莊而剝奪其身份」，〔註40〕借助於以上視角，德里克展開了一幅全球化與本土化對峙和鬥爭的廣闊畫面，描繪了跨國公司的多重形象，其地域性與非地域性、西方性與非西方性、在執行總部命令的同時爭取地方化的努力，並舉出了中國麥當勞本土化努力等例子，從而說明：在全球化時期，世界已經變成了西方普遍主義話語與本土保護運動的博弈場。而後殖民主義的貢獻在於，提出了不同視角的人類歷史，避免了西方中心主義的歷史決定論，使得人類歷史多了許多不同的版本，也意味著西方之外的人們也有書寫世界歷史的權利。與新歷史主義的立場類似，德里克提出了歷史的「被敘述」問題，從而也為東方尤其是中國書寫自己的本土史和世界史提供了啟示。

〔註38〕〔美〕阿里夫‧德里克《跨國資本主義時代的後殖民批評》，王寧等譯，北京：
　　　　北京大學出版社 2004 年版，第 36 頁。
〔註39〕《跨國資本主義時代的後殖民批評》，第 123 頁。
〔註40〕《跨國資本主義時代的後殖民批評》，第 129 頁。

　　第三，德里克相信：「全球化在理解後殖民主義時是頗爲中肯的，因爲後殖民主義在許多方面是早期邊緣化的國家復興的代表」，〔註41〕這恰恰表明了其學術研究的內在欲求：將後殖民理論與中國歷史研究結合起來，關注全球化時代中國文化的身份和作用、亞裔與華裔在美國歷史中的身份、中國發展道路對於資本主義發展道路的挑戰等前沿學術問題。

　　通過湯亭亭（Maxine Hong Kingston）和趙健秀兩位華裔作家關於書寫「眞正的中國身份」的論爭，德里克提出了中國文化與美國文化之間的同化關係問題。亞裔和華裔在美國歷史上發揮了重要作用，然而其背井離鄉的痛苦，人際關係的複雜以及無法被主流西方社會接納的事實，使得華裔作家筆下的中國文化充滿了形形色色的誇張與變形。亞裔尤其是華裔的歷史經歷，可以構成最具代表性的後殖民體驗。如果說薩義德描繪了阿拉伯的東方在西方話語建構下的變形與女性化，斯皮瓦克描繪了印度婦女在殖民主義和男權中心話語多重壓榨下的命運，霍米・巴巴將非洲形象投射到歷史和現實的交界點上的話，那麼德里克則借助於描繪亞裔尤其是華裔美國人尷尬的文化身份和充滿矛盾複雜性的歷史境遇，進一步擴大了後殖民理論的應用範圍，也將歷史與遺忘、眞實與遮蔽的問題擺在了當代人面前：爲美國鐵路建設做出重要貢獻的中國人卻被排除在「1869 年岬角點的圖畫」之外，「被排除在圖片之外，自然也被排除在歷史之外，直到最近亞裔美籍人史學著作中才剛剛被漸漸記起」。〔註42〕

　　亞裔尤其華裔的命運構成了德里克的關注點，全球化時代中國文化的身份和作用問題也擺在這位漢學家面前，尤其是伴隨著中國乃至整個東亞經濟的崛起，人們開始懷疑是否存在一種「儒學資本主義」，能夠打破馬科斯・韋伯以降西方學術界的所謂「新教倫理才能產生資本主義」的神話。德里克一方面承認中國改革開放的成就，預言將會引發以消費爲特徵的第二次文化革命，另一方面又必須對這種「中國式資本主義話語」展開反思，因爲全球化時代的西方話語策略高明之處在於，以反對者的姿態實踐全球資本主義的企圖，吹捧所謂「中國文化與資本主義不衝突甚至能產生更好的資本主義」，本質上依然是以西方式的資本主義道路爲旨歸的，這就暴露了其與「當代全球資本主義相一致的中國身份」，在德里克看來，這恰恰是值得警惕的。無論是

〔註41〕《跨國資本主義時代的後殖民批評》，第 185 頁。
〔註42〕《跨國資本主義時代的後殖民批評》，第 214 頁。

針對全球化問題還是中國問題的論述，都體現了德里克身份的另一面，即左派馬克思主義知識分子的價值立場，這也是其批評的出發點和落腳點所在。

後殖民理論正在對漢學家整體產生越來越深刻的影響。美國漢學家克里斯托弗・康奈利（Connery, Christopher Leigh）近年來出版的漢代研究專著《文本的帝國》（*The Empire of the Text*）模仿羅蘭・巴特《符號帝國》，借用後殖民理論提出了漢學研究的新思路。作者不同意傳統漢學考證資料的繁複，而是提出自己的研究方法，重視推理分析（analytical experiment）。康奈利的研究集中在早期中國文言文的文獻，他認爲文言文已經同拉丁文一樣成爲今天「死的語言」。〔註43〕作者在思考語言、文化的死與不死、復活與復興等問題時，借用了薩義德的理論分析冷戰前後「中國古代」形象的變化，認爲西方的歷史需要依賴於對他者歷史的書寫，借用薩義德的理論，要將東方描述爲停滯的、固步自封的東方。這樣的話，東方的歷史儘管不死，卻喪失了生命力，成爲了「活著的死者」（the living dead），黑格爾就認爲中國的不死（undead）是其宿命，它甚至無法像巴比倫和亞述文明那樣眞正「死去」〔註44〕，只能如百足之蟲死而不僵。

作者提出：建構從來不是無辜的，西方的報導與傳媒是知識建構的中介，且體現了某種先行預設……漢學家中有一種默認的潛在規則，方法論（methodology）屬於西方，西方人藉此對古文作品進行哲學分析，而研究對象或客體（object of study）則屬於中國。在「東方主義」這一後殖民概念產生之前，追問中國爲何沒有荷馬史詩或《聖經》是西方學界的慣例，但中國文獻的實際影響要比這兩部西方文本更爲深遠。康奈利強調，漢帝國是穩定統一的時代，漢代發明了文言文的文學。然而西方漢學家的學風往往過於瑣碎，認爲從日期、作者、版本流變、傳記和歷史背景出發才能進行研究，康奈利對此表示不滿並提出了自己的方法論：一是不僅將文本視爲精神表達，更視爲文本解釋邏輯的建立；二是在制度與描述之間存在著某種空間或空白。〔註45〕

〔註43〕另一位當代漢學家蒂艾爾（Margret R.Thiele）的意見與其同中有異，認爲中國語言相比於埃及、希臘和羅馬文這樣的死語言（dead language）來説，反而是眞正的活語言（living language）。可參見 Margret R.Thiele: *None but the nightingale: an introduction to Chinese literature*, Rutland, Vt.: Charles E. Tuttle Co., 1967.

〔註44〕Connery, Christopher Leigh: *The empire of the text: writing and authority in early imperial China*, Lanham: Rowman & Littlefield Publishers, c1998, p.3〜4.

〔註45〕Ibid., p.7.

　　總之，漢代的文本應被視為「有權威」的文本，帝國的運轉要依靠文本的循環。一般從中西比較的角度看，中世紀的歐洲文本是有權威的，而中國書寫權威不強。但康奈利提出，核心問題在於，漢代文本中究竟有沒有作者權威（textual authority），這也是對羅蘭‧巴特的回應。東漢時期的「士」階層，維護著文本的權威，並認為軍事、政治、法律等權威要受文本權威的控制。〔註46〕

　　康奈利的立場是馬克思主義，尤其是阿多諾、馬爾庫塞和傑姆遜提出的「審美維度」（Aesthetic dimension）理論，強調文本產生於同社會的談判。作者認為士的形象在古今中西的語境下不斷變遷。但資本主義的分析方式並不適用於宋代以前資本主義社會關係並未形成的中國，此時「社會」與「美學」沒有太大距離，關鍵在於文本的制度（regime of textuality）如何形成。〔註47〕為此，作者借用了酷兒理論大師伊娃‧西德維克（eve sedgwick）的「同性性愛」（homosociality）一詞來替代「友誼」（friendship）的概念，認為士階層的「同性性愛」成了東漢的核心問題。這種情誼是不是奢侈的休閒活動？在此基礎上討論文學在漢代的地位。以此為契機分析《樂府詩集》和漢賦的文學色彩。這種思路有些令人難以接受，但從另一方面，作者希望通過士階層中文本權威如何轉化為閑暇文學的獨特視角，探究東漢個性化文學寫作的起源問題：由權威到階層（士），由關係到狀態（休閒），視角較新，是一部非漢學式的漢學著作。

　　康納利也意識到，自己的著作過於強調中國之「異」，有可能被詬病為東方主義，他甚至開玩笑說自己這本書可以稱為魏特夫式的「亞細亞文化生產方式」（The Asiatic Mode of Cultural Production）。他強調自己瞭解並同情邊緣，但研究漢帝國的主流文學也自有其意義，分析統治權威的結構與作品，同關注流放和邊緣化群體，具有同等重要性。可以看出，作者用後殖民理論的同時，對後殖民、女性主義和文化研究等方法也保持著一份警覺。

第三節　挖掘中國文學的內在解構性

　　西方漢學家對待中國文學的態度經歷了一個否定之否定的過程。最先是

─────────────

〔註46〕Ibid., p.16.
〔註47〕Ibid., p.18.

「對應」，即從中國文學中尋求西方理論的對應物，葛蘭言（Marcel Granet）用象徵主義和諷寓性詮釋解釋《詩經》，韋利（Arthur Waley）則援引 18 世紀英國國會議員援引維吉爾的事實來說明中國的賦詩傳統，進入 20 世紀後，華裔漢學家劉若愚稱李商隱為九世紀的巴洛克詩人，用艾勃拉姆斯《鏡與燈》的四重關係介紹中國文學思想，李又安（Adele Austin Rickett）則在《人間詞話》英譯本前言中宣稱：「印象派（impressionists）、形式主義（formalists）、象徵主義（symbolists）以及許多其他流派，都可以在中國找到自己的同道。」

接下來是「對立」，漢學家們意識到自己拿西方模板對應中國文本的局限性，為避免對中國文學自身特性的掩蓋，許多人開始分析中西文學思想的深層對立，例如劉若愚的學生余寶琳（Pauline Yu）在《中國詩學傳統中的意象解讀》中認為西方二元對立世界觀與中國一元有機世界觀的差異，決定了中國詩歌具有迥異於西方的「刺激──反應式的詩歌創作模式」（a stimulus-response method of poetic production），宇文所安也認為中國文論的起點是「知人論世」而非文本構成本身。

第三種形態是「對流」，中國文學絕不能被描述為巴甫洛夫條件反射實驗意義上的狗，但也不能囿於文化相對主義而誇大中西詩學的對立，而應從比附走向深層的「對流」：在一些根本性的理論問題，或是不同理論的根基層面上，建造一個平臺，讓相關的中西方理論相互參照、相互啟發，凸現出它們共同的理論關懷，也映照出各自不同的理論背景，終達到一種對流、互補的效果，從而擴展我們對於根本的文學理論問題的認識。從「見山是山，見水是水」，到「見山不是山，見水不是水」，最終到「見山只是山，見水只是水」（青原惟信禪師語），漢學家也在不斷尋找和反思著中國文學思想研究的路徑。〔註48〕

湯一介也表達了類似的看法：在後現代主義語境下，西方學者的漢學研究生發出了新的現實意義與學術意義：首先，他們試圖「求同」，從中國文化中尋找普遍意義，在後現代主義的挑戰面前，儒家思想可能給出正確答案，從史華茲到安樂哲，都希望借鑑中國從社會角度定義人的有機整體主義傳統，彌補西方自由主義之不足，將後現代主義由解構轉入建構；其次是「求異」，例如法國漢學家於連那樣經由迂迴與回歸的方式，發掘隱喻的價值，經由中國認識

〔註48〕詳參張萬民「見山是山？見水是水？──海外學者比較詩學研究的三種形態」，載《文藝理論研究》2008 年第 1 期。

希臘，通過遠離自身傳統的「異」最終達到深入理解自身文化的「益」，這種旅行為西方學者帶來了新的視角，並體會到「物之不齊，物之性也」的真髓。最後是高度重視中國原典思想的研究，中國文化的源頭，尤其是先秦所代表的新軸心時代，對於西方和世界都煥發出新的意義。這將意味著：文化碰撞的後果不再是拒絕或政府，而是包含著互相理解的雙贏可能。〔註 49〕

一、解構主義視野下的「中國文本」與「文本中國」

德里達的解構主義誕生之後，對於當代學術界尤其是文學研究界而言，對答案的爭議有可能被對問題本身的顛覆所替代，昔日不言自明的真理不再是真理，放諸四海而皆準的方法論顯得破綻百出，閱讀文學作品的方式甚至閱讀行為本身都是值得反思乃至「否思」的〔註 50〕。德里達的思想在美國影響至深，以至於出現了像保羅·德曼（Paul de Man）、哈特曼（Jeffrey Hartman）、哈羅德·布魯姆（Harold Bloom）和西里斯·米勒（J. Hillis Miller）等「耶魯四人幫」，極大顛覆了文學批評的舊有套路。進入解構主義者的文本分析，彷彿被引入了一座匪夷所思的迷宮，作品中原本樸素平淡的詞彙句子一經闡釋，閃耀著詭譎而華麗的另類光彩。

解構主義進入文學批評領域後的巨大成就，無疑會影響到漢學家對於中國美學文學的認知理解。同為耶魯大學教授，且深受德里達、保羅·德曼和哈特曼等人影響漢學家的蘇源熙（Haun Saussy, 1960～）就採用瞭解構主義的「修辭閱讀」方法，從《詩經》的傳統注釋入手，鈎沈出一幅中國式「閱讀」的譜系，總結了中國式「諷寓」的美學模式，並藉此提出了迥異於西方傳統解釋學和文學批評的提問模式。在蘇源熙的分析迷宮中遊歷一番後，人們會頓悟到美學、文本是如何參與到真實歷史的構建當中去的。

蘇源熙嘗試站在比較文學立場上，審視全球化時代「被書寫」的中國文學對於比較文學的啟發性意義。在其思路中有著解構主義的鮮明色彩，他認為「文本」（texts）與「書寫」（graphy）是與「權力」聯繫在一起的，中國形象的真實性是一種「被書寫」的真實性，就是建立在一系列與文明、地理學、

〔註 49〕 參見湯一介「研究海外中國學的意義」（*The Significance of the Overseas Chinese Studies Research*），2009 年 9 月 8 日在國家圖書館「互知‧合作‧分享──首屆海外中國學文獻研究與服務學術研討會」上的發言。

〔註 50〕 〔美〕伊曼紐爾‧沃勒斯坦著《否思社會科學──19 世紀範式的局限》，劉琦岩、葉萌芽譯，北京：三聯書店 2008 年版。

倫理學、人種學、書寫、差異相關的基礎之上的「被反覆重寫的中國」（various written Chinas）。在後殖民、後現代和比較文學翻譯學的論域中，中國形象又與複雜的國際熱點問題結合，如何認識中國成爲眾說紛紜的話題。有鑒於此，蘇源熙提出將中國式書寫（Sinographies）視爲中國研究的新方法論，並以此爲契機探討比較文化學的前景問題。

在探尋中國式書寫意義時，蘇源熙採用了類似羅蘭・巴特的解構主義分析策略，後者消解了「文本性」與「文本間性」的界限，將文本視爲被所在家族或群落不斷自我生成的動態過程。蘇源熙則結合漢學自身面臨的合法性危機，解答了爲什麼要經由漢學家這個二手或三手中介來認識中國文本。在語際間穿行往往具有風險，有些早期漢學家的文本例如法國詩人謝閣蘭（Victor Segalen, 1878～1919）的《碑》（Stèles）因其「不中不西」被詬病錯誤百出，人們據此認爲直接閱讀文本與經由另一種語言而閱讀文本絕對不可同日而語。

蘇源熙則反駁說：重要的不是開端（beginnings）或原作（Original），以西方語言來閱讀中國文學固然是一種分裂的文化體驗，但絕不是必須被更成功的譯本填滿的認識鴻溝（gap）。他反對將中國文學僅僅視爲必須還原的「眞相」或「原本」，而主張在一個更爲寬廣的文化視域下，像謝閣蘭這種在不同符號系統間穿行的並置與跨語境體驗，反而能夠生發出複雜的文化問題，幫助我們理解不同語言間理解溝通的可能性。〔註 51〕這體現了比較文學與漢學碰撞後最新的入思角度。

蘇源熙在《中國美學問題》中進入了中西方實際歷史，審視了如下問題：中西方如何面對彼此提供的文本的眞實性的？不同文化間能夠通過語言的互譯而理解嗎？抑或說一切的翻譯都是誤讀？利瑪竇依據中國人的語言習慣翻譯《聖經》教義的做法，從一開始就在耶穌會內部乃至整個西方基督教世界爭議重重。利瑪竇的夥伴龍華民就指責翻譯這種做法本身，認爲要從源頭上杜絕用漢語的「上帝」或「天」來翻譯《聖經》中的獨一無二的人格神「Deus」，或者用「理」或「氣」來命名神性，認爲這是在「無意識地散步一種泛神論的唯物主義」，甚至《聖經》本身就不可翻譯。弔詭的是，正是耶穌會士描繪

〔註 51〕 Haun, Saussy.「Impressions de Chine; or, How to Translate from a Nonexistent Original」.In Eric Hayot, Haun Saussy, and Steven G.Yao, Eds., Sinographies: *Writing China*.Minneapolis: University of Minnesota Press. 2008.pp.64～85.

的「基督式的孔子」或「孔子式的基督」成爲了17～18世紀中西交流史上一段「誤讀的佳話」，孔子被同斯賓諾莎的泛神論相提並論，儒學改造了基督教的西方。

中國不是異端而是無端；中國和基督教之間並沒有衝突，因爲無神論同任何宗教都不處於同一語境。進入文學問題後，有漢學家旋即提出中國的詩歌中不存在「諷寓」（allegory），理由是中國沒有西方式的二元世界觀，無法區分塵世與彼岸世界。蘇源熙從修辭的可譯與否角度提出：問題不在於中國有沒有「諷寓」，而在於有沒有西方意義上的「諷寓」。於是問題的焦點由「中國缺失什麼？」，轉爲「西方爲何這樣發問？」，經由中國，蘇源熙開始了自我反思，萊布尼茨很早就認識到「對於月亮而言，地球就是月亮」（that the moon is a world just like this one, a world to which our world is a moon），那麼在中國人的答案產生之後，西方的問題本身也面臨著規定性的撼動問題。〔註52〕「中國文學中有沒有諷寓」歸根結底是一個僞問題，西方人拿著固有的模式機械地套取中國文學或美學對象，無論合不合適，對象之爲對象已屬題中之意。

> 在這一問題上，中國人的沉默不等於贊同；無信仰（unbelief）與不信仰（disbelief）是同義詞。用雅各布遜（Jakobson）的話說，我們要求中國人發表意見的事物是「帶有〔西方〕標記的」（marked）。不過一般而言，有無諷寓（allegory）或隱喻（metaphor）並不像有無輪子或有無零數這等事情那麼簡單。前者代表了存在於思維領域的事物（如果有的話），並作爲闡釋工作的一部分試圖回答我們的問題。「你瞭解諷寓嗎？」缺乏諷寓或隱喻知識的人們不可能搞清楚是該回答「是」還是「否」；任何一種回答都同樣不可思議。〔註53〕

蘇源熙試圖挑戰的是西方學者提問的合法性問題。於是，蘇源熙選取了繞道而行的方法，將諷寓由「創作論」轉移爲了「解釋學」。

通過對《詩經》解釋歷史的梳理，尤其是對朱熹、朱自清、侯思孟（Holzman）、葛蘭言（Granet）等中西方學者對《詩大序》以政治解釋詩歌的牽強附會大加鞭笞的學術史回顧，蘇源熙提出：西方學者之所以擯棄《詩大序》，原因是覺得《詩大序》對於詩歌內容的解釋不夠眞實，侯思孟批評孔子

〔註52〕Saussy, Haun. *The Problem of a Chinese Aesthetic*. Stanford California: Stanford University Press, 1993, p.35.

〔註53〕Ibid.

的「用詩」不合時宜，而葛蘭言則批評春秋時期屢屢在外交場合「望文生義」
地引用《詩經》，是不可靠性的第一次入侵（inauthenticity's first inroad）〔註54〕，
這裡面包含著西方學者對詩歌生成的「眞實性」和「唯一性」的期待。其實，
以《詩大序》爲代表的解釋，代表了中國特有的一種「諷寓」傳統，那便是
「解釋之諷寓」。

　　創作的諷寓與解釋的諷寓有所不同，前者是藝術對現實的再現和對主體
的表現，後者則是對詩歌和藝術的「運用」，「在很早時，『應用』詩歌已經與
『創作』詩歌區別開來。」因此，「在這種情況下，探討作爲詩歌『應用』對
立面的『原意』就變得毫無意義，或者至少表明一種語言學裏頑固的實在論。」
〔註55〕蘇源熙這種特有的「用詩法」意味著一種解構主義式的狂歡圖景。在
顛覆了西方僞問題的先行建構之餘，從令人匪夷所思的角度提出：文本不是
歷史的附庸，闡釋也不是文本的僕人，闡釋生成了文本，文本則生成歷史。

　　《詩經》文本引發了西方漢學家持久而強烈的好奇心。他們的解釋總是
與《詩大序》大相徑庭甚至南轅北轍。例如對於《桃夭》的解釋，《詩大序》
言道：

> 《桃夭》，后妃之所致也。不妒忌，則男女以正，婚姻以時，國
> 無鰥民也。

漢學家希望將整首詩從孔子和禮教的影響下走出來，葛蘭言將這一點發揮到
了極致，將「宜其室家」翻譯爲「每個人都要成家！」（Il faut qu'on soit mari et
femme!），傳統中國注釋家讀出了對人類行爲的規範，葛蘭言則讀出了自然的
主題。人們究竟該將《詩經》或者說詩歌當成白描來讀，還是當成規範來讀？
在這種「解釋的衝突」中，究竟誰掌握了眞理？蘇源熙肯定不同意這一現代
主義式的提問方法，他試圖打破的是傳統的「陳述性（constative）」或「描述
性（descriptive）」批評語言，不再將歷史視爲文本的開端，視所有典範爲（準
自然類型），而是將文本視爲歷史的開端，將典範追溯爲「創禮制樂」的聖人
功業。這樣，解釋的歷史變成了創始行爲的情景再現，而傳承文本的方法則
是《詩大序》爲代表的踐言性（performative）解讀。

　　這是對《詩經》的「闡釋之闡釋」，《詩大序》由此煥發出嶄新的風采：

> 詩者，志之所之也，在心爲志，發言爲詩。

〔註54〕Ibid., p.62.
〔註55〕Ibid., p.65.

情動於中而行於言，言之不足，故嗟歎之，嗟歎之不足故永歌
之，永歌之不足，不知手之舞之，足之蹈之也。

情發於聲，聲成文謂之音。治世之音安以樂，其政和；亂世之
音怨以怒，其政乖；亡國之音哀以思，其民困。故正得失，動天地，
感鬼神，莫近於詩。先王以是經夫婦，成孝敬，厚人倫，美教化，
移風俗。

故詩有六義焉。一曰風，二曰賦，三曰比，四曰興，五曰雅，
六曰頌……

蘇源熙認為：從表面上看「《詩大序》作為一篇詩學論文所提供的似乎是一種
消除了許多主要推論和理由的音樂理論」，然而如果我們跳出西方的文學批評
文體標準，就會驚詫於其「碑文般優雅而又精確地回答了文學批評及美學理論
提出的大部分問題」。這樣《詩大序》就成為中國式詮釋的經典：

詮釋（interpretations）使文本（texts）發生性質上的變化，根
據自己的意願重塑（remark）了文本。〔註56〕

從諷寓性文本，最終達到諷寓性閱讀和諷寓性解釋的層面，從而重新定義閱
讀本身，這就是蘇源熙對解構主義批評方法的運用。在這種運用過程中，方
法自身也獲得了更新與提升。蘇源熙理解了黑格爾之所以不理解中國、將其
視為停滯的、散文化的、空間化的帝國大加批判的歷史原因，但他不同意這
種思路背後讀者與作品的隔絕關係，而是強調在中國的解釋學傳統下，讀者
自身成為了「寓言」，於是走出了柏拉圖的藝術是「模仿之模仿」的思維定式，
認識到文本創造歷史的功能。「中國美學」（Chinese aesthetics）不再是個案，
而是包含了新的「文本──現實」關係可能，「再現這種美學即帝國。帝國就
是模仿之模仿」。〔註57〕蘇源熙無形中大幅提升了中國美學的價值論意義，將
研究對象由中國文學轉為了巨大的文本或藝術品──中國自身：中國就是一
首被大寫的詩，是模仿之模仿的產物。這就是中國美學的魅力所在。

蘇源熙的一系列著作體現了全球化時代漢學家的自反性思維，溝通文學理
論、比較文學、文學批評與漢學，站在人類文化比較的高度審視漢學的處境與

〔註56〕Ibid., p.149.
〔註57〕此處的「帝國」（empire）有羅蘭・巴特「文本的帝國」涵義，而「模仿之模
仿」（mimesis of mimesis）則與古希臘柏拉圖對於藝術的定位與貶斥形成對
比。Ibid., p.150.

意義問題。〔註58〕首先，要意識到漢學的歷史局限性，承認漢學家參與構建了關於中國的一系列話語，尤其是中國與西方、我們與他者、主體與非主體等一系列二元對立，這些今天依然成為西方人認識中國的套話；蘇源熙主張擯棄簡單的二元思維，重視中國文學與文化的高度複雜性，從歷史的角度進入文化比較的文本實踐，將漢學家視為在不同文化語境間探索的「有問題的」實踐者，而漢學文本的細節深處蘊含著不同文化間溝通的絲絲痕跡。〔註59〕

同時，蘇源熙也提出在後現代語境下，要警惕多元主義成為後現代時期文化走向封閉的藉口。他發現，在全球化時代標榜所謂「文化民主」（cultural democracy）、清算五四運動對於西方文化的移植並標榜中國文化的獨一無二性（othered），已然成為許多中國當代學者屢試不爽的論證策略，於是任何外國人對於中國的觀察都被冠以「自我動機」（selfish motives），「關於中國的知識」被描述為關於那個「中國」的那種「知識」，這裡面隱含著混淆文化自主（autonomy）與文化封閉（autism）的危險。有鑑於此，要警惕後現代主義成為新的話語長城（Great Walls of Discourse），助長文化的自我標榜和封閉性。〔註60〕蘇源熙區分了作為文學批評方法的後現代主義（這也是蘇源熙本人常用的方法，更偏重於解構主義）與作為套話的後現代主義，認為：後現代主義作為文學批評最大的貢獻在於展示了文化產品內容與其生成過程之間奇妙的相互影響關係，然而要警惕其成為一種新的敘事策略，故事被解構後，文化問題被還原為關於故事的故事，甚至是關於故事的故事的故事……文學批評變得名不副實，喪失了界限、層次與標準後，淪為口號標語。〔註61〕文化民主不能成為解構，跨域文化的人為邊界，經由解構而重新讀解文本從字裏行間尋求跨語境實踐的可能性，達到一種無中無西、超越中西的狀態，這是蘇源熙對漢學與比較文學的共同期望。

二、設身處地性與重建少數派話語

一切歷史都是當代史，一切歷史都是闡釋史。近些年來，經由中國或東

〔註58〕Saussy, Haun.Ed. *Comparative literature in an age of globalization.* Baltimore, Md.: Johns Hopkins University Press, 2006.

〔註59〕Saussy, Haun. *Great Walls of Discourse and Other Adventures in Cultural China.* Cambridge, Mass.: Harvard University Asia Center: Distributed by Harvard University Press, 2001.

〔註60〕Ibid., pp.136～137.

〔註61〕Ibid., p.138.

方重新描繪西方的崛起以及人類現代歷史進程，成爲西方學術界的一大熱點。有學者從「現代世界的起源」或「西方文明的起源」角度，指出東方在科學、技術、商業、文化等領域參與了西方的地理大發現、文藝復興和啓蒙運動，又在資源和貨幣角度對西方崛起給予了重要支持，從而否定了西方起源的神聖性，顛覆了所謂「西方特殊性」的神話。從此，韋伯以降「爲什麼是西方而非東方……」便成爲了僞問題，在看待人類歷史的時候，多了一重整體視角，文明的本質不是界限而是文明間性，文明之間互爲主體，互相影響交響混雜，這是在後現代歷史學影響下世俗性和混雜性的學界突破。

　　與此同時，有學者甚至直接將矛頭指向了帝國主義所編織的種種神話（Myth），諸如文藝復興神話、大航海神話、啓蒙運動神話和工業革命神話，設身處地從東方的角度提出對人類現代史的另一種論述，例如阿拉伯航海家馬吉德早在迪亞士之前就發現了好望角、印度洋不是被西方發現的無人海而是和平貿易的公海、達·伽馬到達印度時的身份是落後文明的代言人、葡萄牙從來沒有如自己宣稱那樣眞正控制過印度洋貿易、中國和東方之所以沒有取得霸權地位只是因爲他們無暇顧及不毛之地的西方、英國工業革命背後的技術革新靈感來自中國、中國的白銀貿易體系爲西方掠奪的美洲金銀提供了中轉地……這樣的說法也許會有「矯枉過正」的誇張之嫌，然而借助於論述與論述之間呈現出平等的價值關係，西方傳統的全球史論述片面單一性也就不言而喻了，甚至有學者直接將其歸結爲西方帝國主義思路操縱下的「文化傳播主義」。〔註62〕

　　漢學家對於傳統定式的突破，不僅突破了西方自身學術定式，也打破了中國本土習以爲常的文化論述，例如明清小說與理學的形象，借助於漢學家的視角，我們會得出許多令人眼前一亮的結論。從當代兩部研究視角頗爲相似、論域也有重合之處的美國漢學專著身上，就能看出當代漢學借助於設身處地的視角，建立新的闡釋視角，致力於學科範式內部突破的嘗試。其中浦安迪（Andrew H.Plaks, 1945～）的《明代小說四大奇書》集中探討了《金瓶梅》、《水滸傳》、《西遊記》和《三國演義》這四部習慣歸之於「通俗小說」

〔註62〕參見〔美〕約翰·霍布森著《西方文明的東方起源》，孫建黨譯，濟南：山東畫報出版社 2009 年版；〔美〕羅伯特·B·馬克斯著《現代世界的起源——全球的、生態的述說》，夏繼果譯，北京：商務印書館 2006 年版；〔美〕J.M.布勞特著《殖民者的世界模式：地理傳播主義和歐洲中心主義史觀》，譚榮根譯，北京：社會科學文獻出版社 2002 年版。

行列的作品的文人小說特徵，給人以耳目一新的感覺。浦安迪長期以來致力於從小說文本的角度建立所謂「中國敘事學」，〔註63〕而對文學、文本和文化問題的研究往往與當時的歷史背景結合在一起，先是構建一條恢宏洶湧的時代河流，繼而將文本視爲河流中的浪花、漣漪和潮頭，這種「敘事」方式往往因其紮實的材料考據與別出心裁的解讀視角而爲人接受。

　　正如余國藩（Anthony C. Yu, 1938～）所指出的，本書的第一章即導論部分極爲出色，系統勾勒了自明代弘治（1488～1505）至萬曆年間（1573～1619）一百年間的中國社會政治氣候、經濟形勢、思想衝突和藝術風格，發掘出明代王陽明心學、三教合一的思想混雜狀況以及傳奇界與知識界的密切因緣問題，從而得出結論：「明代四大奇書」並非我們通常所認爲大眾文學或通俗文學文本，它們的文體特徵更接近於文人小說，與 16 世紀的士大夫文化相得益彰。浦安迪在第一章打破了多重認識誤區，提出了歷史的多種可能性，例如文人小說與戲曲的讀者觀眾圈子並非人們想像的那麼廣大，從「四大奇書」的規模、價格和版式來看，這些書只能屬於少數人的玩賞之物，同時代的說書和曲藝只能襯托出「四大奇書」的文化巨擘作用，尤其是「採取經過修飾的白話作爲敘述的基本媒介一事並不證明它的社會根源，反倒應該理解爲是針對特定審美效果的一種有意的文學抉擇」；當然，將「四大奇書」歸結爲通俗白話文學的共識也有證據，因爲許多明代小說的素材確實可以追溯到明代初期乃至宋元時期，針對這種觀點，浦安迪提出不能將敘事素材與成熟精緻的作品混雜，另外要區分「三言二拍」這樣的白話短篇小說與長篇小說，他提醒人們注意最先的幾部小說問世都早於短篇小說，從年代順序來看，長篇小說不一定如人們所認爲的那樣由短篇拼綴而成的章回體，恰恰相反，長篇小說的修辭和結構慣例可能被短篇小說採用；他借用狄百瑞（W.T.deBary）「文化負擔」的概念，設身處地分析明代藝術家在界定與古老文化遺產關係之時所面臨的困境，過於龐大的文化遺產對於個人的潛在心理負擔會使得他們迫切要求表達自己的立場，思想界與文學家同時出現了某種批評或反諷的跡象，這種自我意識導致了所謂「批評時代」的出現，從而使得小說創作成爲了自覺的個人行爲。〔註64〕幾經論證之後，浦安迪提出了自己的結論：

〔註63〕 Andrew H.Plaks（ed）: *Chinese Narrative: Critical and Theoretical Essays*. Princeton University Press, 1977.

〔註64〕 〔美〕浦安迪著《明代小說四大奇書》，沈亨壽譯，北京：三聯書店 2006 年版，第 35 頁。

> （像「四大奇書」這樣）成熟的文人小說依然可看作是整個明
> 朝文學發展的新綜合：它吸收了晚明詩文的審美特徵和技巧、八股
> 文的各種寫作章法、小品文的閒逸氣質及修辭手法、文人戲曲的結
> 構圖案與構思立意，以及最終形成白話短篇小說題材的某些說書技
> 巧。〔註65〕

浦安迪的結論建立在「設身處地性」的基礎之上，即想像著自己進入了晚明歷史，面對著龐大的歷史文化遺產顯得困頓無比，在人類共通性的前提之下為明代文人設計文化出路。經過浦安迪的闡釋，我們對於明代小說的立場注定要發生某種「位移」，定見被質疑，以往顛撲不破的真理成為了有待論證的命題，這就是漢學家研究中國文學時往往閃現出的真知灼見，證明了「旁觀者清」的合理性。

然而浦安迪的論證也絕非無懈可擊，試圖通過「四大奇書」身份重構顛覆整個明代小說的歷史面目，其選取的材料（包括八股文、三教合一、明傳奇等）也偶而顯現出斧鑿的痕跡，將四大奇書視為文人創作這一觀點的基礎是建立在作者想像的「文化負擔」概念之上，但究竟明代文人是否真如浦安迪「設身處地」所善意推斷地那般為這一「文化負擔」所困擾，甚至有沒有將文化視為自己的負擔，其實還是沒有定論的事情。反而透過浦安迪對於「文化負擔」概念的移植，折射出了某種西方人思維定式，即將中國的文化遺產視為「過於龐大、非任何個人所能全部掌握」的負擔，傳統成為了新思想的桎梏，在此前提之下想像著中國文人會以小說的方式進行某種「反諷」，這不僅重複了黑格爾以降西方對於中國的想像（歷史停滯、沒有個性、傳統成為革新的障礙），更似乎墜入了某種文化工具論的窠臼。文化真的如浦安迪所說，必須要「掌握」否則便成為「負擔」嗎？我想今天的許多人不會同意這種看法。文化不是可有可無的容器或可以隨意更換的衣裳，它是與每個文化個體休戚相關的存在方式，時至今日，中國文人在面對自身文化的時候，很可能並不會如分析哲學般將個體從這一文化有機體中剝離出來而強調所謂「個體表達」或「反諷」，也不會試圖窮盡或掌握文化，反而會全身心地沉浸在文化氛圍的潛移默化中，「覺醒的個體」很可能只是西方漢學家某種善意的想像而已。從這一角度來看，「設身處地性」也遭遇到了闡釋困境：當代人，包括西方漢學家和中國學者，都已經太久沉浸在西方學術範式的潛移默化

〔註65〕《明代小說四大奇書》，第 32 頁。

中，我們究竟在多大程度上能夠理解古人的存在方式和思維方式，能否完全避免以今人思維過度想像、過度闡釋古人的習慣？這背後其實包含著文明與野蠻、傳統與革新的複雜關係，中西問題最終指向了古今之維。

與浦安迪相似的是，哈佛大學漢學家包弼德（Peter K.Bol）也借助了某種「設身處地性」來探尋宋明理學發生、發展和遭遇的眞實歷史，其新著《歷史上的理學》（Neo-Confucianism in History）書如其名，文風也一如既往的不事雕琢，樸實可信。〔註66〕

包弼德一直希望構築一個以「斯文」爲中心的中國「文人共同體」，他的寫作也圍繞著文人共同體的歷史遭遇而展開。還原理學的歷史，首先意味著最大程度地還原理學發生、發展、挫折和成熟的歷史大背景，因此，包弼德從經濟、社會、外交形勢、內部師承等角度還理學以眞面目，經過了去僞存眞式的過程後，使得理學的眞面目自我呈現。包弼德的研究順應了當前學術界在文化研究等思潮影響下重構「歷史」的傾向，在具體行文中表現爲孟子所謂「以意逆志」和「知人論世」的寫作態度：包弼德從1050年這個時間點開始，不厭其煩地嘗試著從文化心理學的角度猜測和確認宋明幾百年間中國士人對前途的選擇範圍與意識，這種猜測不是妄自揣摩，而是建立在「知人論世」基礎之上的「以意逆志」，假設一個正常人處於某種相似的環境底下，做出的選擇也是大體相似的。

> 一名士人能知道他和那些生活在750年的士人有著不同的歷史際遇……〔註67〕

> 讓我們回到11世紀50年代，當我們這名士子仍然是年輕人的時候。讓我們假設他已經意識到唐代的秩序永遠無法再回覆。讓我們也假設他擁有抱負，對自己和對國家都有期望。他不但希望中舉併入仕，同時也希望對當代社會找到一個人人都可以追尋的目標。當他向四周尋找答案時，他會發現知識分子對追求何種目標，以及如何達致目標時的意見分歧……〔註68〕

〔註66〕 這一點與其同事宇文所安形成了鮮明對比。可以說宇文所安的個性、倪豪士的理論先行與包弼德的樸學代表了當代美國中國研究的三種趨向，後者似乎正在褪去漢學家的炫目光環，也避免了太多個性與理論方面先入爲主的偏見。參見〔美〕包弼德著《歷史上的理學》，〔新加坡〕王昌偉譯，杭州：浙江大學出版社2010年版。

〔註67〕 《歷史上的理學》，第37頁。

〔註68〕 《歷史上的理學》，第39頁。

在 1050 年，我們的這名士子所面對的一個問題是，把學術等同
於對「文」掌握的觀念已經從內部受到范仲淹、歐陽修與胡瑗等人
的挑戰。他們並不認為以唐代宮廷的方式作詩就是對「文」的價值
的理解與認可……〔註69〕

我們的這名士子……可能會認為，要回到上古文明的初始，不
能只是研究古人的制度與文獻，然後在政策與文字上進行模仿，反
而應該是在自己身上，實現聖人創造具有永恒價值的事物的過
程……〔註70〕

包弼德筆下的理學一開始就是一種每個儒家士人身邊的「事業」而非單純的
「意識形態」，理學學派的形成順應了宋代以來新的歷史問題，有宋一代的
周邊形勢與經濟狀況成為解讀理學的關鍵要素。包弼德經過多角度反覆比
較，提出：隨著唐代輝煌盛世的遠去，宋代這樣一個實用主義的漢族政權不
再具有「天可汗」般神聖地位，軍事上長期處於少數民族的包圍中，深感內
憂外患迫在眉睫，然而宋代又是一個商業高度發達、經濟高度發展的階段，
〔註71〕加上重文輕武的文官政治使得知識分子地位空前提升。於是知識分子
必須在「經世致用」與「誠意正心」之間做出自己的選擇，儒學也必須回答
「為己」還是「為人」的問題。第一代理學家就在「富而不強」的歷史背景
下出現了。

唐代開始的古文運動反而使得「文學」的地位有所下降，「斯文」不再，
「學」的地位壓倒了「文」，「學」的目的，也「不是為了幫君主施行教化或
者使下情上達，而是要能告訴君主他應該怎麼做」〔註72〕。如何恢復古代的
美好社會成為宋代以來的共同焦慮，然而解決途徑各異。一方面，從范仲淹
改革科舉制度到王安石的新法，「經世致用」成為一些宋代士人的共識，王
安石以為自己找到了真正立法的秩序，甚至期望用制度化的方式培養士子。
然而在此過程中，另一些信奉理想主義的儒家學者卻對改革持消極態度，站
在了新法的對立面上，不承認新法找到了所謂的新秩序，程頤晚年就否認王

〔註69〕《歷史上的理學》，第 47 頁。
〔註70〕《歷史上的理學》，第 62 頁。
〔註71〕包弼德指出「晚明雖然長期被看成是中國歷史上一次偉大的商業革命發生的
　　　　時期，但它的經濟發展，實際上達不到宋代的高度」。《歷史上的理學》，第 26
　　　　頁。
〔註72〕《歷史上的理學》，第 62 頁。

安石，宣稱「聖學不傳久矣。吾生百世之後，志將明斯道，興斯文於既絕」。
〔註73〕兩派爭奪的是「斯文」的代表權，新舊儒者最大分歧也漸趨顯現，不
僅僅是新法與舊法的問題，而是儒家士人的身份定位問題：「學」究竟是爲
了追求什麼目標？國富民強和聖人之道哪個更爲重要？實用主義與理想主
義、純粹知識與實踐理性之間產生了糾葛。因此，理學絕非一般人印象中統
治者的思想工具，而是儒學在新的歷史形勢下的自覺調整，學者與政權之間
的裂痕與衝突儒學的歷史中頗有體現。在包弼德的描繪之下，理學家更像是
葛蘭西意義上的「傳統知識分子」，從程氏兄弟到朱熹甚至到王陽明頗有離
心色彩的「心學」，都從屬於一個共同的理學基礎。理學家們都強調「理」
的統一性（unity）與同一性（identity），認爲「理」無所不包而又獨一無二，
他們追求「學」的獨立與尊嚴，甚至期望知識分子而不是君主成爲道德楷模
和標準，〔註74〕爲此興辦書院廣收門徒，形成一種獨立的社會團體，到了明
清時期，儘管皇帝尊奉朱子學，但卻對理學家興辦書院、聚眾講學大加阻撓。
〔註75〕

　　可以發現，經過包弼德的闡釋，歷史上的理學煥發了一些嶄新色彩。理
學家被描述爲一批矛盾的儒者，他們提升自身以期通達眞理，卻面臨著理想
與現實、學術與政治之間的二難抉擇，而暴露出學說內部的諸多漏洞：

　　　　他們相信統一性是驗證善惡的最終標準，但他們卻在政治社會
　　秩序和自己之間製造了一種緊張關係。他們聲稱道德的最高權威不
　　是來自政治、歷史或文化領域，而是來自那些掌握了正學的人。作
　　爲士人，理學家屬於全國性的社會與政治精英的一部分。加入政府
　　是他們的特權，而他們作爲全國性精英的身份也有賴於政治系統的
　　生存。他們理想中的世界是沒有衝突、矛盾和不確定性的，這樣的
　　世界不需要理學家。〔註76〕

批判者要依賴被批判的對象才有可能行使批判的權利，自身學說所追求的理

〔註73〕《歷史上的理學》，第 69 頁。
〔註74〕理學家認爲君主必須修身，而修身的準則就在理學家那裡。宋代四川的理學
　　　　領袖魏了翁甚至說如果君主做不到天下歸一，理學家就應該倣仿孔子作《春
　　　　秋》般自己去做。不難想像，這種先天將理學家置於道德權威地位的做法，
　　　　確實會令皇權感受到一絲威脅。
〔註75〕例如 1579 年，明朝廷開始關閉書院，結束講學活動。
〔註76〕《歷史上的理學》，第 191 頁。

想狀態意味著學說自身失去意義，理學家就是這樣一批值得同情的「斯文」共同體。

包弼德的中國文化史和文學史研究有著鮮明的文化歷史學痕跡。他在幾個方面都顯示出對既有研究範式的突破：首先是推翻中西方的定見、習見，從細節入手還原真實的理學史；其次是多角度審視，從政治身份、學術傳承、信仰基礎和社會活動等角度深度解讀了理學的方方面面；最後，觸及和解決了多項具體問題，包括理學形象與實際境遇的歷史鴻溝、學者與皇權的關係、實踐理性與純粹理性、良心與知識、誠意與格物，等等。

雖然《歷史上的理學》選擇的研究對象是理學家，他們往往「對歷史和文學並不太感興趣，除非他們有辦法使這兩者為自己的道德修養方案服務，而願意在理學上下功夫的史學家與文學家也不多」〔註 77〕，然而本書的寫作思路與包弼德的成名作《斯文：唐宋思想的轉型》極其相似，都是將「文學」視為大文化的一部分，而非少數文學家吟詩作對的風流韻事。

包弼德抓住了「斯文」這一歷史脈絡，把握了「學而優則仕」這一亙古不變的中國文人心態，採用「知人論世」和「以意逆志」的做法，避免了氣勢洶洶的西方理論過多參與，同時也不讓自己陷入天馬行空的臆想，溝通了文學史、經濟史、政治史、軍事史等諸多領域，營造出跨學科研究的網狀結構，在深厚紮實的材料基礎上有條不紊地重構歷史。這一新世紀的「樸學話語」，構成了當代西方漢學家關於中國文學思想研究的一大亮點。

隨著全球化時代中國學術漸趨崛起，中國學者同海外學者之間的交流機會也空前增多，漢學家與國學家頻繁往來，新一代漢學家持論更為公允，更為客觀化和專業化。澳大利亞漢學家文青雲（Aat Vervoorn）的新著《岩穴之士》（ *Men of the Cliffs and Caves: the development of the Chinese eremitic tradition to the end of the han dynasty* ），以公元三世紀前的大量文學文本為依託，立足於中國特殊語境，總結出了中國早期的隱逸傳統以及其中儒道兩家所起的不同作用，堪稱堅實而深入的開創性研究〔註 78〕。法國新一代漢學家胡若詩女士借助新批評的文本細讀方法，輔之以原型批評的視角，對唐詩中的「色彩」、「鏡子」、「病」和「畫面特徵」等問題進行了別出心裁的關鍵詞研究，角度

〔註77〕《歷史上的理學》，第 2 頁。
〔註78〕〔澳〕文青雲著《岩穴之士：中國早期隱逸傳統》，徐克謙譯，濟南：山東畫報出版社 2009 年版。

新穎，可讀性和學術性極強，給人以眼前一亮之感，也頗得錢林森等國內學者的肯定〔註79〕；此外，隨著漢學家來華學習機會的增多，出現了一批「中國製造」的漢學家，其中的佼佼者當屬當代英國漢學家霍克斯（David Hawkes, 1923～2009），他於20世紀50年代在北京大學學習，拿到了研究生學位，後返回英國在牛津大學任教，霍克斯翻譯的《紅樓夢》是當前最為嚴謹和紮實的英譯本，他同樣在《楚辭》等研究領域取得了突出成就，成為20世紀六七十年代英國漢學的中堅。霍克斯對於《楚辭》等中國詩歌的認識也不再停留於獵奇或尋找佐證，而是以中國為範式突破的起點，最終指向普遍的詩性淵源：「如果我們透過表面形式去力求把握和理解中國詩歌的精髓——中國詩人觀察世界的方法，他們的豐富的想像力和各色各樣的主管揣測——我們必須投身於中國古詩的研究。只有在這裡，才能找到所有詩歌淵源的線索：作為社會的一員，他們的表達方式：以及作為獨立的個人表達自我感情的方式。」〔註80〕

　　此外，舒衡哲（Vera Schwarcz）在1980年作為首批美國留學生來到北京大學中文系進行學習深造，在其著作《中國啓蒙運動》中，材料更多來自於同樂黛雲等中國當代學者交流的結果，擺脫了以往漢學家過於獵奇和附會的色彩，這也標誌著中西學術界身份混雜的趨向。〔註81〕不僅如此，越來越多的漢學家甚至經由中國文學提出了對整個人類思維痼疾的批判，法國詩人學者克羅德·盧阿（Claude Roy）就自稱為「偷詩者」，經過中國文學的洗禮後，他大力讚揚旅行和遊歷的意義，懷疑所有以「那些人……」開頭、物我兩分

〔註79〕《法國漢學家論中國文學——古典詩詞》書中收入了胡若詩的4篇文章：《色彩的詞，詞的色彩》，《唐詩中的鏡與知》、《唐詩與病》、《唐代山水詩和郭熙的「三遠」》，收錄的文章數超出了戴密微（3篇）、葛蘭言（1）、桀溺（3），可見本書編者錢林森的欣賞態度。

〔註80〕葛桂錄《中英文學關係編年史》，第288～289頁。

〔註81〕當然從《中國啓蒙運動》一書來看，康德等西方經典的「啓蒙」理論對於舒衡哲全書的統攝所用依然存在，西方學者總希望在中國文學史中尋找某些個人主義因素，但五四以來的中國文學史往往讓漢學家失望，每當中國作家的個人主義讓位於集體主義或更高的民族使命時，西方學者往往將集體主義同專制主義掛鉤，遺憾地宣稱個人主義的泯滅。中國啓蒙運動與西方啓蒙運動歷史語境全然不同，西方重在解放自我的心靈，而中國啓蒙運動有著直接的指向就是拯救國家民族於危亡之際。漢學家則很難理解中國知識分子的「天下」情懷和道義擔當意識。參見〔美〕舒衡哲著《中國啓蒙運動：知識分子與五四遺產》，劉京建譯，北京：新星出版社2001年版。

的句子，厭惡所有以「……和我們不一樣，而且永遠沒有辦法理解他們」爲終點的思想，指出「人類的缺陷在於他們害怕不瞭解的事物。神秘的亞洲是一個簡單的口號，而且更加愚蠢地宣告並提出『黃禍』的口號。我們恐懼的邊界也就是我們知識的邊界。東方確實和所有地方一樣，中國也和其他國家一樣」〔註 82〕。這種無論中心邊緣、超越身份的優越感和文明開端神話的思路，代表了漢學家們思路的新境界。

當然，面對一個極爲龐大的漢學研究體系，指望漢學家們毫無偏見地對待中國文學的歷史、作品和作家，是對漢學家的苛求，因爲學術體制和現實利益的要求，漢學家的寫作也受制於看不見的手，很難完全去除漢學所固有的模式或套話。

第四節　族裔散居：異軍突起的華裔漢學家

古典時代文明間個體的流動與遷徙引人關注，然而那時的中國卻沒有自己的華裔漢學家，包括「中國的馬可波羅」列班‧掃馬，這一位從中國去歐洲的旅行者，卻很可惜沒有留下隻言片語。「散佚」是一個偶然事件，背後卻有著必然的根源，也許這就是社會文化無意識遺忘的一種方式。進入 18 世紀，兩位中國教徒高類思（Aloys Kao）與楊德望（Etienne Yang）在巴黎期間對於埃及象形文字與中國文字之間關係問題的反應令巴黎人頗感失望，而幾經培訓受命返回中國後，由於宗教差異和家庭出身的限制，他們也無法完成法國大臣貝爾坦所託付的多項考察任務。19 世紀後半葉以來的王韜、陳季同、辜鴻銘和林語堂，都承擔了許多向海外傳播中國文學與文化精髓的使命，然而他們的心理狀態和文化取向同長期在海外生存的華裔漢學家尚不可同日而語。

華裔漢學家不能稱之外嚴格意義上的「西方漢學家」，然而其筆下的中國文學形象卻佔據著特殊的地位，比起純粹意義上的西方漢學家對於文字、文物、政治、經濟、軍事和典章制度的熱情，華裔漢學家們承擔了更多中國文學西行的中介工作，形成了一道亮麗的風景線。〔註 83〕東方的知識分子在來

〔註 82〕〔法〕克羅德‧盧阿「《偷詩者》引言」，麻豔萍譯，載《法國漢學家論中國文學——古典詩詞》，第 383～384 頁。
〔註 83〕任成大「20 世紀海外嚴羽研究述評」，載《甘肅社會科學》2007 年第 4 期。

到西方後，天然地就和自己周圍的「讀者」斷絕了共同的語境，也就是說，他不再能奢望讀者天然地理解自己的立場，另一方面，遠離故土使得自己的聲音也被遺忘。這可能就是「兩頭蛇」的尷尬，然而作爲歷史中間物的意識決定了他又必須將東方的文化介紹到西方，使得後者避免一些誤解和誤讀。

華人在海外的闡釋活動也暗含了一個問題，現代以來西方文化對於中國的潛移默化，造成了中國知識分子認同了理論高於非理論，頓悟式的語言比不上複雜晦澀的論證的邏輯，自覺地以西方「理論」來束縛自己，把中國鮮活的文明填充進西方死板的框框之中，成爲一種「文物」。1946～1948 年間曾短暫訪美講學的馮友蘭對此有過深切體會，他回憶當時的情景：

> 原來西方的漢學家們，把中國文化當做一種死的東西來研究，把中國文化當作博物院中陳列的樣品。我那時在西方講中國哲學史，像是在博物院中做講解員。講來講去覺得自己也成了博物院中的陳列品了，覺得有自卑感，心裏很不舒服。〔註84〕

雖然馮友蘭並非華裔漢學家，但這段話卻道出了漢學家從事文化中介活動的辛酸苦辣。從某種意義上而言，華裔漢學家的出現是典型的現代性事件，他們如同薩義德和斯皮瓦克那樣，跨越了現代性的種族邊界，在母體文化和西方現代文明之間自由穿梭，通過戲擬（mimicry）的方式嘲弄西方現代文明；然而著書只爲稻粱謀，教職、出版、工作、認同……生存的壓力也往往壓制他們內心的眞實聲音，自覺不自覺地按照西方漢學家成型的學術規則書寫著符合西方想像的中國文學與文化形象。華裔漢學家體現了後殖民意義上的「族裔散居」（diaspora）特徵，沒有了神聖的文明開端，思鄉的心靈再也無法飛回永久的家園，文化多樣性成爲華裔漢學家的日常生活經驗，這種族裔散居經驗「不是由本性或純潔度所定義的，而是由對必要的多樣性和異質性的認可所定義的；由通過差異、利用差異而非不顧差異而存活的身份觀念、並有混雜性來定義的。族裔散居的身份是通過改造和差異不斷生產和再生產以更新自身的身份」（斯圖亞特·霍爾）。在混雜的跨文化語境下，華裔漢學家無疑具有了多重身份和複雜立場，從而有可能將多種經驗糅合起來，探尋人類各個文化並存、交流、對話乃至融合的可能。

〔註84〕馮友蘭「三松堂自序·明志」，載《三松堂全集》第一卷，鄭州：河南人民出版社 2001 年版，第 313 頁。

一、遠遊的詩神

　　法國是西方專業漢學的發源地與中心，歷史上，留法的許多中國學者承擔了溝通中法文學的橋梁作用。20 世紀初，在梁宗岱的翻譯與介紹下，法國文豪羅曼・羅蘭和瓦雷里都對陶淵明的詩歌產生了興趣。羅曼・羅蘭在給梁宗岱的回信中說：「你翻譯的陶潛的詩使我神往，不獨由於你的稀有的法文知識，並且由於這些詩歌單純、動人的美。它們的聲調對於一個法國人是多麼熟悉！從我們古老的土地上昇上來的氣味是同樣的。」「這已經不是第一次了：我發覺中國的心靈和法國兩派心靈之一，有許多酷肖之點。這簡直使我不能不相信那種人類學上的元素的神秘的血統關係。亞洲沒有一個別的民族和我們的民族顯示出這樣的姻親關係。」瓦雷里則勸梁宗岱將翻譯的陶潛詩歌印成單行本，並為其做了序言，予以高度評價。他認為陶詩在「極端的精巧」之後達到了「極度的樸素」，將陶淵明稱為「中國的維吉爾和拉封丹」：「那是一種淵博的，幾乎是完美的樸素，彷彿是一個富翁的浪費的樸素。他穿的衣服是向最高級的裁縫定做的，而它的價值是你一眼看不出來的；……他把自己混同自然，變成其中的一部分：但他不想去窮竭他的感覺。古典作家並不做那些需要畫家特殊的眼光或召呼全部字典出場的描寫……這些蘊藉的藝術家有時以情人態度，有時又以比較和藹或嚴肅的哲人態度去鑒賞自然。有時呢，他們是在田園或在漁獵，或簡直是清淨的愛好者……他有時候很美妙地描繪自己。他說：『眄庭柯以怡顏，倚南窗以寄傲……』或者『影翳翳以將入，撫孤松而盤桓』。〔註85〕這一『撫』意味多麼悠遠！」這些感受已經頗為深入陶詩「外枯而中膏，似淡而實美」（蘇東坡語）的特徵了。

　　在當代海外華裔漢學家中，無論從思想高度、個人成就和世界影響力而言，漢法雙語作家程抱一（François Cheng, 1929～）都可稱之為代表人物。1975年之前，程抱一主要以中文寫作，譯介法國詩歌，之後開始以法文撰寫中國詩畫理論著作，相繼出版了《中國詩語言研究》和《中國畫語言研究》兩部重要著作〔註86〕，以 R・雅各布森和列維・斯特勞斯的結構主義方法分析中國詩歌和中國繪畫的語言特質及其審美核心，在法國和世界學術界產生了很大影響。接著，程抱一在 80 年代以法文創作出版了多部文學作品並獲大獎，

〔註85〕注：這兩句均出自陶淵明《歸去來兮辭》。
〔註86〕這兩部書的中譯本合併為《中國詩畫語言研究》一書，收入劉東主編的「海外中國研究叢書」，並於 2006 年出版，譯者涂衛群。

其作爲雙語作家成功地在東西方兩種文字間自由穿行，尤其是在 2002 年當選爲法蘭西學院有史以來的第一位亞裔院士，更使其聲望達到了頂峰。

作爲當前最爲西方主流學術界認可的雙語作家，程抱一的身份似乎不是我們一般意義上所說的學院派漢學家，然而其《中國詩畫語言研究》對於向海外介紹中國文學的語言和美感特徵有著無可估量的作用，可以說：西方主流學術機構對於程抱一的認同，在某種程度上代表了他們對於程抱一所介紹的「中國詩歌」與「中國繪畫」之美的認同，程抱一將華裔漢學家的窗口和橋梁作用發揮到了極致。與此同時，程抱一的思想背景包含了濃厚的結構主義痕跡，他在成功地移植雅各布森的音位學與斯特勞斯的人類學於中國文學領域的同時，也顯示出某些機械化、模糊化和誤讀痕跡。通過對《中國詩語言研究》的症候式研讀，有可能引發出對於程抱一現象的某種反思：華裔漢學家呈現給西方學術界的中國古典文學材質，是否經過了某種有意識的過濾？而其引導西方讀者觀照進入中國古典文學的方式，是否也是對於西方強勢話語的某種迎合？而在這一過程中，後殖民視野下的文化混雜與身份離散問題進一步凸現出來。

如同許多西方漢學家那樣，程抱一首先需要面對的是中國文學在整個中國文化中的地位與價值問題。在這一問題上，程抱一首先強調的是中國藝術的整體特徵，包括詩歌、音樂、書法和繪畫在內的中國藝術是渾然天成無法割裂，「在中國，各門藝術並未被隔離開來；一位藝術家專心從事詩歌——書法——繪畫三重實踐，彷彿他們是一門完整的藝術」。〔註87〕其二，造成這種局面的根本原因是中國文字的「形象化特徵」。當然，爲了避免西方人對於「形象化」過度浮想聯翩〔註88〕，程抱一尤其強調中國文字絕對不是一些雜陳的「小型圖畫」，中國文字是一個複雜的符號系統，「這種符號系統建立在與眞實世界的密切關係的基礎上，取消無緣由的做法和任意性，從而在符號與世界，並因此在人與世界之間沒有中斷，這似乎是中國人自始至終努力走向的目標」〔註89〕，這種認識其實暗含著某些「天人合一」的思維。程抱一眞正關注的是中國詩歌和文化中那種與自然渾然一體的默契感。這樣的文字系統

〔註87〕〔法〕程抱一《中國詩畫語言研究》，涂衛群譯，南京，江蘇人民出版社 2006
　　　年版，第 11 頁。
〔註88〕正因爲這種過度闡釋，許多西方人時至今日依然將中國文字看成古埃及象形
　　　文字的翻版，甚至萌發出許多諸如「中國文明源於埃及」的奇談怪論。
〔註89〕程抱一《中國詩畫語言研究》，第 9 頁。

決定了中國一整套的表意實踐，也就是說無論是在詩歌還是在書法、繪畫、神話甚至音樂領域，語言並非純粹描述世界的「指稱系統」，而是「組織聯繫並激起表意行為的再現活動」，這樣在程抱一的闡釋體系中，藝術家主題的意向就同自然界天然契合，而文字則理所當然地成為自然與主體交流間無比活躍的媒介。縱觀程抱一分析文學作品的著眼點，也多在強調「語言」的視覺、聽覺與結構之美。

二、置身於生態美學邊緣

在美國的華裔漢學家中，葉維廉（Wai-lim Yip, 1937～）〔註90〕在中國文學與美學研究方面最具代表性和複雜性，他出身於大陸，成長於臺灣，又在美國詩歌界與學術界確立了自己的地位，長期以來浸漬在中西文化之間，從而確立了十分完善成熟的詩歌理論體系。葉維廉是位學者型的詩人，其詩作風格建立在對於中西詩歌乃至文學傳統的熟諳之上，而他對中國古代思想尤其是道家影響下的藝術理論對西方文化的影響問題也頗有研究，也承擔起闡釋道家、禪宗的藝術理念同當代西方詩歌界、藝術界的轉型之間關係問題的使命。葉維廉著述頗豐，下面擬以1998年葉維廉在北大的講演集《道家美學與西方文化》為切入點，分析這位美國華裔漢學家的入思路徑。〔註91〕

在葉維廉看來，中西詩歌語言中的差異背後首先是思維理念的不同。中國詩歌展示的是萬物自然發生的視覺性與事件性，目擊道存，意義自現，詩歌中很少顯露主體的痕跡，例如王維的「獨坐幽篁裏，彈琴復長嘯」，如果加上「我」這樣的主體概念，就會剝奪了讀者親身歷驗的感覺，葉維廉總結道：

〔註90〕葉維廉，1937年生於廣東省中山縣。臺灣大學外文系畢業，臺灣師範大學英語研究所畢業，美國愛荷華大學美術碩士、普林斯頓大學比較文學哲學博士。美國加州大學教授。主要著作有：《比較詩學》、《歷史·傳釋與美學》、《解讀現代·後現代》、《生活空間與文化空間的思索》、《與當代藝術家的對話——中國現代畫的生成》、《中國詩學》、《葉維廉文集》（10卷）等。

〔註91〕需要指出的是，這本書是葉維廉1998年擔任北京大學比較文學講座主持人的學術結晶，面向的聽眾和讀者主要是中國學生，同其成名作《中國詩學》相比，篇幅不長（不足200頁）且也有同前書重複雷同之處，但其濃縮了葉維廉在海外介紹中國文字語言、文化美學的精華，展示了全球化視野下的文化生態問題，已經超越了《中國詩學》中較為狹窄的詩歌美學領域，進入生態哲學或生態美學的路徑，因此我認為：本書是全面瞭解葉氏精華思想的最佳途徑。

「中國古典詩人，把場景打開後，往往隱退在一旁，讓讀者移入，獲致場景如在目前的臨場感。」〔註92〕他又通過迴文詩的例子指出：迴文詩之所以能夠從任何一個字開始讀，恰恰是觀物感物、以物觀物的道家精神的體現，正是因爲字與字之間留有「開闊的空間」，反而爲讀者的解讀提供了無限豐富可能，多種經驗和視覺感受被喚起，而不是像看過雕琢後作品那樣被固定。〔註93〕總之，「中國古典詩中語法的靈活性——不確切定位、關係疑決性、詞性模棱和多元功能——是要讓讀者重獲相似於山水畫裏的自由浮動的空間，去觀物感物和解讀，讓他們在物象與物象之間作若即若離的指義活動。」〔註94〕可以說，中國的思維傳統是「看山還是山，看水還是水」。

　　反觀西方詩歌藝術，從哲學傳統看深受柏拉圖影響，柏拉圖哲學體系中的金字塔結構，體現了概念、實體與模仿之間的價值遞減，與之相關的是柏拉圖的知識價值階梯，知識中最高的是超知覺的冥思，中間的則是數理、幾何思維，而最底層的知識則是直觀，後者卻恰恰是中國文化傳統中最推崇的感知方式。柏拉圖的理想就是建立一個恢宏強大、高度理性的主體。知識高於現象，更高於自然。葉維廉認爲：柏拉圖之所以決定將詩人逐出理想國，恰恰是因爲在荷馬詩歌中提供了種種「經驗的威力和音樂性的魔力」，於是「自我」有被淹沒的危險。〔註95〕在我看來，葉維廉的闡釋很尖銳：柏拉圖反對詩歌的本質就是顛覆與口頭傳統認同的習慣，代之以經過思辨教導而知的知識，確立理性（logos）的中心地位，將哲人之思凌駕於詩人之感之上。這種重視抽象、輕視形象感物的感知方式，經由亞里士多德四因說中目的因的推波助瀾，形成了知識論上的理性中心主義和宇宙論上的人類中心主義並行的局面，從奧古斯丁到笛卡爾、從康德到黑格爾，皆未能衝破這一傳統束縛，

〔註92〕葉維廉著《道家美學與西方文化》，北京：北京大學出版社 2002 年版，第 6 頁。

〔註93〕葉維廉在本書中和《中國詩學》中都喜歡通過迴文詩來說明中國文字靈活的語法結構，尤其是蘇東坡的《題金山寺》：潮遂暗浪雪山傾 遠浦漁舟釣月明 橋對寺門松徑小 巷當泉眼石波清 迢迢遠樹江天曉 藹藹紅霞晚日晴 遙望四山雲接水 碧峰千點數鷗輕（從最後一個字反過來念也完全成爲詩句）和近人周策縱的《字字迴文詩》：月 淡 星 荒 渡 斜 舟 繞 亂 沙 白 岸 晴 芳 樹 椰 幽 島 豔 華（20 個字排成圓圈，可以從任何一字起，向任何方向讀，甚至可以跳一字連句讀）。可以說這兩首詩都無法譯成印歐語系的英文，因爲英文和其他印歐語的語法都是環環相扣般嚴謹。

〔註94〕《道家美學與西方文化》，第 10 頁。

〔註95〕參見《道家美學與西方文化》，第 22～28 頁。

一直生活在這種「看山不是山，看水不是水」的知識障中。直到 19 世紀末胡塞爾現象學的出現，才將這一本質與現象、概念與實體之間顛倒了幾千年的關係重新恢復，而胡塞爾、尼采、海德格爾在中國當代思想界被接受，部分原因也在於強調直覺、反對人類中心主義與理性主義、將存在與世界勾連起來的觀點，契合了中國思想傳統。

在全球面臨生態危機與戰爭威脅的條件下，經歷了世界大戰浩劫的西方開始漸漸接受中國道家的藝術性思維，就這一點而言，龐德等人對於道家文化的汲取模仿，並非孤立的文學史事件，而具有某種思想史的隱喻味道。中國詩歌傳統中不露任何斧鑿痕跡的作品，最能展現自然之美以及人與自然親密無間、大化無行的作品，往往最受推崇。〔註96〕只有收起主體，擯棄自我，絕聖棄智才能同於大通，自然的本眞才能自我呈現，所以中國藝術理念中才會推崇「收視反聽」、「澄心以凝思」、「貴在虛靜」、「神與物遊」、「不涉理路，不落言筌」等創作狀態。在我看來，老子強調的「人法地、地法天、天法道、道法自然」表明了中國道家的世界觀，頗可與柏拉圖的金字塔相互參照，道家認爲人是處於最底層的，而最高層的更非眞理之「道」，因爲道也不過是強名之的臨時概念，最好是沒有任何概念，融於自然，身與物化。在中國詩歌藝術傳統中，即使詩仙太白的豪氣干雲，也只是天才不可重複的特立獨行而已，杜甫尤其是王維的詩歌，體現了道家藝術理念的精髓，雖然就道家本意而言，是不以藝術爲念的。道家的美學是一種爲人生而非爲藝術的美學，眞理與美的關係是一而二，二而一的，海德格爾對「詩與眞」關係的闡釋將評判詩歌的標準由美改爲存在之眞理顯現，其實無形中與中國道家取得了一致。

在強調了道家美學之「目擊道存」特色之後，葉維廉繼而思考中國道家美學能否成爲西方乃至世界文化未來的突破口，即借助這一觀物取象的窗口，擯棄西方文化中過於強調主體性、理性和邏輯的偏執性，而代之以對自然、生態等因素的重視。因此，葉維廉枚舉了許多現代西方思想家對於柏拉圖以降西方人類中心主義的質疑與自我批評，其中有佩特（Walte Pater）對現代思維所追求的「相對性」進行的批評，也有休謨對西方語言科學邏輯背後

〔註96〕例如杜甫的名句「綠垂風折筍」並非簡單的倒裝句法，而是詩人經驗情形的逼眞再現：詩人在行程中突然看見綠色垂著，警覺後發現是風折的嫩竹子，這一句是語言的文法緊跟著經驗的文法，倘若還原爲「風折之筍垂綠」則成了純粹知性理性的邏輯，毫無詩味。參見《道家美學與西方文化》，第 13 頁。

權欲的諷刺（把一個複雜的、無可逃避地斷裂的沙礫、煤屑的世界減縮爲幾個符碼），詹姆士和懷特海對於西方「省略」、「減縮」、「塑模」、「屈從」等西方分析方法的控訴。現代思想家和學者們不約而同地選擇了東方作爲反思自身傳統的起點，費諾羅薩（Fenollosa）對中國文字詩性的發現，詩人奧遜（Charles Olson）對於古希臘思維束縛的掙脫，經由東方，尼采對人和知識的神話進行顛覆，而海德格爾的存在主義則對物我關係重新思考，提出了地球不過是空中一顆小沙，而人只不過是這顆沙上的一群爬行者的觀點。〔註97〕經此闡釋後，龐德在中國詩歌面前表現出的欣喜若狂就不奇怪了，從龐德《神州集》開創的美國意象派對於中國語言和藝術觀念的汲取，到「垮掉的一代」對於寒山詩的狂熱，美國現代詩對於中國詩歌的借鑒並非平地驚雷，而是整個西方自我反思潮流之下的必然選擇。

　　道家美學不是枯燥乏味的美學或藝術理論，而是以自然無束的人生爲依歸的生命理論，因此道家美學溝通了世界與自我，也連接了藝術與人生。藝術不是一種技藝、織物或產品，藝術是生活，在道家思想影響下的中國歷史中，其實遍佈充滿詩意的、蘊藉無窮的生活細節。葉維廉選擇以嵇康《與山巨源絕交書》爲引子，以《世說新語》中王子遒、劉伶、嵇康、鍾會的軼事爲主體，闡釋了道家胸襟的風流倜儻、詩意人生。「沾衣不足惜，但使願無違」，魏晉風流的背後，正是這種物盡其性、素樸自然的人生理想。

　　葉維廉對於中國美學和藝術理論的闡釋中隱含著一種特殊的傾向，就是期望以道家和中國美學爲橋梁，將古老的東方美學嫁接到西方現代藝術的土壤之上。這樣就可以理解，爲什麼葉維廉反覆將「目擊道存」的藝術理念同愛森斯坦「蒙太奇」理論這樣時髦的電影技法聯繫在一起，又爲什麼極爲重視美國現代詩歌界對於中國詩歌語言的熱衷與模仿。在前述以《世說新語》論證道家精神之後，葉維廉繼續著將藝術同人生聯繫在一起的思路，分析了幾段著名的禪宗公案，例如棒喝、語錄、格言等等。禪宗是最具老莊色彩的中國本土佛教派別，對於中國人的美學、藝術思維影響至深，葉維廉借助比較的視野，將美國前衛藝術的風格特徵同中國禪宗相比較，驚喜地發現了兩

〔註97〕需要補充的是，葉維廉在這裡沒有提到現象學的開創者胡塞爾，在我看來，至少胡塞爾現象學從方法上啓迪了海德格爾的存在主義，沒有這種將哲學重心從「對象」拉回「意向性」的哥白尼革命，就沒有海德格爾對於「此在在世」的非人類中心主義思索。參見《道家美學與西方文化》，第29～38頁。

者的相似點,而像契奇的名作《靜寂》(Silence)、卡普羅的「發生(藝術)」與「破解發生(藝術)」等,都是有益借鑒了道家禪宗的虛靜、齊物論、天籟自然思想。〔註98〕這些都預示著中國道家藝術精神未來的廣闊前景。

難能可貴的是,葉維廉從藝術現象和作品入手,自覺進入了全球化時代生態問題的思考。從雅斯貝爾斯對工業巨變時代的憂心忡忡,到墨西哥詩人帕斯對於第三世界被「判」走入現代的控訴,人類的有識之士都在思索著一個問題:全球化是否意味著文化大一統,是否意味著西方文化成為全球唯一的樣板或模式?葉維廉從道家文化精神入手,釐清了現代化、現代性和現代主義等概念後,將批判的矛頭指向了現代西方資本主義文化對人性的異化,以及發展、掠奪和開發神話凝成的種種災難,呼籲從自然生態和文化生態的視角尊重第三世界的文化差異性,並提出以道家美學和文化精神為媒介,抗拒西方工具理性對人性的割切,「在創造上,在行動上,在理論上,他們應該用以異擊常的方式,尋找出新的策略,向西方宰制性的意識結構挑戰,進而探求西南的物我的認識。……激發出一種愛和一種醒,醒向活潑潑的整體生命。」〔註99〕

總體上看,葉維廉從道家美學入手闡釋了中國藝術精神和文論思想的「異」,其語言分析與哲學史梳理結合起來,顯得深刻而又暢明,葉維廉不僅通過詩歌創作和論著寫作向西方人闡釋了中國文論和美學,也在各個場合(包括去美國的語法小學)通過講演授課介紹中國語言文字獨一無二的特徵,並藉此彰顯中國詩歌藝術的特殊性和深刻性。這種思路與德國漢學家瓦格納的老子語言研究以及程抱一的中國詩歌語言研究,思路不謀而合。〔註100〕葉維廉以異擊常的論述方式,也要比之前劉若愚《中國文學理論》以中國文論一一對應愛勃拉姆斯的「世界——作品——作者——讀者」四環節理論更為深刻。只有民族的才是世界的,全球化時代是更為尊重差異和獨創性的時代,我們毋庸以西方的尺子衡量自己的文化夠不夠格,文化如此,文論美學亦如此。

葉維廉的理論絕非無源之水、無根之木,至少從主體性退隱解讀中國詩

〔註98〕《道家美學與西方文化》,第 129～145 頁。
〔註99〕《道家美學與西方文化》,第 164 頁。
〔註100〕〔德〕瓦格納著《王弼〈老子注〉研究》,楊立華譯,南京:江蘇人民出版社 2009 年版。

歌空靈特徵這一點上看，就有嚴羽以來中國詩話詞話傳統，尤其王國維《人間詞話》中有我之境與無我之境的論述，對於葉維廉是有著潛在影響的，茲不贅言。葉氏理論的局限性在於：將道家精神、禪宗格調同美國和西方前衛藝術聯繫在一起，其實也存在一個遺留問題，這能否構成中國文論興起的希望？為前衛藝術正名隱含某種危險性，因為現代前衛藝術過分重視觀念、行為和標新立異，過分重視瞬間的視覺衝擊力，相比之下對於永恒性，藝術創作的艱辛與功力重視不夠，很容易滑向行為藝術的深淵。道家美學和中國美學的輕盈不是問題，但是倘若過分強調其同當代前衛藝術的關係，則有淪為三流藝術附庸同謀的危險。

第五章　西方漢學家的中國文學觀的套話分析

　　正如美國漢學家史景遷（Jonathan Spence）在《文化類同與文化利用》中所談到的：西方人「面臨著這樣一個文化矛盾：四百年來，歐洲人關於中國的眞實知識中總摻雜著想像，二者總是混淆在一起，以至我們確實無法輕易地將它們區分開來。」在西方思想界，作爲他者的中國形象幾經變化，都是爲了適應西方自身發展的現實需要，因此漢學同東方學一樣摻雜了太多的想像性因素，甚至「想像往往比知識更重要」，「想像的力量足以創造或超越現實」。〔註1〕史景遷的這段論述同薩義德對於東方主義「想像地理學」的批判如出一轍，如果說本尼迪克特・安德森揭示了現代民族國家的本質——想像的共同體的話，那麼薩義德則揭櫫了西方地理學知識背後的建構實質：19世紀後期至20世紀初期西方地理學的勃興，代表了西方對於世界其他部分的「公開覷覦」，東西方的概念其實並非自然存在，而是人爲建構的產物，是知識與想像的結合。對於西方人而言，東方「並非突然的發現，也不僅僅是歷史的偶然，而是歐洲東部的一塊地方，其價值主要必須根據歐洲的話語方式來判斷，特別是因把東方塑造爲現在這個樣子而爲歐洲——歐洲的科學、學術、理解力和行政管理——贏得聲名的那些話語方式」（《東方學》），「地理的觀念決定其他觀念：想像上的，地貌上的，軍事、經濟歷史上的和大體來將文化上的觀念。它也使各種知識的形成成爲可能」（《文化與帝國主義》）。

〔註1〕　〔美〕史景遷著《文化類同與文化利用》，北京：北京大學出版社1997年版，第16～17頁。

　　本章的重點在於討論西方漢學家文學觀的套話——「變化中的不變」，總結探討西方漢學家對於中國文學的整體態度、分析方法和評價體系的一致性，嘗試勾勒出中國文學觀的某種連續性譜系，因此將更多採用話語分析的手法，關注西方漢學文論家在面對中國文學時自覺與不自覺間流露出的思維定式與話語模式，勾勒出形象學意義上西方對於中國文學「套話」和「定見」。

第一節　形象學意義上的套話

　　「套話」是源於形象學的一個術語。爲了說明「形象」一詞的確切含義，法國當代形象學家巴柔選擇了「套話」（stéréotype）一詞作爲「形象的一種特殊而又大量存在的形式」，從而將「形象」的概念具象化和清晰化了，借助於套話，巴柔描繪了從多樣化的符號到單一化的信號蛻變的文化信息傳遞過程，描繪了一個表語同主要部分相混淆導致從特殊到一般、從個別到集體的不斷外推成爲可能的現象（同 1978 年薩義德在《東方學》中對西方人描繪「東方」套路的精彩分析頗爲類似）、本質主義和對文化的凝固二分法以及將自然屬性同文化混淆（正如漢學家在描繪中國文化時有意無意採取的地理學視角一樣）等特徵。

　　巴柔的套話理論得到了一些學者的回應，例如法國學者米麗耶·德特利的論文《19 世紀西方文學中的中國形象》，就對 19 世紀以來歐洲人對於中國人的集體描述作了分類論述，德特利所提出的「神話」類似於巴柔所說的「套話」：「18 世紀流傳著中國賢哲和說教者的神話，到了 19 世紀則演變爲中國愛情詩人和歌手的神話……（隨後）『野蠻』、『非人道』、『獸性』，這些形容詞通常被 19 世紀的人們用來總結對中國人的看法」，中國形象從正面到反面的變化，同當時的國際關係和對外政策有關，此外作者也提到了漢學家和遊記在很大程度上承擔了文學的想像功能，並且漢學爲文學家的中國形象提供了直接靈感。〔註 2〕

　　孟華則在《試論他者「套話」的時間性》一文中對巴柔的理論進行了補充，認爲套話是「形象研究最基本，也是最有效的部分」，但對於巴柔提出的套話「無限、反覆可使用性」提出了質疑，認爲至少這並不適用於中國問題：18 世紀法國作家筆下曾有一個反覆使用的「開明皇帝」形象，卻僅僅存在了

〔註 2〕　〔法〕米麗耶·德特利《19 世紀西方文學中的中國形象》，載《比較文學形象學》，第 241～262 頁。

五六十年，19 世紀下半葉取而代之的則是「黃禍」的套話，而中國文學和日常語言中對於洋鬼子、大鼻子的描述也表明了套話是具有「時間性」的，巴柔顯然對這一點論述不夠。〔註3〕周寧最近出版的《天朝遙遠：西方的中國形象研究》則強調中國形象雖然擁有美好的開端，但在啓蒙時代後期卻以醜陋結尾。啓蒙運動期間，西方拋棄了「大汗的大陸」、「大中華帝國」、「孔夫子的中國」這三種正面的中國烏托邦形象，代之以西方現代性的反面形象：停滯的、專制的、野蠻的東方帝國，〔註4〕現代以來的東西之爭、古今之爭以及意識形態之爭統統殃及了中國形象。

此外，從人類學、神話學等角度，巴柔總結了「形象」背後所體現的等級關係，從而提煉出對於異國的三種基本態度：狂熱、憎惡和親善，並且對第四種可能的未定型性進行了分析。最終巴柔旗幟鮮明地表明瞭自己的態度：文學形象研究最好視爲「文化形象研究」，而其價值所在則是「把文學思考重新引回到社會和文化問題方面」，進入到所謂的「整體研究」；而在總體研究中，巴柔強調要把國際關係研究（關於他者的思考、媒介的書寫，翻譯的再書寫，受形象書寫控制的想像）看做是詩學思考的必要準備。〔註5〕

「西方漢學家的中國文學觀」研究可以視爲對於文學形象學的應用與推進嘗試：通過將「漢學家的中國文學觀」納入考察範圍，突破所謂「文學中」的形象學的限制。漢學作爲遠東的「東方學」在相當程度上決定了文學和大眾領域的中國形象〔註6〕，同近東的文學形象主要依靠文學家的親身「遊記」不同（夏多布里昂等），限於交通條件，西方文學家親自去往遠東的機會很少（除了 20 世紀之後的賽珍珠、海明威等人），其筆下的「遠東」主要依靠漢學家的論述和翻譯工作（如戈蒂耶、龐德、黑塞、布萊希特等），頗有些「眼處心生句自神、暗中摸索總非眞。畫圖臨出秦川景，親到長安有幾人？」（元好問《論詩三十首》）的色彩；更重要的是，漢學中一開始就存在某些關於中

〔註3〕 孟華《試論他者「套話」的時間性》，載《比較文學形象學》，第 185～196 頁。

〔註4〕 周寧《天朝遙遠——西方的中國形象研究》（上），第 9 頁。

〔註5〕 〔法〕巴柔「形象」，載《比較文學形象學》，第 184 頁。

〔註6〕 就連《福爾摩斯探案全集》這樣同中國毫無瓜葛的 19 世紀暢銷偵探小說中，從未到過中國的作者柯南道爾也是安排「中國」作爲一個負面形象出現的，中國人聚居的倫敦街區不僅容易傳染給白種人嚴重的疾病，並且犯罪分子對於中國陶瓷的研究才能恰恰用來佐證其狡點和怪癖，藝術化的中國同理性化的英國構成了對立的兩極。參見〔英〕柯南道爾《福爾摩斯探案全集》，北京：群眾出版社 1981 年版，第 366 頁。

國形象的「套語」或「偏見」，後者在不知不覺間影響了漢學本身，甚至融入了漢學體制內部成為固定的文體或話語模式，這更說明了中國文學形象與文化形象的建構是一個集體無意識的結果：包括學術界、政治界、文學界和大眾文化等領域都參與了將「中國」本質化和固定化的過程。

《東方學》中的「文本態度」可以與比較文學的「形象」與「套話」範疇互相參照。所謂的「西方中心論」並不都是赤裸裸地醜化東方，而是在於以一種文本化而非真實的態度來凌駕於「真實中國」或「真實東方」之上。按照巴柔（Daniel-Henri.Pageaux）的形象學理論，異國形象意味著「在文學化同時也是社會化的過程中得到的對異國認識的總和」。「我」關注和注視他者，他者形象則傳遞了「我」作為注視者、言說者、書寫者的某種形象。形象是通過觀察者的言說與寫作定型的，而一旦定型後，就會成為具有持久性和多語境性的「套話」（stéréotype）。例如在西方的中國「哲人王」（Philosopher King）套話，從康熙發展到毛澤東，就是經由傳教士漢學家建構的一套話語。在 17 世紀 70 年代，閔明我神父（Philppe-Marie Grimaldi）著書建議歐洲所有的君主都要傚仿中國康熙皇帝：國王要加強自身修養，讓哲學家參與輔佐政治。此外，從中國佬約翰（John Chinaman）、異教徒中國佬（Heathen Chinese）、傅滿洲博士（Fu Manchu）等負面形象到陳查理（Charlie Chan）、李小龍等貌似正面的形象，都可以視為形象學意義上的「套話」。

套話是文學形象學的關鍵詞之一，是理解跨文化交流過程中形形色色的誤讀與悟讀的關鍵。從表面上看漢學家的中國文學觀來自其對中國文學這一客觀對象的冷靜「觀察」，但在「觀察」之前往往已經有某種「觀看之道」先行在場，因此即使「觀察」本身也不可能是簡單的一種感覺行為。借用加達默爾（Hans-Georg Gadamer, 1900～2002）在《真理與方法》（*Wahrheit und Methode*）中的提法：「即使被認為合適的感覺也從不會是對存在事物的一種簡單的反映。因為感覺始終是一種把某物視為某物的理解。每一種把某物視為某某東西的理解，由於它是把視線從某某東西轉向某某東西，一同視為某某東西，所以它解釋了（artkuliert）那裡存在的事物，而且所有那裡存在的東西都能夠再度處於某個注意的中心或者只是在邊緣上和背景上被『一起觀看』」〔註 7〕。加達默爾在這裡雖然強調的是藝術經驗的真理性問題，但其道

〔註 7〕 〔德〕漢斯——格奧爾格·加達默爾著《真理與方法：哲學詮釋學的基本特徵》（上），洪漢鼎譯，上海：上海譯文出版社 2004 年版，第 118 頁。

出的事實「觀看即理解、理解即解釋」對我們理解漢學家的中國文學觀不無裨益：從文化地理學的角度看，旅行者很容易將本土的某種經驗移植到他者的現實對象之上，將他者視爲自身的某種成熟或不成熟的「變體」，這種思維習慣不是東方學家或漢學家獨有的，一旦秉有了這種思維模式，就會「視而不見」「聽而不聞」，預想或想像控制了觀察行爲，從而「看出了」根本不存在的東西，這就是套話產生的心理學根源。

第二節　漢學家的中國文學觀的套話舉隅

從漢學家論述下的中國文學形象中，可以看出同東方學家對待近東地區文化的立場相似性，即在表面的客觀研究之下，隱含著某種想像的成分。漢學並非純而又純的知識，而是一種複雜的文化事業，其處理的對象——中國——對於西方本土的價值與作用伴隨著東西方關係的變化而不斷變異；漢學作爲西方近代學科中的分支，承擔著文化地理學意義上爲西方規劃、建構和描述遠東異域文化的使命。爲了照顧國內讀者的閱讀需要，也爲了其學科專業自身的合法性及存在依據，爭取到國家及社會的基金支持，西方漢學家在描述中國文學史，往往會採用某些慣常的思路、論證和描述話語，竭力將中國和中國文學塑造爲「應該有的樣子」。

在整個漢學研究體系中，一般不太重視文學研究的價值。漢學家在東方學乃至整個西方學術體制之下本就地位不高，而漢學中的文學研究更在漢學中處於邊緣。漢學家更多關注中國的歷史、地理、制度、物產、文字等物質因素，對於哲學、理論、思想、美學以及文學藝術的研究，在漢學體系下所佔篇幅較少，且地位不高。〔註8〕在費正清的《中國：傳統與變遷》以及其他中國研究著作中，中國文學所佔篇幅寥寥無幾，且多爲論證中國文字特徵，繼而推斷近代中國停滯不前的根源並強調西方外在推動作用的依據。再如法國漢學巨擘謝和耐的《中國社會史》〔註9〕中，對於中國文學也著墨不多，在

〔註8〕根據一項數據，1962年，西方對中國文學研究的書籍只出版了15種，而1971年，則出版了50種，從增長比例上看是兩倍多，但西方人對中國文學的漠視也從這些寥寥數字上可見一斑。參見姜其煌著《歐美紅學》，鄭州：大象出版社2005年版，第77頁。

〔註9〕參見〔法〕謝和耐著《中國社會史》，耿昇譯，南京：江蘇人民出版社1995年版。

導言部分中,謝和耐用了幾段話證明了漢文字對於東亞文明集團形成的作用以及文字的延續性導致文明的延續性,而後便不再專門談論類似問題,只是在第二章「中世紀文明」中,浮光掠影地介紹了《古詩十九首》、建安七子、竹林七賢等名字。目前西方漢學家中很少有人專門研究「中國文學」的精神和美學特徵(這類研究者多集中於華裔),這方面的專著不多,多為選集,由多人的論文匯合而成,文學史的介紹不能替代論述,選集也不能代替專著,這種狀況說明國外理論界對於中國文學的重視不夠。漢學研究中文學地位的現狀是與漢學這門西方學科的「身份」密切相關的,漢學本質為西學,自然無法擺脫在資金、政治、政策、人力等問題上對於西方國家本土的依賴,其目的自然也要為西方的現實利益服務,當現代成熟的民族國家體系確立後,對於政府決策部門而言,「中國文學」研究的現實價值幾乎可以忽略不計。

在研究中國文學時,漢學家往往採用將文學「對象化」或者器物化的視角。其描述的中國文學雖然頗具美感色彩,但這種美感更多出自「獵奇」。漢學家面對中國文學的心態,如同他們面對一件鏽跡斑駁的商代青銅器或溫潤婉約的元代青花瓷一樣,著眼於文學藝術的考古學意義或人類學意義,對於文學作品包含的思想性因素則較多忽略。與此相關,漢學家傾向於以西方理論視角解讀中國文本的套話。這一獨特的「理論——文本」框架關係經過二百年的發展,在漢學研究內部已經頗為成熟,且存在不同的變體。在這種理論優越感之下,西方漢學家對於不同時期的中國文學評價迴異,一般會「厚古薄今」,推崇傳統中國文學的純粹性,貶低混雜了西方影響後的中國新文學價值;這種厚古薄今往往是與西方的政治偏見結合在一起的,即將中國的集體主義和民族主義意識等同於專制主義,而過分推崇少數個人主義式的作家。時代和立場是西方漢學家選擇、研究和評價中國文學的重要依據。

套話一:以我觀物——以西解中的思維痼疾

在人類的感知領域中,並不存在單純的觀看或聞聽,感知總是對於某種意義的理解與解釋。在面對中國文化尤其是中國文學時,漢學家會不由自主地陷入到「審美」的感知當中,沉醉在中國藝術的大美之中,從而展示出他們心目中各式各樣的中國文學形象。作為研究者則要逆向推理、以意逆志,透過對漢學家表現出的文學形象的研究,真正理解「中國文學形象」的譜系與由來。

　　東方學之所以能成爲西方人認識瞭解東方的窗口，原因之一在於迎合了某種根深蒂固的人類認知慣性。主客二分、以我觀物的思維痼疾就是其中之一，在歐幾里德幾何學的思維統攝下，「觀看就是劃分」〔註10〕，這種思維預設了西方主體與東方對象的二元對立，將所要面對的鮮活流動生生不息的異域文明視爲僵死一塊毫無變化的認知對象，所謂對象化思維由此形成。

　　不能將後殖民理論對東方學的批評視爲好勇鬥狠的「憎恨學派」和政治正確運動。恰恰相反，薩義德在《東方學》中就提出不能忽視「東方學在殖民統治之前就爲其進行了合理論證，而不是在殖民統治之後」這一事實〔註11〕，這恰恰表明：後殖民理論批判東方學的目的不僅僅在於控訴西方，而是試圖反思人類某種根深蒂固的思維慣性，分析文明相遇、碰撞、交流中存在的諸多問題，以文化地理學的視角介入到文明間性問題，這恰恰預示著後殖民理論未來的眞正走向。

　　在專業漢學誕生之前，尚未理性化和科學化的西方人就以遊記和傳教士文獻的方式傳達了這種主客二分——以我觀物的思維。例如：《老子》第14章中有段話：「視之不見名曰夷，聽之不聞名曰希，博之不得名曰微。此三者不可致詰，故混而爲一。」1773年，耶穌會士錢德明神父（Jean-Joseph Marie Amiot, 1718～1793）對此解釋道：「彷彿可以看到而又不能看到的就叫『yi』，能夠聽到而不能對著耳朵講的就叫『hi』，好像可以感覺到而又不能觸摸的就叫『ouei』；這三者如果細問是徒勞的，唯有理性可以告訴我們，它們合三爲一，只不過是一個整體。」

　　他由此得出了結論：《道德經》宣揚的是三位一體的教理，「存在」的三個品性「yi, hi, ouei」，顯然構成了 Jéhovah（耶和華）的名字，這可以證明中國傳統文化中有「基督教的因子」，或者說基督教「一開始」就保留在這個民族的思維和語言中。「耶和華」式的望文生義並沒有結束，錢德明神父的解釋影響了後來黑格爾對於中國道家的評價。1826年黑格爾訪問巴黎，曾聆聽了法國專業漢學的開創者雷慕沙在法蘭西皇家學院的講演，後者對於《道德經》的解釋爲黑格爾展示了一個與形而上學和思辨有關的道家，這種形象應該說與耶穌會士習慣上對道家的批評有所區別。黑格爾將雷慕沙對於老子的解釋

〔註10〕　〔德〕漢斯－格奧爾格・加達默爾著《眞理與方法：哲學詮釋學的基本特徵》（上），第119頁。

〔註11〕　《東方學》，第49頁。

寫進了《哲學史講演錄》，將「道生一，一生二，二生三，三生萬物」解釋爲：
「理性產生了一，一產生了二，二產生了三，三產生了整個世界。」〔註 12〕
但黑格爾沒有忘了傳教士的解釋，立刻引述到了基督教的「三位一體」觀念，
認爲夷、希、微連起來就是「耶和華」（IHV-Jehowah），索隱派消失一個世紀
後又在黑格爾哲學裏死灰復燃了。黑格爾發現了道家哲學中包含了「產生三
的規定」這一普世的思辨規律。〔註 13〕

16～18 世紀，許多歐洲人堅信中華文明是和基督教文明同源的，這樣的
證明比比皆是，比如漢字「十」就是基督教中的十字架，中國人的「敬天」
就是「崇拜天主」，還有人發現中國人是諾亞的後裔：

> 戈畢諾在其《論人類世系的不平等性》中使這種思想得以持續
> 並不斷反覆出現，諾亞向其後裔們傳授了眞宗的原則，雅弗的後裔
> 之一，以其中國名字盤古（Puon Kou，我們今天拼寫作 Pan Kou）
> 而僞裝一直到達亞洲以繁衍中華民族並嚮之傳播猶太──基督教的
> 眞諦。作爲證據，他舉出漢文「船」字爲例，「他由一個『舟』字旁，
> 一個『口』字旁和一個數字『八』等偏旁字組成，這可能是暗示當
> 時諾亞方舟中共有八個人這一數目」。〔註 14〕

西方人在「中國」身上不斷發現自己，在大多數情況下「中國」這個他者代
表的是不完善的「自我」，也有的時候「中國」是自我所追求的理想目標。在
孔子的身上，西方人發現了斯賓諾莎的魅力，在《易經》中萊布尼茨找到了
二進制的最好詮釋。在今天看來，這些把細節上的巧合上昇爲文化上的類同
的做法很荒謬，可是在 16～18 世紀，對於中國的迷醉感染著人們，包括伏爾
泰在內的思想家更多的是從中國文化中「求同」，而不是「存異」。

〔註 12〕〔德〕黑格爾著《哲學史講演錄》第 1 卷，賀麟等譯，北京：商務印書館 1997
年版，第 128 頁。

〔註 13〕對於非官方的道家態度較爲友好，卻絲毫沒有影響到黑格爾對儒家乃至整個
中國文明的惡感，在黑格爾所謂世界精神在時間中發展而構成世界歷史的唯
心主義體系中，中國只能是缺乏精神與思想的辯證法反例，「因爲它客觀的存
在和主觀運動之間仍然缺少一種對峙，所以無從發生任何變化，一種終古如
此的固定的東西代替了一種眞正的歷史的東西」。由此，黑格爾斷言中國沒有
「與思想有關的東西」，還處在「世界歷史的局外，而只是預期著、等待著若
干因素的結合，然後才能得到活潑生動的進步」。〔德〕黑格爾著《歷史哲學》，
王造時譯，上海，上海書店出版社 2006 年版，第 161 頁。

〔註 14〕安田樸著《中國文化西傳歐洲史》，耿昇譯，商務印書館 2000 年版，第 210
頁。

　　當周圍都是對自己的讚揚而這些頌詞卻是源於他人對自己的誤讀時，中國應該爲自己的形象感到自豪還是不安？在談到中國形象問題的時候，「眞實」本身就是一個永遠不可企及的神話，一切的眞實性都是先行建構起來的眞實性，一切的形象都是他人眼中的形象。最難打破的就是這種「以我觀物」的對象化思維模式。

　　眞正的文化對話與交流基礎是平等。「以我觀物」的思維是平等交流的最大障礙，無論在「我」的眼中，這個物是高於我的還是低於我的都不重要，在「以我觀物」的思維之下，我們會主觀臆造一些子虛烏有的聯繫，忽略了作爲獨立個體的差異性。當利瑪竇開始用「以我觀物」的眼光看中國政治制度的時候，他看到的東西全是在西方的分類系統中已經訂好位子的，利瑪竇所要做的只不過是把這些在中國變異的概念重新放到西方的分類系統中，有時候爲了便於理解，甚至採用了很牽強的說法。〔註15〕

　　以主觀的「我」對應客觀的研究對象，是研究過程中被視爲天經地義的，研究者作爲能動的人，相對於靜止的被研究「對象」似乎有了一種天然的優越感，正是這種優越感衍生了研究的自信。不僅外國如此，中國未嘗不是以這種心態看待中西文化的。在清末的中西文化紛爭中，主張保存國粹的學者黃節還提出了「以吾爲主觀」的研究法：

>　　國學者，明吾國界以定吾學界者也。痛吾國之不國，痛吾學之不學，凡欲舉東西諸國之學以爲客觀，而吾爲主觀，以研究之，期光復乎巴克之族，黃帝堯舜禹湯文武周公孔子之學而已。然又慕乎科學之用宏，意將以研究爲實施之因，而以保存爲將來之果。〔註16〕

「以我觀物」就意味著「我」相對於研究對象而具有優先性，主觀的「我」是如此的靈活、自由，必然能駕馭和瞭解（甚至比對象本身更瞭解）僵死的研究對象，研究者或者說觀察者是知識的佔有者，也必然成爲所有事實的闡釋者。

　　在面對他種文明時的對象化思維，我們往往有將對方看作自己不完善的、但可參照的變體納入體系的習慣，根深蒂固的意識形態因素使得平等的，

〔註15〕 在談到中國科舉考試的時候，他用學士、碩士、博士來套秀才、舉人和進士，我們在驚訝的同時也不得不佩服利瑪竇的天才想像力。參見〔意〕利瑪竇、〔比利時〕金尼閣著《利瑪竇中國札記》，何高濟、王尊仲、李申譯，中華書局 1983 年版，第 36～41 頁。

〔註16〕 羅志田著《國家與學術：清季民初關於「國學」的思想論爭》，北京：三聯書店 2003 年版，第 77 頁。

以理解本身爲旨歸的理解很難實現。〔註 17〕所以，利瑪竇與中國士大夫之間的對話交流也是一種表面的「平等」，「以我觀物」的心態在東西方文明隨著新航路開闢而第一次碰撞時就已經隱含在歷史的細微之處了。

這種「平等之下的不平等」突出表現爲西方傳教士「以耶解儒」和「補儒易佛」的風氣盛行。前文述及的索隱派代表人物馬若瑟神父，就利用這種獨特的解經法詮釋中國經典，以達到向中國上層社會說明天主教合法性和反擊歐洲本土無神論的雙重目的。爲此，馬若瑟乾脆將《中庸》、《易經》中的「聖人」和「大人」都譯爲「耶穌基督」（the Saint 或 the Great Man）。〔註 18〕而與馬若瑟同爲索隱派代表人物的傅聖澤與白晉也不例外，白晉甚至用「聖嬰誕生」來解釋《詩經・大雅・生民》。

截取《生民》前一部分原文如下：

> 厥初生民，時維姜嫄。生民如何，克禋克祀，以弗無子。履帝武敏歆，攸介攸止。載震載夙，載生載育，時維后稷。

> 誕彌厥月，先生如達。不坼不副，無災無害。以赫厥靈，上帝不寧。不康禋祀，居然生子。

> 誕置之隘巷，牛羊腓字之。誕置之平林，會伐平林。誕置之冷冰，鳥覆翼之。鳥乃往矣，后稷呱矣。……

對這一段，白晉解釋說：「姜嫄」就是聖母瑪利亞，「后稷」就是耶穌基督，該詩記載的是姜嫄準備爲祭祀而做奉獻時，如何在天神（她的丈夫）及其愛情的鼓勵之下，踩著他的足跡前行，使神性進入體內，而後有了懷上了后稷（首章）；第二章記載的是耶穌如何在冬季奇蹟般降生；第三章則描述了耶穌第一次嘗到痛苦時失聲而啼哭的場景。〔註 19〕對儒家的經典文學作品《詩

〔註 17〕當前雖然「意識形態的終結」的論調甚囂塵上，但正如齊澤克所說：宣稱意識形態已經終結，恰恰表明了意識形態已經無孔不入地控制著我們的生活。

〔註 18〕例如《中庸》第二十七章「大哉，聖人之道」中的「聖人」和《易經・否卦》九五爻辭中「大人吉」的「大人」，分別被馬若瑟翻譯爲了 the Saint 和 the Great Man，體現出鮮明的索隱派色彩。可參見 Michael Lackner, Jesuit Figurism in Thomas H.C. Lee, ed., *China and Europe: Images and Influences in Sixteenth to Eighteenth Centuries*, pp.139～141.

〔註 19〕轉引自周發祥、李岫主編《中外文學交流史》，第 158 頁。關於白晉對於該詩的解釋，詳見雅娃麗（Genevier Javary）「耶穌會士白晉對百穀神后稷的研究」，載於安田樸（Rene Etiemble）、謝和耐（Jacques Gernet）等著《明清間入華耶穌會士和中西文化交流》，耿昇譯，成都：巴蜀書社 1993 年版。

經》，傳教士漢學家採取了隨意的附會，其直接目的自然是迎合上層文人，服務於傳播天主教的需要，而往深層看，這種面對異域文明時首先「求同」而非「求異」的做法，也是人類思維的某種慣性——無法承認絕對的「異」的存在及其合法性，往往期望「東海西海、心同此理」（陸象山語），來求得心理層面的安全感。

伴隨著專業漢學的建立及其對傳教士漢學的取代，科學理性壓倒了神學傳教，新一代漢學家們不再迷戀於從中國文學和經學古籍中尋找基督教的痕跡；此時，國際形勢風雲突變，西方不再需要中國這個烏托邦榜樣的召喚，啟蒙理性成長壯大之後也不再需要異域遠方的參照，19 世紀歐洲對於中國的精神「需求」陡然降低了。相反，物質的、貿易的、經濟的聯繫則有加強的趨勢，此時漢學家也深受時代影響，將傳教士漢學的「以耶解儒」改造為「以我觀物」，即以主體的、理性的、智慧的歐洲來觀照僵化的對象——中國，然而期間邏輯與馬若瑟傳聖澤輩卻不謀而合，預設中國為無聲沉默的對象，無法自我認識與自我表述，而漢學家則擁有表述中國的能力，這種能力導致了其表達的空前自由。無論目的或偏重點在於「求同」或「別異」，漢學界物我二分的學科範式已經悄然確立並綿延至今。

文明之間可以互為鏡象，但前提是承認對方不僅僅是鏡象，否則就容易陷入了以我觀物的窠臼，無論是強調相似相同還是主張絕對相異，往往自說自話，相似的成為附庸、複製和不完善的模仿，相異的成為異端、邊緣和野蠻的象徵，且將對方本土的沉默誤以為懦弱或附和。在現代民族主義誕生之後，主客二分、以我觀物的空間邏輯儼然成為了現代國家天經地義的外交原則。以我觀物的背後是主客二分的二元對立思維，將世界分為本土和遠方，將人類分為同類和他者，以對待動植物一般的態度來對待他者，這種思維痼疾影響了許多東方學家和漢學家對待亞洲文明的基本態度。中國文學之形象之所以不能仰仗西方漢學家，原因也在乎此。打破「物」與「我」的二元對立，是實現主體間平等交流的前提。省略現代性強加給文明交流的眾多環節，以個體為單位進行更直接的交流，這樣不以「公識」為目的的「個識」才會帶來中西交流的新局面，東方也才能真正被「發現」。真正的交流和理解不是為了抹平區別，而是為了突出差異，否則，發現就永遠只是重複「已發現的」。

套話二：地理學與人種學視角

福柯曾經在《詞與物》這部著作的開篇引用了博爾赫斯小說中的「中國某部百科全書」：「動物可以劃分爲：①屬皇帝所有，②有芬芳的香味，③馴順的，④乳豬，⑤鰻蜿，⑥傳說中的，⑦自由走動的狗，⑧包括在目前分類中的，⑨發瘋似地煩躁不安的，⑩數不清的，⑪渾身有十分精緻的駱駝毛刷的毛，⑫等等，⑬剛剛打破水罐的，⑭遠看像蒼蠅的」。〔註20〕這份目錄最大的特徵在於混亂不堪、毫無邏輯可言，可以視爲幾條分類法則的交叉與雜糅，可想而知，最終呈現出來的結果是何等荒誕不經。福柯引用這一目錄目的似乎在於：解釋「詞」與「物」之間的規則和秩序並非先天存在而是人爲建構的產物，這與福柯的知識考古學和歷史譜系學方法是一致的。

從東西方文化關係而言，博爾赫斯（Jorge Luis Borges, 1899～1986）的小說（包括《曲徑交叉的花園》等其他涉及中國的作品）無形中也代表了西方人對於東方尤其是遠東地區的整體想像：這是個混亂、含糊、夢幻和神秘的國度，區別於西方純淨而明晰的空間；遠東是難以理解的地域，只是純粹的對象和現象，沒有了理性、邏輯和科學的幫助，它就會呈現出「中國目錄」這樣的無序狀態。問題出現了：西方人所感覺難以把握而又必須把握的東方，究竟具有怎樣的魔力，使得科學、理性必須去處理難以處理的對象？對一切陌生事物給出自己的解釋，瞭解所有新大陸的一切，澄清所有混沌的東西，這種思維方式同整個西方現代性的興起是否有著歷史的聯繫？

《馬可波羅行紀》在西方成就了一段傳奇，13 世紀的馬可波羅以旅行家的身份告訴西方人東方和中國的奇觀，這部書曾經被視爲荒誕不經的虛構文學。但是，在 16 世紀新航路開闢期間，包括哥倫佈在內的航海家們都懷揣《馬可波羅行紀》去探索未知的地理，發掘輝煌的汗八里，遍地黃金的中國。哥倫布直到去世之前還堅信自己找到了《馬可波羅行紀》中記述的東方。幾百年後，另一位意大利人卡爾維諾卻在《看不見的城市》這部小說中改寫了馬可波羅的遊記，以其非凡的想像力描寫了更加不可思議的城市。

在這部小說中，所有的城市都是虛構和想像的產物，隱蔽的城市，連綿

〔註20〕〔法〕福柯著《詞與物》，莫偉民譯，上海：上海三聯書店 2001 年版，前言第 1 頁。

的城市，細小的城市，與描述自身的話語混在一起的城市……〔註21〕讀完《看不見的城市》，除了佩服卡爾維諾天才的想像力外，我們其實可以沿著分析博爾赫斯小說的類似思路來梳理這部作品。所謂「看不見的」，意思即為難以把握或難以理解的，這代表了卡爾維諾筆下的馬可波羅對於「遠方」或「異域」的總體印象。當然這裡的城市並非明確地指向中國，然而借助《馬可波羅行紀》這個外殼進行改寫，可以說這代表了卡爾維諾以及西方人對於東方和中國的想像：不可思議、夢幻般迷人、絕對的陌生之地。這同博爾赫斯的中國百科全書目錄有著驚人的相似性。

　　文學家們的中國想像頗具有代表性，而這種想像與西方學術界，特別是中國研究領域的實證主義傾向形成了很有意思的對比。在文學和大眾生活領域，中國的形象是「文學化」的；而在史學等學術領域，對於中國歷史尤其是近代史的描述卻是驚人的嚴謹甚至刻板，在漢學研究從遊記到傳教士再到專業領域後，對於中國歷史、語言、哲學和思想方面的描述卷帙浩繁且功力非凡。文學與學術之間的分裂恰恰隱含著一個問題：中國這個他者，是通過怎樣的、多重的、複雜的方式被西方所把握的？

　　描述本身就是一種建構策略。西方對於東方存在著某種「地理學欲求」，這是與科學化、知識化的過程相結合的。後殖民主義對於地理學（geography）問題的關注在薩義德《東方學》中就有所體現：通過描述而建構「東方」，所以導致「東方幾乎是被歐洲人憑空創造出來的地方，自古以來就代表著羅曼司、異國情調、美麗的風景、難忘的回憶、非凡的經歷」。（薩義德《東方學》）薩義德還注意到 19 世紀後期到 20 世紀初期地理學在歐洲勃興的現象，指出了東方主義的「想像地理學」是如何被置於東方主義觀念和話語體制之下並表明了西方對世界其他地方的「公開覬覦」：「地理學實際上是東方知識的物質基礎。東方所有隱伏不變的特徵都建立並植根於其地理特徵之上。因此，一方面，地理學意義上的東方為其居民提供滋養，為其特徵提供保證，為其獨特性提供界定；另一方面，地理學意義上的東方又籲請西方的注意，即使只是為了使東方成其為東方，西方成其為西方——如同系統的知識經常地顯露出的那些悖論一樣。」「在地理、知識和權力之間已經實現了一種微妙的結合」。在《文化與帝國主義》中，薩義德繼續說：「帝國主義和與之相關聯的

〔註21〕參見〔意〕伊塔洛·卡爾維諾著《命運交叉的城堡》，張宓譯，南京：譯林出版社 2001 年版。

文化都肯定地理和關於對領地的控制的意識形態的重要性。地理的觀念決定
其他觀念：想像上的，地貌上的，軍事、經濟歷史上的和大體來講文化上的
觀念。它也使各種知識的形成成爲可能。這些知識以這種或那種方式依賴於
某種地理的和工人的性質與命運。」因此在薩義德看來：「地理比什麼都重
要」，「要重新思考地理學」。

事實上關於地理的文化政治內涵，後殖民理論的先驅弗朗茨・法農（Frantz
Fanon, 1925～1961）此前亦曾有過論述。在《全世界受苦的人》（*The Wretched
of The Earth*, 1961）這部著作中，法農提出，正是「殖民主義的空間地理學」
導致的二分邏輯將歐洲人的居住區與土著居住區分開，前者完全是富裕和消
費的孤島，由兵營和警察局組成的系統控制；土著區則名聲極壞，二者相互
排斥。法農的目標是：消滅一切殖民主義痕跡，「殖民世界的毀滅恰是一個區
域（殖民居住區）的廢止，要將其埋葬或者逐出國家。」

從歷史上看，歐洲有關中國的知識，最早可以追溯到公元前 7 世紀上半
葉，據 12 世紀拜占庭詩人柴澤斯（Tzetes）《千行卷彙編》保存的《阿里馬斯
比亞》，公元前 6～7 世紀普洛柯奈蘇斯人亞里斯特亞斯（Aristeas of
Procounesus）留下了關於「希伯爾波利安人」（Hyperboreans）的記錄，「在獨
目的阿里馬斯比人和看守黃金的格裏芬人以遠，一直到海濱，生活著幸福寧
靜的希伯爾波利安人」。希羅多德否認了希伯爾波利安人的存在，但希羅多德
的注釋家托馬舍克（W.Thomaschek）在 1889 年出版的《斯基泰民族論》中認
爲希伯爾波利安人就是「關中的漢人」〔註 22〕。赫德遜（G.F.Hudson）也將希
伯爾波利安人同中國人聯繫起來，針對文獻中描述的「北風之外」的人同中
國實際地理位置的不一致，赫德遜解釋爲「古代希臘人缺乏地理學知識，往
往靠氣候標準來判斷方向，……有可能將事實上的東方看作北方」，如果屬
實，那麼就意味著早在公元前 7 世紀，西方對於中國就有了印象和稱呼。〔註
23〕可以看出，希伯爾波利安人的名稱由來同地理位置、氣候特徵有關，而從
那時的傳說起，中國人就被安上了「幸福寧靜」的種族特徵。

更爲人們廣泛接受的說法是，希臘人最早知道中國是因爲絲綢貿易，並
且根據「絲」或者「綺」的發音，稱其爲塞裏斯（Sēres），「它事實上被模糊
地用來泛指生產和販賣這些織物的民族或國家」〔註 24〕；羅馬人繼承了古希

〔註 22〕嚴建強《十八世紀中國文化在西歐的傳播及其反應》，第 18 頁。
〔註 23〕《十八世紀中國文化在西歐的傳播及其反應》，第 20 頁。
〔註 24〕《十八世紀中國文化在西歐的傳播及其反應》，第 22 頁。

臘人對中國的這一稱呼，美麗飄逸而又神秘的絲綢也是羅馬人對於中國的第一印象。

西方的地理大發現開啓了現代性的先河，現代歷史的特徵在於是一部文明的碰撞史，各個文明之間相遇、碰撞、交流甚至搏鬥的場景此起彼伏，堪稱是古典時代無法比擬的壯闊景觀。在這個過程中，作爲肇始原因的地理大發現在其中扮演的角色值得深入研究。圍繞著地理發現有三種邏輯：科學主義、宗教主義和資本驅動。在科學和理性的欲求下，人們渴望通過觀察和實驗探索未知世界，地理學成熟起來，影響了西方人對於陌生世界的認識起點、邏輯和範式；傳播福音的驅動，使得傳教士將地球上任何一個角落視爲「上帝之城」，這一點和科學家的態度具有某些相似；資本主義的發展對於金銀等貴金屬產生了欲求，從而將貪婪地眼光轉向東方，而地理學對於地質地貌和礦藏分佈的研究，爲其提供了科學工具。

地理學往往是同人種學結合在一起的，地理學在空間上確立人種的位置，人種學則爲理解地理特徵和規律提供參照，兩者結合，構成了合理而安全的空間認知模式。這是根深蒂固的思維傳統，從斯達爾夫人、丹納等對於種族、環境與時代的熱衷，到黑格爾對於東西方位置與歷史終結的概念化認識，再到年鑒學派以地理解歷史的傾向。西方思想家中總希望構建一種百科全書式的嚴謹、規則、沒有例外的空間圖像，而像博爾赫斯筆下的中國動物學目錄則是最令人不安的。薩義德在《東方學》中對人種學的興起與西方分類命名的衝動之間關係有過論述：

> 我們發現，在哲學家、歷史學家、百科全書編纂家和散文家的作品中，「作爲命名的特徵」（character-as-designation）是以生理——倫理分類的形式出現的：比如，將人分成野蠻人、歐洲人、亞洲人，等等。……生理和倫理特徵或多或少地是呈對等分佈的：美洲人是「紅色的，易怒的，挺拔的」，亞洲人是「黃色的，憂鬱的，刻板的」，非洲人是「黑色的，懶散的，馬虎的」。但當這些命名在 19 世紀晚期與作爲派生、作爲源類型的特徵（character as derivation, as genetic type）結合在一起時，它們獲得了一種支配性的強力。比如，在維柯和盧梭那裡，倫理概括的力量爲一種刻板的思維所加強，這種刻板的思維將戲劇性乃至原型性的人物——原始人，巨人，英雄——作爲當代倫理、哲學甚至語言問題的來源。因此一說到東方人，人們

就會想到其「原始」狀態，其基本特徵，其特有的精神背景。〔註25〕
14 世紀的《曼德維爾遊記》中有多處出自地理學視角的奇異「發現」
（discovery），例如在中國南部的「蠻子王國」（Manji）：「這裡的人們都彬彬
有禮，不過他們都是白人，男人們的頭髮和鬍子稀少但很長。而且，過了五
十歲的男人幾乎不長鬍子，一根在這兒，一根在那兒，就像豹子或貓的鬚」。
〔註26〕非我族類，不僅其心必異，而且其貌必異。西方人每走進一片土地，
總是極力誇張當地人種的怪異特徵，這種怪異人種和富饒的物產（美麗的城
市，充足的醇酒和食品，天堂之城，野獸樂園，最美麗的少女……）結合起
來，將中國描述爲一群不可理解的動物令人嫉妒地佔據了一片西方人夢寐以
求的「流奶與蜜之地」，從而構成了殖民征服必要性與可能性最爲穩妥的論證。

作爲 16 世紀漢學的奠基之作，出版於 1585 年的西班牙傳教士門多薩著
作《中華大帝國志》在當時膾炙人口，正如博克舍所說「在 17 世紀的初期大
多數受過良好教育的歐洲人都讀過這部書」，此書最大的特色是「大量收集的
當時西方人對中國的有關論述，並用一種結構的力量，將散亂零星的信息整
合成一個全面、系統和清晰的中國圖像」〔註27〕，可以說完整性壓倒了「深
刻性」，然而正因爲這種「完整描述」中國的行爲或企圖，這本書對於後代的
傳教士漢學和專業漢學影響很深，也開啓了後世漢學的研究立場：將中國「客
體化」和「對象化」的傾向。書中這位從未到過中國的作者同樣開篇就大談
起中國的氣候與各色人種的關係：「內地多數省份的人是白色人，一些比另一
些更白，因爲更接近寒冷地區。有的像西班牙人，另一些更黃，像德國人，
黃紅色」。這種「像……」的邏輯決定了在門多薩看來：發現「中國」本質上
是爲了發現西方人自己，這個國家「像西班牙一樣」產各種草木，「像西班牙
一樣」產各種水果，而同西班牙不一樣的地方則被妖魔化或者荒誕化，比如
「婦女每月都在分娩」。〔註28〕

〔註25〕《東方學》，第 155～146 頁。在人種學的分類裏，中國經歷了一次從褪色到
　　　　染色的過程，19 世紀以前，無論是利瑪竇、李明等傳教士，還是曼德維爾和
　　　　門多薩等遊記作家，都將中國人大體歸結爲「白種人」，而到了 19 世紀後半
　　　　期，中國人則被西方學者歸結爲「黃種人」甚至是「怪物人種」（林奈），這
　　　　從側面反映出中國形象在西方的跌落。
〔註26〕〔英〕約翰‧曼德維爾著《曼德維爾遊記》，第 74 頁。
〔註27〕《十八世紀中國文化在西歐的傳播及其反應》，第 64 頁。
〔註28〕〔西班牙〕門多薩《中華大帝國史》，何高濟譯，北京：中華書局 1998 年版，
　　　　第 7 頁。

　　16〜18世紀中國基本形象的確立過程中，布豐（Buffon, 1707〜1788）博物學知識體系決定了無數學者和思想家對於中國的認識，它形成的中國「總體印象」至今仍有影響，更重要的是這種「地理學」思維方式如同幽靈般在今日的學術界徘徊。在《自然史》（*Histoire naturelle*）這部巨著中布豐描繪了世界上諸多地區，也涉及到中國，這部貌似客觀公正的自然科學著作邏輯卻並不那麼嚴謹，集中表現爲「地理環境決定論」。布豐體現出某種野心，「不僅僅是描繪人種特徵，他希望找出造成人種形貌和性情差異的原因，而且他最終把這原因歸之於自然環境」，〔註29〕在這種「地理環境論」影響下得出了不少貌似真理的結論：

　　1. 地理、氣候決定人種的行爲和性情。布豐引用了17世紀旅行家夏爾丹的論點，認爲「中國人與韃靼人之間的行爲差異和些微體貌差異完全是氣候和民族融合造成的」，布豐還收到了傳教士漢學影響，引用了巴多明神父關於中國人從水土不同方面解釋自己與韃靼人之間差異的例子。最終布豐得出了結論：自然環境不僅影響人的外貌，也影響人的性情。這是十八世紀的普遍觀點。〔註30〕

　　2. 布豐沿著這樣的邏輯開始「想像」並「描述」中國人的性格。「土壤肥沃、氣候溫和、臨近海洋使中國人和日本人更早步入文明」〔註31〕，與此同時，生活在高山地區的韃靼人則「粗魯和野蠻」。可以看出，布豐的推理不僅無從考證，且與歷史和地理的實際情況有出入，中國文明受「海洋」影響的程度有多大尚待論證。更爲準確地說，布豐想當然地以西方文明的角度看待中國，其隱含的邏輯就是「中國人和西方人很像」，這在啓蒙時代是社會的共識，因此從「相似」的地理環境入手解釋，可以說是自然而然的事情。

　　3. 接著，布豐又以貌似科學的論述說明膚色與環境、性情之間的關係，在今天看來頗有值得詬病的種族主義味道。布豐認爲溫度和膚色成正比，溫度越熱，膚色越黑，這尚且有些科學因子，然而布豐又加上了所謂「美麗」的標準，認爲美麗與否與自然環境有關，一般而言40度到50度緯度帶的人

〔註29〕張國剛、吳莉葦著《啓蒙時代歐洲的中國觀》，上海：上海古籍出版社 2006年版，第333頁。
〔註30〕《啓蒙時代歐洲的中國觀》，第334頁。
〔註31〕《啓蒙時代歐洲的中國觀》，第334頁。

最美麗，但是韃靼人卻沒有中國人美麗，因爲其裸露在空氣中，沒有像中國人那樣居住在城鎮。〔註32〕

4. 布豐對於中國的描述服從於其整個理論推演體系，在論述的過程中鮮明地體現了「環境決定論」或「地理中心主義」思想。布豐希望將自然的歷史同人類的歷史完全協調起來，把自然環境作爲直接決定人類發展的因素。這種邏輯推而廣之，甚至得出了「大陸等分線附近的陸地最先形成並最先擁有文明」的機械結論〔註33〕。布豐的個案體現了西方現代性處理異域空間的思維模式，也粉碎了所謂「客觀知識」的神話。沒有絕對的「自然科學」，任何科學背後都有社會因素存在。以布豐爲代表的博物學，通過地理來解釋文化、人種和性格，體現的是「以我觀物」：從已知看未知，以理論套對象的思維痼疾，無論在東方還是西方都具有普遍性；另一方面，隨著西方現代性的發展，這種思維模式得到了進一步發展、補充和論證，並隨著現代性的拓殖而被傳播開來。

16 世紀末入華的利瑪竇吸引中國人的主要武器就是西洋科學，理論方面主要是天文學與數學，但其影響力要遠遜於具體的科學「對象」──即自鳴鐘和地圖。1602 年，利瑪竇繪製並獻給明神宗的《坤輿萬國全圖》是根據 1570 年出版的奧特里烏斯的《地球大觀》（*Theartunm Orbis Terraum*），爲了適應中國人的心理，利瑪竇將中國的位置放在了中間，短時間內此圖被翻刻十二次之多，甚至傳到了朝鮮和日本。此圖直接的影響就是打破了「夷夏之分」的傳統觀念〔註34〕，引發了有識之士的思考，此外也介紹了現代地理學的一些概念和知識。科學不是傳教士的本職工作，而從當時的國力對比來看，指望當時國力強盛的中國改變以自己爲中心的本位地理概念，形成現代地理學和民族國家觀念，打破朝貢體系的慣例，以平等的心態與歐洲國家開始交往，只是一廂情願。重要的是，利瑪竇在不知不覺間也強化了中國人對西方國家的某種「地理學」想像，讀讀《坤輿萬國全圖》中的這一段關於諳厄利亞

〔註32〕 《啓蒙時代歐洲的中國觀》，第 335 頁。
〔註33〕 《啓蒙時代歐洲的中國觀》，第 336 頁。
〔註34〕 夷夏之分遠在春秋時代就成爲儒家的傳統觀念之一，孔子主張「尊王攘夷」「用夏變夷」，更不乏「夷狄之有君，不如諸夏之無也」（《論語‧八佾》）的優越感以及「遠人不服，則修文德以來之」（《論語‧季氏》）的自信；孟子則說「吾聞用夏變夷者，未聞變於夷者也」（《孟子‧滕文公上》）；而宋代理學家石介在《中國論》的話更是「夷夏之分」觀念的典型：「天處乎上，地處乎下，居天地之中者曰中國，居天地之偏者曰四夷，四夷之外也，中國內也。」

（England）的文字說明「諳厄利亞無毒蛇等蟲，雖別處攜去者，到其地，即無毒性」〔註35〕，英格蘭的土地具備了淨化所有毒素的超級功能，給人的感覺彷彿是在讀一段中國人喜聞樂見的《山海經》中關於海內八荒中的描述。

這段認識從何而來？利瑪竇爲什麼會希望中國人這樣認識遙遠的英格蘭？這一點不得而知。由此引發出的地理學問題則同文化關係問題息息相關。無論是中國還是西方，幾千年來人類對於地理、空間的認識與感覺，一直制約著文明間的彼此交往與影響。地理學能夠決定人們對於異地的認識，因爲任何發現都可以視爲相似性的探求，這塊地方「是什麼樣子」，暗含的意思就是它像自己從前經歷的「某某地方」；從這個角度而言，任何發現都是重複，任何描述都是自我描述，而像地理學這樣貌似客觀公正的自然科學，其實是「文化科學」，其間隱含著西方甚至全人類認識「他者」和「遠方」的思維方式。

從哲學史和思想史上看，許多重要人物在論述關於中國問題時，都陷入了布豐或林奈式邏輯的怪圈，將未經論證的「地理決定論」當成天經地義的思維起點，字裏行間這種思維模式或隱或現。例如啓蒙時代的休謨、孟德斯鳩均從地理氣候角度解讀中國人性和中國文化，孟德斯鳩曾從氣候角度評價中國農業，認爲像中國和印度這樣的熱帶地區，氣候炎熱使人逃避勞動，所以國家就有責任鼓勵人們從事農業生產，他又從領土大小分析政體特徵：「中國實行混合政體……中國之所以長期存在，三種政體（按，指孟德斯鳩所劃分的專制政體、共和政體和君主政體）的特點都不甚明顯，氣候特點造成的後果，是主要原因。如果說，中國因幅員遼闊而是一個專制國家，那麼，可以說它是最好的專制國家」〔註36〕；黑格爾的著名論斷「中國沒有時間只有空間」，其背後也是西方人將他者「地理學」化的邏輯；直到 19 世紀，西方傳教士李提摩太選擇到中國北方傳教的理由，也是從地理學角度著眼的：因爲中國北方的氣候同英國更爲相似。

在 20 世紀法國漢學家關於中國古典詩詞的研究中，同樣存在著某種地理學傾向，這絕非偶然。作爲曾主持過《中國古詩選》的中國文學權威介紹者，著名漢學家保爾·戴密微（Paul Demiéville）曾經寫過一篇論文《中國文學藝

〔註35〕葛桂錄著《中英文學關係編年史》，第 17 頁。
〔註36〕〔法〕孟德斯鳩《隨想錄》，轉引自《十八世紀中國文化在西歐的傳播及其反應》，第 329〜330 頁。

術中的山嶽》，從文章的選取角度就能看出一些端倪。戴密微以「中國是個大陸國家。這個國家的人們自古以來總是注視陸地而不是海洋……山嶽體現了穩定和永恒，也是多產和富饒的象徵」這樣的地理學視角開啓了自己的論文，在以「山嶽」這條線索貫穿論文的字裏行間，不難看出對於中國文化、文學以及中國人心理的某種較爲「固定」的理解〔註37〕；另外，桀溺（Jean-Pierre Diény）在《牧女與蠶娘》這篇論文中（從標題不難看出某種將中國「女性化」的研究取向），〔註38〕對於羊群、桑林和牧女的研究也隱含著某種以「法國牧女詩」的視角觀察中國古詩的傾向。

正是這種比較文化的視角產生了令西方和中國讀者眼前一亮的效果，然而細細分析就會發現某種不協調感，這也是爲什麼西方漢學中的中國論述總給人一種「隔膜」之感，其治學角度不可謂不科學，材料分析不可謂不嚴謹，知識儲備不可謂不紮實，對於中國學者的啓發也毋庸置疑，但漢學中很難擺脫的一點就是對於他者文化的本質主義理解，以及在此基礎上的某種「地理學」窺探視角。正是這一點使得漢學家，包括對中國文化無比喜愛的漢學家，自覺不自覺之間成爲西方人「異域想像」的實施者和傳播者，他們眞誠的研究與寫作往往落入了某種文化本質主義的窠臼。

西方現代性的典型象徵就是如同歐幾里德數學般的理想空間，將模型視爲眞理，將現實視爲理論之對象，這種自上而下的本體論思維方式自柏拉圖時代已經存在，然而在現代性時期最爲成熟。涉及到中國這片難以把握卻又必須把握的地域時，以啓蒙思想家爲代表的西方學者無一不是採取了「客觀」「公正」的描述策略：眞理是普遍的，我們已經發現了眞理，所以中國的情況「概莫能外」。狄德羅 1770 年在反駁伏爾泰對於中國的讚揚時就說：宇宙的法則適應於地球上每個角落，不存在例外的國家或個人。〔註39〕理性染上了霸權色彩，啓蒙成了理性主義的普遍化過程，法則高於「特例」並最終會消滅「特例」。這種思維方式和布豐的博物學是一脈相承的。

整個現代歷史是西方哲學或理論「東漸」的歷史，同時也是中國這樣的「東方」器物、藝術的「西漸」歷史，這種思想——對象的不平衡關係迄今

〔註37〕錢林森編《法國漢學家論中國文學——古典詩詞》，外語教學與研究出版社 2007 年版，第 253 頁。
〔註38〕錢林森編《法國漢學家論中國文學——古典詩詞》，第 271 頁。
〔註39〕《啓蒙時代歐洲的中國觀》，第 299 頁。

為止並未打破，反而成為某種固定化的「偏見」或「常識」，使得人們對於東西方文化特徵有了某些的思維定式。這些思維定式甚至影響了中國人自己書寫歷史與文學時的行文邏輯：動輒以地理為起點和原因解釋我們的歷史、人性和文化，卻忽略了對「地理決定論」這一貌似純粹自然科學的理論進行反思。其實東西二分的地理學人種學思維影響頗為深遠，從黑格爾對中國文明的種種不友好論斷：沒有哲學、沒有知識、沒有時間意識等等，我們反而能看到西方哲學家內心的狹隘，不承認存在另類的主體，另類的文明，另類的思想以及另類的美學藝術，而以「非我族類，其心必異」的態度對待自己不甚瞭解的遠方。

套話三：以西方理論統攝中國文學

　　文學是訴諸心靈與情感的語言藝術，其動人之處在於形象與感性，世界各民族與地區均有自身的文學傳統，都擁有神話、傳說、民間故事、童話、詩歌、散文以及小說、戲劇等敘事類作品。在東方學和漢學體系建立並成熟的過程中，學習、介紹、翻譯和研究非西方文明的文學已經成為西方學術界的題中之意，在此過程中不乏對於中國文學的讚美乃至溢美之詞。但通過前面的分析可知，真正的問題並非西方人是讚賞或是批評中國文學，而在於這種讚揚或批判話語背後的機制是什麼。中國不僅有文學，也有文學批評和文學理論，西方學者對待非西方文學傳統時，是否有一種「理論闡釋者」的優越感，是否存在對本土的文學批評原則重視不夠乃至嗤之以鼻的偏見？

　　文學理論或文學批評是文學作品形象得以建立的媒介與依據，其兼具審美感性與分析理性，體現了一個民族感性、知性與理性的結合。無論中國或是西方，文學的歷史都包含了作品史和批評史（理論史），在文明與文學交流中，對待彼此文學批評的態度決定了交流是否平等，是否存在等級關係。在現代人認知習慣中，理性總是高於感性，理論化的知識雖然無法取代感性化的作品，但卻展現出該民族高人一籌的感知能力；反之，一個民族即使有了感天動地的悲劇故事，有了回味悠遠的詩歌，但在國際文化交流中缺乏理論的闡釋能力，那麼這些雋永的文學財富也只能在世界主義的名目下淪為文物、器物乃至玩物。

　　18 世紀以來，經歷了啟蒙運動的西方已經形成了一整套成熟、縝密且自信的思想體系，理性與科學精神伴隨著西方人的堅船利炮迅速成為世界通用

的語言。啓蒙運動的標誌之一就是形成了法國百科全書派，對「百科全書」的推崇取代了對教皇神父的崇拜，然而「百科全書」也預設了機械的詞與物對應關係，居於世界一隅的西方人通過編撰百科全書，把自己對於「眞理」、「文學」、「政治」和「文明」等概念的理解固定爲顚撲不破的容器，而第三世界的文學與文化只是佐證一般通行原理的「現象」。在 1751 年，英國批評家赫德（Richard Hard）以古希臘悲劇爲標尺爲《趙氏孤兒》辯護的一席話，就極力強調中國戲劇與西方戲劇不約而同的相似性：「這一個國家，在地理上跟我們隔得很遠。由於各種條件的關係，也由於他們人民的自尊心理和自足習慣，它跟別的國家沒有什麼來往。因此，他們戲劇寫作的觀念不可能是從外面借過來的。我們可以肯定地說，在這些地方，他們只是依靠了他們自己的智慧。因此，如果他們的戲劇跟我們的戲劇還有互相一致之處，那就是一個再好不過的事實，說明了一般通行的原理原則可以產生寫作方法的相似」〔註40〕，問題最終歸結爲通過中國例子論證放諸四海而皆準的「通行的原理原則」，流露出了鮮明的「百科全書」情結。也有人認爲，中國連成爲「現象」的資格都不具備，十年之後的 1762 年，赫德的同胞、《好述傳》的編譯出版者珀西就反駁說中國戲劇不配同希臘戲劇相比較，赫德過獎中國戲劇了。

　　西方人書寫的單一哲學史中，並沒有爲亞洲和中國留下多少位置。20 世紀中期美國學者哈羅德・伊羅生（Harold R.Isaacs）發起的一項關於中國形象的社會學調查中，大多數受訪的美國人都相信「哲學從希臘人那裡發端，在空間上向西傳播，在時間上一直延續到古典的歐洲傳統」，他們還回憶說，「一點也不記得在他們接受學校正規教育的那些年中，在什麼時候曾接觸過與亞洲相關的特殊事情」。〔註41〕中國有哲學和思想嗎？對大多數本土西方人而言，這壓根就不是一個問題。可想而知，漢學家們在接觸中國之前，他們關於中國的「想像」會在多大程度上收到本土流行的社會思潮、連環畫、兒童小說和大眾傳媒的影響，而在接觸中國之後，「前理解」會以怎樣的方式制約和操縱著他們對於中國的「觀看」，並且強化他們童年時關於中國的記憶。錯綜複雜的文化心理脈絡，使得西方在攫取世界財富的同時，也攫取了理性、哲學和思想的所有權，將自己塑造爲思辨與發現的主體，而將包括中國在內

〔註40〕范存忠著《中國文化在啓蒙時期的英國》，第 117 頁。
〔註41〕〔美〕哈羅德・伊羅生著《美國的中國形象》，於殿利譯，北京：中華書局 2006
　　　　年版，第 16～17 頁。

的第三世界建構爲缺乏深度和自我發現能力的器物、藝術品和對象。

　　殖民主義改變了第三世界的現實命運，也改變了第三世界的語言、語法、符號乃至思維。人類走出了神學時代，卻又陷入了科學時代的迷思之中，科學取代宗教，理性取代上帝。康德的知、情、意三段論和黑格爾的歷史哲學統治了 19 世紀之後的世界，西方思想家的體系中沒有「東方思想」的位置，東方和中國只能淪爲西方哲學的注腳和反例而已。因此，國內有學者近年來提出的「文化交流赤字」問題，除了 20 世紀中西方在互相翻譯書籍方面體現的數字懸殊外，還集中表現爲西方人對於現代以來的中國思想和理論譯介極少，而西方但凡有某個理論家橫空出世，中國國內就迅捷聚攏起一批翻譯和研究群體，「各領風騷數年」，這是中國學界和整個社會的悲哀。「視其所以，觀其所由，察其所安」，這一現象值得我們深思，問題不在於《文心雕龍》或《人間詞話》在國外究竟有幾個版本，而在於諸如神思、風骨、神韻、境界、氣象等概念在世界文學理論界的渺然無聲，中國文學理論退入博物館的同時，也就意味著中國文學理論和文學批評在西方學界的失語，而最終會導致中國文學自身成爲任人表述卻無法自我表述的古董文物。

　　在西方漢學家的中國文學觀中，對於文學理論與文學作品的關係存在較大分歧。早期的漢學家無疑沐浴在啓蒙哲學營造的優越感中，認爲西方人在「理性」和「知性」上是高人一籌的，包括中國在內的東方無法與其抗衡。例如 1890 年，新教傳教士漢學家李提摩太做《時報》主筆時寫過一篇社論，收入了《時事新論》，其中已經給中國文明明確定位，他將世人分爲三等，英美等國的上等人「人人識字，又知萬國之事，及凡古今有益之事皆好之」，最下等的「亞非利加內地」之人和「中國之苗番」，則「千人中無一知字者，其識見亦但百里之內，身所經之事而已」，而中國人則和印度人一樣列爲中等，「百人中有一至十識字者，能知千里、萬里之事」，但是印度因爲早早成爲英國殖民地，已經「今非昔比，大更舊制」，成爲「近中國西南最強之國」，是中國應該學習的榜樣。〔註42〕這種貌似眞實的論調，其實是種族主義的變體。〔註43〕在此社會背景下，漢學家對於中國文學的自我總結與研究能力自然充

〔註42〕丁則良編著《李提摩太：一個典型的爲帝國主義服務的傳教士》，北京：開明書店 1951 年版，第 9～10 頁。

〔註43〕正是在這種思維下，李提摩太提出了一個「拯救中國」的「妙法」，先後告知了李鴻章、張之洞，並索取百萬白銀。其實李提摩太提出的主張無非是將中國完全託管給英國，以 20 年（英國檔案是 25 年）爲限，讓英國來全盤負責

滿了鄙夷，翟理斯在《中國文學史》序言中毫不客氣地說中國的學者只是無休止地沉湎於個別作家作品的評價與鑒賞，指望他們取得總體研究成就是不可能的，中國學者甚至「想也沒想過文學史這一類課題」。〔註44〕

隨著專業漢學的發展成熟，當代漢學界已經擺脫了傳統意義上的種族主義，而致力於在比較文學的大潮中溝通中西方的文學傳統，探究其淵源，分析其歷史偶合與相似之處，表面上似乎不存在理論與文本的身份問題，然而實質上文學理論和文學作品一樣是有身份的。〔註45〕大體看來，漢學家在採用何種理論分析中國文學問題上可以分為如下幾派：

1. 西學理論派。這一派毫不懷疑西方理論是放諸四海而皆準的真理，認定在西方理性精神和科學分析方法之下不存在特例，所有的中國文學文本只是用來填充「格子」的例證和材料而已。表現有三類。一為明顯的「西方理論——中國文學」二分法，以古典詩學、符號學、現象學、新批評、後現代主義等西方理論為圭臬，提出一個西方命題繼而以中國文學作為旁證或補充，論證西方理論的合法性。例如匈牙利漢學家特克依·費倫茨（F.Tökei）在《論屈原二題》中分析《離騷》對於席勒提出的哀歌理論的貢獻、華裔法國漢學家程抱一（又譯程紀賢）以結構主義和語言學理論分析《春江花月夜》以及當代漢學家胡若詩採用新批評和結構主義方法分析中國古典詩詞等。二為不太明顯的西學方法，採用社會學、人類學、考古學、統計學等西方科學，對於中國文學文本進行一些創造性解讀，得出較為新穎的結論，這方面的代表是馬塞爾·葛蘭言以社會學視角解讀詩經中的愛情詩篇，還包括桀溺運用統計學和比較分析法對《古詩十九首》等漢魏詩歌版本流變的研究。三是西學視角導致漢學家對問題的選擇和解決之道頗具本土文化色彩，像倪豪士的唐代傳奇研究的字裏行間對於中國傳統文學批評的不屑，顧彬對於唐宋八大家散文的「個人主義」解讀視角等都包含著鮮明的西方文化背景。〔註46〕

治理中國，到期之後交還權力。關於這一事件的前後真相，前人已經有了詳盡的分析，參見丁則良編著《李提摩太：一個典型的為帝國主義服務的傳教士》第21～26頁。

〔註44〕葛桂錄著《中英文學關係編年史》，第124頁。

〔註45〕近年來諸如「顧彬事件」等學術熱點問題，表徵的是中西文學研究界對於文學闡釋話語權和理論權的爭執與焦慮：誰來闡釋中國文學？誰最具有闡釋資格？這種資格從何而來？

〔註46〕參見錢林森編《法國漢學家論中國文學——古典詩詞》，外語教學與研究出版社2007年版。〔德〕顧彬等著《中國古典散文：從中世紀到近代的散文、遊

2. 模棱兩可或無理論派。這一派漢學家或者在研究過程中隱去自己的理論痕跡，並且對中國文學理論的價值地位問題語焉不詳，持「不肯定亦不否定」的態度，典型的代表就是宇文所安。宇文所安將自己的唐詩研究定位爲「他山的石頭記」，在向西方讀者介紹唐詩魅力時竭力隱去任何理論的痕跡，而代之以自己獨具特色的個人化解讀視角以及妙趣橫生的文字技巧；而在面對中國文論問題時，宇文所安表現得有些曖昧：認爲中西文學思想傳統的共性集中在「作品與思想之間的張力關係」上，但二者的差異卻存在於觀點、文類和文學思想等多方面，例如「尋求定義」在中國文學思想中的缺席導致中國術語顯得模糊不清，論說（argument）方式較難翻譯和理解等，中西文論道路相似，但卻很難完全理解。宇文所安以這樣一種「知難而退」的方式闡釋同時也迴避了問題〔註47〕。美國另一位漢學文論家浦安迪（Andrew H. Plaks）雖然試圖建立「中國敘事學」，但其實中國提供的只是敘事文本而已，浦安迪對於明代四大奇書（《三國演義》、《水滸傳》、《西遊記》和《金瓶梅》）的研究，是從西方文學批評中的現代小說理論角度分析作品的，他坦率地承認這一點，並希望自己的研究不僅能確立四大奇書的「novel」身份，還能拓寬「novel」這一術語的定義，使之能接納非西方傳統中類似的文學情況的範例。浦安迪還反覆表達了對中國批評傳統和當代學術界的尊敬與感謝之情。但在我看來，漢學家善良的願望可以理解，但對於在西方闡釋學壓抑下漸趨失語的中國文論命運而言於事無補。〔註48〕

3. 中西結合派。多爲華裔漢學家，堅持中國文學批評與文論體系的合法性，並向西方輸出中國文論，證明其闡釋的有效性，值得肯定。但這部分人數較少，且面臨兩大問題：一是在介紹中國文論的過程中，往往不得不借用西方理論的酒瓶，落入了「舊瓶裝新酒」的窠臼，使得中國文論也變了味道，典型例子就是劉若愚借用《鏡與燈》四分法介紹中國文學理論的嘗試；二是實踐人數較少且時間短促，尚未形成自覺性，國外雖有葉嘉瑩、葉維廉和余

記、筆記和書信》，周克駿等譯，上海：華東師範大學出版社 2008 年版。〔美〕倪豪士著《傳記與小說——唐代文學比較論集》，北京：商務印書館 2007 年版。〔美〕宇文所安著《中國「中世紀」的終結：中唐文學文化論集》，陳引馳等譯，北京：三聯書店 2006 年版。

〔註47〕〔美〕宇文所安著《中國文論：英譯與評論》，王柏華、陶慶梅譯，上海社會科學院出版社 2003 年版。

〔註48〕〔美〕浦安迪著《明代小說四大奇書》，沈亨壽譯，北京：三聯書店 2006 年版。

英時等華裔對於中國文學的分析，但多局限於「中國文論——中國古典文學」的對應關係上，迄今爲止成功地用中國文論（尤其是古代文論概念或批評手法）分析評論西方現代文學作品的範例不多，這是令人遺憾的事情。〔註49〕

下面擬以當代兩位漢學家桀溺和宇文所安對於中國古詩《陌上桑》不同的解讀視角爲例，分析漢學解釋學背後入思與寫作原則的連續性與變異性。兩位學者來自不同的漢學傳統。〔註50〕無獨有偶的是均對漢樂府詩歌《陌上桑》產生了某種研究興趣，《陌上桑》這首詩歌通過怎樣的方式進入了他們各自的闡釋體系？中國詩歌在西方闡釋學中佔據什麼位置？

作爲中國文化的摯愛者，桀溺精通中文並且在古典詩歌領域皓首窮經，他並未像特克依·費倫茨在《屈原二題》中表現出那樣明顯的「西方理論——中國文本」模式，而是採取了嚴謹地版本考據學方法（這也是法國漢學留下的最寶貴財富）對每一首古詩的源流進行細緻分析與考辨。有時在面對桀溺對中國「古詩十九首」的縝密考證時，我們不禁會欽佩其紮實嚴謹的乾嘉式治學風範，甚至忘卻了自己面對的是一位法國漢學家。饒是如此，從桀溺身上還是能窺見些許西方學術的潛在邏輯甚至偏見。

桀溺的名文「牧女與蠶娘——論一個中國文學的題材」〔註51〕採用中西比較的平行研究方法，考量了法國與西方的「牧女」與中國古代的「桑林」對於相關題材詩歌的啓發性意義，指出了文學史上通用的一種模式：來自民間文學的題材經歷了道德禮儀的規範後成爲文人化的詩歌。首先桀溺對於桑園的祭祀與傳說進行一番仔細研究，從上古時期的《詩經》到曹植的《美女篇》，從秋胡戲妻到劉向的《列女傳》，幾乎囊括了所有和「桑園」有關的文

〔註49〕需要補充的是，以上流派的分析只是一個大概。許多漢學家的學術路徑處在不斷變化之中，甚至有些人只是按部就班地介紹翻譯中國文學，並未意識到或沒有明顯表現出所謂的理論——文本關係問題。

〔註50〕桀溺（Jean-Pierre Diény）是 20 世紀法國漢學界研究中國古典文學的知名學者，是戴密微的學生，曾任巴黎高級研究學校教授和主任導師，主要著作有《古詩十九首》、《中國古典詩歌的起源》、《曹植文集通檢》等；宇文所安（Stephen Owen）則代表了美國漢學界唐詩研究的最新成果，其聲名於上世紀 90 年代鵲起，目前在哈佛大學東亞系任教，曾以《追憶》一書奠定了自己在中外學界的聲望，主要著作有《初唐詩》、《盛唐詩》、《中國「中世紀」的終結》、《晚唐詩》、《他山的石頭記》、《中國文論：英譯與評論》等。

〔註51〕原文題爲 *Pastourelles et Magnanarelles: Essaisur un thème littéraire chineis*，1977 年，巴黎：日內瓦，德羅夫書店出版社出版。此處採用錢林森編《法國漢學家論中國文學——古典詩詞》中的譯文。

學素材，體現出紮實的功力。但在字裏行間，桀溺依然體現出某種西方理論優先的策略。

　　首先就是論文的緣起是馬卡布律（Marcabru）於 1140 年前後寫的一首牧女詩，這在整個 12 和十三世紀法國和普羅旺斯牧女詩中是「最古老和最令人困惑的詩篇質疑」，既不典雅，也不粗俗，「似乎是這兩種對立傾向之間的一種平衡產物。儘管它是此類題材中最古老的，但文筆卻極為優美，對這一獨特的作品我們應如何看待呢？」在分別抄錄了馬卡布律牧女詩和《陌上桑》（注意其先後順序）之後，桀溺列舉了法國文學界對於馬卡布律牧女詩的爭論，核心問題就在於牧女詩的起源究竟是宮廷還是民間。如果是宮廷，就無法解釋馬卡布律筆下牧女對於自己地位的自豪感；如果是民間，就無法解釋這首語言文雅的作品緣何要比之後粗俗的牧女詩出現還早。既然在法國和歐洲範圍內無法解決問題，桀溺就提出了一種策略：「讓我們根據一個多世紀以來對牧女詩歌所進行的研究，考察一下中國的這一文學現象，同時希望這種考察，反過來能指導我們對羅曼語言學家們的設想進行正確的判斷。」〔註52〕

　　如果沒有第一章開篇這段關於「羊群與桑林」的論說，本篇論文就像是來自中國學者的成功闡釋，但這段論說恰恰表明了漢學家關注的問題域（「反過來能指導我們對羅曼語言學家們的設想進行正確的判斷」），即：經由中國文學瞭解西方自身的文學傳統。

　　這一典型模式就是：從西方文學傳統中生發出某種詩學或模式——遇到解釋歷史時的不一致或困難——尋求中國文本——回歸併解決西方文學理論問題。在這一過程中間，中國文學扮演的角色可以用「工具」來概括，沒有提出問題的能力，也沒有解決問題的願望，只是僵硬地待在那兒，供漢學家拿過來使用後就放在一旁。

　　第二，桀溺不僅出發點是西方文學和語言學的問題，並且其所採用的也是馬賽爾·葛蘭言在《中國古代的節慶與歌謠》中推出的「民俗學」視角，從「性愛習俗」的角度看待《詩經》中的桑園詩歌，將其歸結為「中國南方和印度支那許多土著居民」的類似習俗。於是桑園就具有了愛情尤其是性愛的意味：

　　　　但是桑園並非單單是春季勞動場所，隱約展示大地春回，它還
　　是個特殊的風景區，一個並非偶然，而是慣常的幽會之地，男女青

〔註52〕錢林森編《法國漢學家論中國文學——古典詩詞》，第 275～277 頁。

年節慶時就在那裡約會和舉行婚慶。他們在桑樹下輪流對歌，作陽
臺之會。……〔註53〕

由此提出了《陌上桑》故事中地點的重要性，並非無足輕重的背景，而是「一
座有象徵意義的森林，甚至比我們的田園更富於聯想性」。葛蘭言的社會學與
民俗學視角隱含著一個問題，就是尋求不被中國文化傳統承認的「離經叛
道」，正史中或中國傳統解釋不承認的部分，反而被葛蘭言刻意地誇大。桀溺
對於葛蘭言的沿用同樣存在類似危險，「桑園」的性愛意味究竟有多濃？「陌
上桑」的題目與內容對於中國讀者而言是否意味著豔情色彩？漢學家們並不
關心這樣的問題，他們在解釋中國文學時會採取刻意的「求異」視角，傾向
於更具個人氣質的古代或當代作家進行研究，從個人精神史的角度予以分
析，尋覓被中國人忽略的體裁或視角，採用精神分析、象徵主義、新批評等
手法。

　　問題的另一面在於「相似性」，桀溺從一開始引證馬卡布律牧女詩時，無
形中就在刻意引導著讀者從「相似性」的角度解讀陌上桑，也就是說在論述
《陌上桑》時，馬卡布律這首詩成為了「不在場的在場」，始終提醒著桀溺和
讀者這種「相似性」。換句話說，這種相似性有可能是建構出來的相似性。

　　無論是相異性或是相似性，桀溺的解讀是局限於漢學學院體制內的專業
研究成果，「收束性」較強，很少露出什麼破綻。而宇文所安在《迷樓》中對
於《陌上桑》的解釋則浸透了美國文化的自由色彩。宇文所安的唐詩研究文
體介乎於專業論文與休閒散文之間，擯棄了法國古典漢學轉重文獻考據的傳
統，而代之以天馬行空的個人化寫作風格，就其本質而言，實為文學史普及
教材，但宇文所安又添加了自身的才氣與文筆，結果以中國文學為平臺展開
了自己對於歷史與文學的想像，構建了一座彙通中西文學之美的「迷樓」，將
「六經注我」與「我注六經」融會貫通，使得其著作具有了某種雅俗共賞的
個人化魅力。漢學家的研究著作既是「述」，同時也是一種「作」，期間比例
孰輕孰重也因人而異，但要麼誇張中國之「異」，要麼讚歎中國之「古」，中
國文學的離奇形象往往證明了中國這一地域和人群的荒誕不經，從文化地理
學的視角看，這是對可能世界的想像，其暗含的話語邏輯就是：將邊界邊界
化、將異端異端化、將東方東方化、將中國中國化。

　　同《迷樓》的主題一樣，宇文所安對《陌上桑》著眼於弗洛伊德精神分

〔註53〕錢林森編《法國漢學家論中國文學——古典詩詞》，第283頁。

析學意義上的「欲望」，這首詩被有意識地置入到某種性愛遊戲的氛圍之中，成爲論證馬克思在《1844 年經濟學哲學手稿》中所說的「每個人都在別人身上創造一種新需要」的材料。宇文所安同樣將馬卡布律牧女詩和《陌上桑》（包括中間穿插的《羽林郎》）放置在一起（要注意其「先西後中」的順序），不過對《馬卡布律牧女詩》和《羽林郎》進行了逐段的評論分析，而對於《陌上桑》的分析則著墨不多。〔註 54〕在他的解讀中，這幾首詩都描述了關於引誘、調情、欲望、挑逗的細節，以及欲望的置換機制。宇文所安經常將詩歌置於其閱讀與朗誦的環境和儀式中，而在此處，他也想像著《陌上桑》傳遞給男人的欲望被轉換爲集體愛慕，他對這首詩的解釋彷彿一篇都市豔情小說：

> 欲望及其幻滅像傳染病一樣流播開來，既真實又富有喜劇色彩；在內心的意志與不可能實現之間存在著緊張的空間，出現了嗤嗤的笑聲。這片空間屬於我們所有；它是不可跨越的。每個人都可以癡癡地看著（羅敷），但沒有人越界。在由集體愛慕的距離感編成的框架裏，這個女人被巧妙地保護起來了。
>
> 　這時來了一個使君（lord governor），一個陌路人，一個途經此地的旅行者，一個有權利男人。他越過界限。他的越界照例被斷然拒絕，而我們爲此感到欣喜。即使如此，從這個女子神秘莫測而誘人的外表背後背後發出的聲音，不再是維護理性良善和階級標準。羅敷用言詞、用她自己的反幻象（counterillusion）壓倒了使君，她用語詞（words）描繪了一個權力更大、更爲稱心如意的夫君，讓使君相形見絀。她是否真有這樣一個夫君其實無關緊要：他存在於她的語詞中。她以欲望的詩歌來抵抗另一種欲望的詩歌。〔註 55〕

同牧羊女嚴守理性和階級界限相比，羅敷最後是用「反幻象」壓倒了使君的欲望。從宇文所安的注釋中看出他閱讀過桀溺的論文，但他拋棄了古典漢學的枯燥論證，開始在《陌上桑》身上盡情展現自己的想像力和欲望，將馬卡布律牧女詩與《陌上桑》統統解釋爲勾引未遂和欲望的未能滿足，而女子抵抗欲望的武器之一則是語詞，詩歌成了欲望的表徵或反欲望的表徵。從表面上看不到宇文所安解讀《陌上桑》時用了什麼西方理論，但兩相對比，西方

〔註 54〕Owen, Stephen. *Mi-Lou: poetry and the labyrinth of desire*. Cambridge, Mass.: Harvard University Press, 1989. pp.56～66.

〔註 55〕Ibid., p.68.

理論卻以「無理論」的假象附著於西方漢學家身上，產生了將中國文學女性化的欲望。

宇文所安的文體往往介於嚴肅與恣肆之間，文字背後的「我」忽隱忽現，且喜歡用「敘事體」來談論中國古詩詞。這種將文學「故事化」是否體現了某種將東方「故事化」或「敘事化」的西方中心主義色彩？至少，《迷樓》將宇文所安的弱點放大到了極致，也是其最爲失敗的一部著作，充斥著諸如前進、逼退、進入、欲望、衝動等曖昧字眼，展示一個躁動不安的男性作者形象，更像是一部暢銷書。其對《陌上桑》的恣意解讀也體現了男性化的霸權態度，西方漢學家迷失在中國古詩的字句之間，毫無顧忌，毫無界限，只是對其產生無數自由而狂熱的「幻想的欲望」，這恰恰像《迷樓》一書的緣起——隋煬帝迷失在美女如雲的「迷樓」中——的絕妙隱喻〔註 56〕。漢學家同樣構造了一座自己走不出的「迷樓」。

總體來看，國際漢學界對於西方理論闡釋中國文學這一「慣例」基本是認可的，西方闡釋學大行其道，如同滾滾駛過的祭神花車，中國和東方文學只能俯身車下接受西方理論的傾軋，這種不合理的「慣例」甚至也影響了中國學術界自身對於「比較文學」學科範疇等問題的理解。

對於漢學家中存在的「理論優先」、「削足適履」問題，中國學者很早就有過批評，例如羅根澤先生在《中國文學批評史》中就指出那種以西方的文學理論爲裁判官，以中國的文學理論爲階下囚的所謂「揉合」：「勢必流於附

〔註 56〕 宋無名氏《迷樓記》載：煬帝晚年，尤沉迷女色。他日，顧謂近侍曰：「人主享天下之富，亦欲極當年之樂，自快其意。今天下安富，外内無事，此吾得以遂其樂也。今宮殿雖壯麗顯敞，苦無麴房小室，幽軒短檻。若得此，則吾期老於其中也。」近侍高昌奏曰：「臣有友項升，浙人也。自言能構宮室。」翌日詔而問之。升曰：「臣乞先進圖本。」後數日進圖，帝覽，大悦。即日詔有司，供其材木。凡役夫數萬，經歲而成。樓閣高下，軒窗掩映。幽房麴室，玉欄朱楯，互相連屬，迴環四合，曲屋自通。千門萬牖，上下金碧。金蚪伏於棟下，玉獸蹲於户傍。壁砌生光，瑣窗射日。工巧之極，自古無有也。費用金玉，帑庫爲之一虛。人誤入者，雖終日不能出。帝幸之，大喜，顧左右曰：「使眞仙遊其中，亦當自迷也。可目之曰迷樓。」詔以五品官賜升，仍給内庫帛千疋賞之。詔選後宮良家女數千，以居樓中。每一幸，有經月而不出。宇文所安在《迷樓》中坦承中國詩對於西方讀者而言只是「安全而有趣的藝術」，而《迷樓》一書——這次少有的帶有比較文學色彩（這並非宇文所安固有風格）的欲望之旅雖然以中國爲背景，卻以其「安全而有趣」，就像其中分析到的墓園派詩人多恩的欲望詩歌一樣，折射出漢學家内心深處對女性東方的某種男性欲望。

會，只足以混亂學術，不足以清理學術」〔註 57〕。然而總體來看，當前中國學術界對於海外漢學家尤其是西方漢學家解讀視角缺乏必要的警覺與批評意識，從當代國內文學研究界對待海外漢學的態度看，基本上停留在譯介和讚譽階段，滿足於「西方文論與中國文學」這樣二元對立的現狀，讓渡出「方法論」的權力，似乎中國文學作品唯一的意義就是從我們熟悉的角度論證西方文論的正確性，卻很少質疑漢學家論說的合法性及其學術理念背後的心靈症候。〔註 58〕正如浦安迪所感受到的那樣：中國文學研究者「對一位異邦人來闡釋本國文學豐碑所持的寬容態度使我的疑慮頓然消逝。只要設想一下，在任何其他文化環境中，一位外國學者倘若敢於闖入他們文化遺產的聖地並妄加評論將會帶來什麼樣的後果」。〔註 59〕換個角度思考，這種寬容態度背後也是我們主體性缺失後自我對象化的症狀，聯繫到中國學術界的世界地位和國外學者對於本土文學遺產的神聖感，中國學界某些學者對於漢學家不加區別地一味頂禮膜拜著實令人汗顏。〔註 60〕

〔註 57〕 羅根澤著《中國文學批評史》（一），上海：上海古籍出版社 1984 年版，第 32 頁。

〔註 58〕 如躍進的書評「國際漢學研究新視野——評《西方文論與中國文學》」，針對周發祥的《西方文論與中國文學》（江蘇教育出版社 1997 年版）而提出所謂「漢學研究新視野」，原書的學術價值毋庸置疑，然而該書評極力推崇「西論中用」，滿足於通過耳熟能詳的文學例子瞭解西方文論方法，並借助西方理論「拓展」中國古典文學的研究視野，今天看來是不夠謹慎的。西方理論固然有其獨到的一面，然而漢學家拿西方文論套取中國文學材料的方法本身就充滿了許多矛盾之處，今後國內學術界的「西方文論」與「中國文學」研究，應更多具有譜系分析和話語批判的功能，而不能將一切建構的東西視為先驗的東西。參見躍進「國際漢學研究新視野——評《西方文論與中國文學》」，載《文學評論》1999 年第 2 期。

〔註 59〕 〔美〕浦安迪著《明代小說四大奇書》，序言第 2 頁。

〔註 60〕 舉個例子，德國當代著名漢學家莫宜佳的《中國中短篇敘事文學史》被收入了顧彬主編的十卷本分體「中國文學史」叢書，並於 2008 年被翻譯為中文出版，顧彬主編的此套叢書整體風格就是以文體為綱要，莫宜佳此書最大的一個創新就在於提出用「中短篇敘事文學」（德語，Erzählung）來定義包括唐傳奇、宋人筆記和三言二拍等白話小說以及《聊齋誌異》等文言小說，譯者在譯後記中對莫宜佳的 Erzählung 概念極力頌揚，認為這一概念代表了西方文學理論尤其文類學的最新成果，能「為中外漢語古典文學的研究和交流提供一套共同的話語系統」，但我認為完全用「中短篇敘事文學」來指代所有中國古代的中短篇敘事作品，會遮蔽了其文字風格的鮮明差異及其根源，如三言二拍這樣的小說是來自話本這樣的市民文學傳統，而《唐傳奇》和《聊齋誌異》則根植於《史記》以降的中國史傳傳統。譯者缺乏對中國自身已有文類

套話四：中國文學今不如古

從中國文學在西方漢學界的形象來看，漢學家對於古典文學（包括詩詞、戲劇、小說和古典散文）的評價要高於對中國現當代文學的評價，就研究的熱情及產生的成果來看，古典文學也高於現當代文學。〔註61〕

1. 今昔對比與厚古薄今

作爲古典漢學的中心，從傳教士白晉的《詩經研究稿本》和馬若瑟的《經傳議論》開始，到葛蘭言採用社會學對於《詩經》背後的民俗學意義予以解讀，法國學者對中國最爲古老的歌謠《詩經》傾注了極大的熱情。他們的關注點包括：《詩經》的社會學意義、美學價值以及「風雅頌」等概念的研究等等。18世紀西方人開始瞭解中國詩歌，《詩經》被西方漢學界視爲中國文學的代表，在19世紀前後出現了三個譯本。〔註62〕在文本價值層面，聖·德尼將《詩經》與西方詩歌開端《伊利亞特》作了對比，認爲只有後者才能與《詩經》比較，這是兩種位於陸地兩端，在不同條件下各自發展的文學傳統。法國學者也著眼於《詩經》背後表現的民俗學和風俗畫場景，Ed.比奧1838年發

系統的尊重，一味推崇西方人的文體概念，卻對莫宜佳行文的疏漏謬誤之處毫無所知，以至於鬧出了「竹林七賢，七人之中有一位是婦女」的笑話。參見〔德〕莫宜佳著《中國中短篇敘事文學史》，韋凌譯，上海：華東師範大學出版社2008年版，第28頁。

〔註61〕 例如作爲古代文學專家，宇文所安對待中國文學有著厚古薄今的傾向，他嚴格地將自己的眼光局限於中國古典文學，從《詩經》《左傳》到唐詩、宋詞，他對於現當代的中國文學從不置一詞。沉默本身就代表了某種態度，宇文所安深感中國五四之後白話文學的興起不僅使得古詩詞的寫作迅速邊緣化，以至於當今中國文學將其別除出純文學之外，而且對待古典文學的研究方法與總體評價也由於新文學的霸權地位而突變。在「過去的終結：民國初年對文學史的重寫」一文中，他直言不諱地批評了以胡適、鄭振鐸爲代表的五四學者與批評家以白話文學爲標杆對於文學傳統的「重構」，將這種行爲視爲「爲整個中國文學制定金科玉律」，「代表了一個新的正統傳統的產生」，這種「重構傳統」造成的後果就是使得古典傳統失去了生命力，成爲所謂的「遺產」而非中國文化的媒介（宇文所安對於《文學遺產》刊物名稱的分析也證明了這一點）。宇文所安從個人直觀的閱讀感受入手，對於五四以後的新文學總體上是持否定態度的，前文述及其對北島的批評絕非偶然事件，而是其學術理念的自然結果。《他山的石頭記》，第318頁。

〔註62〕 是指1838年沙爾穆神父（le père la charme）的拉丁文譯本，1872年G.鮑吉耶（G.panthier）的第一部法文譯本和1896年著名漢學家顧賽芬（Seraphin Couvewz）的法文、拉丁文、中文對照譯本，最爲流行。資料出自宋柏年主編《中國古典文學在國外》，北京語言學院出版社1994年版，第26頁。

表的一系列《詩經》專論就提出這是「這是東亞傳給我們的最出色是風俗畫之一，同時也是一部眞實性最無可爭辯的文獻」、「以古樸的風格向我們展示了上古時期的風俗民情」，這種視角對於後來的葛蘭言等人肯定是有啓發的。可以說在 20 世紀上半葉，法國就將《詩經》的研究推向了頂峰，以至於之後的《詩經》研究反而停滯不前。英國第一位漢學家威廉・瓊斯爵士自稱對於中國的《詩經》最感興趣，採用了「意譯」與「直譯」同時並置的方法，進行了翻譯與「擬作」。1871 年，理雅各翻譯出版了第一個英文全譯本的《詩經》，納入其主編的《中國經典》（The Chinese Classics）第四卷，開啓了《詩經》在西方傳播的第一個里程碑，理雅各高度重視《詩經》的意義，寫了長篇序論考證分析其版本、流變、氳氲以及人文歷史背景等問題。德國對於中國文學的瞭解多從歐洲其他語言轉譯，1833 年理查德（Friedrich Richerd）根據拉丁文譯成德文版《詩經》，質量不高，直到 1880 年斯特勞斯（Viktor von Strauβ）翻譯出了無可挑剔的《詩經》。〔註 63〕

　　古典漢學時期中西方處於文化上的蜜月期，尤其是中法間文化上傾慕已久，然而受制於當時的交通地理條件以及中國的外交政策，實際的、物質層面的通商與交往不多。漢學家多選取中國經典文學作品予以研讀與譯介，除了少數索隱派傳教士自說自話「以耶解儒」外，很少有人天眞到分析中國文學所受西方影響的因素。19 世紀中葉以前人們的世界觀還是相信各個民族彼此獨立，平行發展的。那時候只有平行的比較，而沒有影響史的探尋。於是，漢學家從中國古典文學身上發現的就是「極端的異域」，同西方人毫無相似性的作品反而能引起西方人極大的興趣。

　　當時對中國古代文學與文獻，漢學家往往癡迷不已且流連忘返，甚至不惜採取某些不道德的手段，像 20 世紀初法國漢學家伯希和在東亞地區進行考古時，趁機攫取了大量的敦煌壁畫和文書。正如到法國翻閱抄錄了大量敦煌手稿的中國學者姜亮夫所言：「伯希和對漢學很有修養，所知極多」，「他拿去的敦煌卷子都是十分精緻的……他拿去的卷子在所有的敦煌卷子裏幾乎是最好的」，漢學知識在敦煌遭劫的歷史中起到了重要作用。從 19 世紀中葉以後，許多漢學家就是通過對於中國古代文學方面材料的直接「佔有」，而獲得了對中國文學、藝術、文物和歷史問題的發言權，理論上的居高臨下與材料上的壟斷，造成了「敦煌在中國，而敦煌學在西方」的奇特現象。

〔註 63〕《中國古典文學在國外》，第 25～32 頁。

　　形成鮮明對比的是，對待中國現當代作家，同時代的西方漢學家往往缺乏學術眼光，相應的重視程度也不夠。以中國現代文學大師魯迅的域外影響為例，按照國內學者王家平的分類，魯迅百年以來的域外傳播史大體可以分為三個階段：冷戰前、冷戰中和冷戰後時期。作為中國最偉大的現代作家，魯迅在歐美學術界的影響力並不大，突出表現為以下三種症候：

　　1. 對於魯迅的翻譯與研究多來自華裔學者，本土漢學界對其關注較少。魯迅最早的西文譯本是梁社乾所譯的《阿Q正傳》英譯本（1926年），第一個法文譯本也是《阿Q正傳》，出自敬隱菊之手（1926），前者為美籍華人，後者為中國留學生。而第一階段關注並譯介魯迅的人，最早是在北大教授西洋文學的巴特勒特（R.M.Bartlett），只是1927年發表了一篇關於魯迅的介紹性文章而已，魯迅在歐美真正為人所知，則要歸結於埃德加·斯諾夫婦以及史沫特萊等西方記者的努力，而同時代的歐美漢學家對於魯迅幾乎沒有關注。魯迅獲得的聲譽更多並非來自文學本身，來自他象徵著沒落、貧窮而又令人同情的中國。

　　2. 二戰以後美國魯迅研究興盛，而西歐相對冷寂，折射出美國當局文化入侵政策和二戰對於歐洲國家的影響。

　　3. 國外評價者（如史景遷、舒衡哲等）多將魯迅視為西化的知識分子，論證中國西化的歷史，或將小說視為第三世界場景。一方面，許多漢學家認為現代小說和詩歌文體乃是西方的舶來品，因此即使魯迅這樣出色的現代文學作家，也只是西方文學的模仿者而已；另一方面，（傑姆遜等）一些西方學者將魯迅的《阿Q正傳》等小說視為第三世界圖景，重視其故事價值、歷史價值而非文學價值。〔註64〕

　　在現代作家中，西方漢學家往往更看重那些跳出「啟蒙」與「救亡」的二重奏，更加精緻和富有個人化風格的作者（如張愛玲和沈從文），這就迥異於中國品人論事的道德優先習慣。而具體到「現代」與「當代」，對於當代作家即1949年以後作家的評價則又低了一層，主要原因是在西方人看來，「官方」話語壓倒了「個人」話語，知識分子無法走出集體話語而成為獨立個體，也就很難寫出符合西方標準的個人化文學。這隱含著漢學家對於中國知識分子自身精神史的漠視，中國士人自古以來的憂患意識（朝聞道夕死可矣，殺

〔註64〕 參見王家平著《魯迅域外百年傳播史：1090～2008》，北京：北京大學出版社2009年版。

身成仁捨生取義）被某些漢學家（如林培瑞）曲解為「統治者的工具」，於是他們自然而然地希望找到「反叛者」並擡高其地位，高行健憑藉《靈山》獲得諾貝爾獎就隱含著這方面的因素。

　　當前西方各國對於 20 世紀中國文學的研究，在西方整個中國文學研究中並不佔優勢。西方各國中法國熱情最高，這也根源於法國漢學的悠久傳統，從魯迅、冰心、丁玲到舒婷、北島和芒克甚至毛澤東，許多中國作家的作品都得到了較為廣泛的譯介。相比之下，中國文學與美學思想研究不多，在法國的華裔漢學家、詩人程抱一的作品對法國社會認識中國詩歌和繪畫魅力起到了重要作用，此外錢鍾書的《談藝錄》等理論著作也有了法文譯本，但總體來看中法文學交流依然停留在簡單的譯介層面。〔註65〕

　　目前中國現當代文學的中心在美國，研究者有葛浩文（Howard Goldblatt, 1939～）、舒衡哲、李歐梵、夏志清、葉維廉、王德威（David Der-wei Wang, 1954～）等，這主要得益於許多華裔學者定居美國並從事研究，長期象徵著歐美學派對於中國現當代文學的研究向度。〔註66〕然而，華裔漢學家嚴格而言不屬於真正意義上的「西方漢學家」。目前美國從事現當代文學研究的純粹意義上西方漢學家代表人物是葛浩文，他是蕭紅研究的專家，並且對於當代中國作家的海外推廣做出了重大貢獻〔註67〕，包括莫言在內的許多中國作家都對他的工作表示贊許。但嚴格來看，葛浩文只是優秀的翻譯家，他的譯文首先致力於做到「信達雅」，甚至為了西方讀者閱讀的需要會改變某些句式，為此還招致了厄普代克等不懂中文的西方作家批評。〔註68〕不懂中文的西方人都

〔註65〕江小平編譯「法國中國文學研究概況」，載《國外社會科學》1987 年第 12 期。

〔註66〕彭松《歐美現代中國文學研究的向度和張力》，復旦大學博士論文，2008 年。

〔註67〕美國最有名望的中國文學專家和翻譯家之一，葛浩文迄今已有數十本現當代中國小說譯作出版，除了莫言的《紅高粱》、《天堂蒜薹之歌》、《酒國》和《師傅越來越幽默》等小說之外，還有蘇童的《米》、馮驥才的《三寸金蓮》、賈平凹的《浮躁》、阿來的《塵埃落定》、劉恒的《黑的雪》、張潔的《沉重的翅膀》、王朔的《玩的就是心跳》、春樹的《北京娃娃》，以及老舍和巴金等人的作品。

〔註68〕例如 2005 年 5 月 9 日，厄普代克在《紐約客》上發表長篇書評《苦竹》（Bitter Bamboo），論及葛氏所譯蘇童的《我的帝王生涯》和莫言的《豐乳肥臀》兩部中國小說，並提出批評：「讀者尤其要懷疑翻譯中的迷失。」厄普代克援引了葛氏的譯文例句，稱，「葛教授大概在努力迎合漢語文本，」但是在「So it was a certainty that Duanwen was now licking his wounds in the residence of the Western Duke, having found safe haven at last」（蘇童原文為「幾乎可以確定，端文現在滯留於西王府邸中舔吮自己的傷口，他終於找到了一片相對安全的

可以隨便批評翻譯，折射出「中國文學」在世界文壇上的整體失語地位，也反映出從事中國最新文學作品研究和翻譯的漢學家在西方並不掌握多少學術話語，試想如果葛氏翻譯的是一部《詩經》或《莊子》，大概厄普代克等人是絕不敢妄加批評的。而另一方面，舒衡哲的中國現當代文學研究則更傾向於歷史學研究，即將作家納入中國現代史，關注重心是作為精英的中國知識分子成長歷史，折射出傳統中國在西方影響下逐漸走向現代化的精神脈絡，文學在這裡不過是一處有意思的注腳而已。

此外，英國有杜博妮（Bonnie S.Mcdougall），德國有顧彬（Wolfgang Kubin），捷克有普實克、（Prusek, Jaroslav）、高利克（Marian Galik），瑞典有馬悅然（Göran Malmqvist）等。總體來看，首先相比於對古代中國的熱情，西方漢學界對於現當代尤其是當代中國作家，關注度是不夠的，從事這方面研究的人數也比較少，如果拋去華裔學者的話，專業研究 20 世紀中國作家的學者更是少之又少；另外，西方漢學界目前的工作還在於翻譯以及宏觀的介紹，將這些中國作家翻譯、包裝和推廣到西方，贏得更多讀者，而對於 20 世紀中國作家尤其是 1949 年以後大陸作家的系統研究工作遠未展開，研究某個人的專著並不多，聯繫到中國當前對於任何一位西方作家的研究，動輒有數十本乃至上百本專著的現實，當代文化交流中的逆差令人觸目驚心。

下面通過對顧彬的當代文學批評話語分析對此問題詳加解釋：

在當代德國漢學家中，德國作家、詩人、漢學家、波恩大學教授顧彬是非常特殊的一位。他對於中國的興趣源於 1967 年大學期間閱讀龐德的體會，從對李白的迷戀開始，顧彬拋棄了神學專業專攻中國古代文學研究。難能可貴的是，他的學術視野很快深入到 20 世紀中國文學史，後者成為他構想的中國「大文學史」的重要組成部分。2007 年，顧彬在世界漢學大會「漢學視野下的 20 世紀中國文學」圓桌會議上提出「中國當代文學是『二鍋頭』，中國現代文學是『五糧液』」，言下之意是當代文學走向大眾化的同時過於粗俗，現代文學則更為精緻高雅。漢學家對當代文學與現代文學的迥異評價，引發

樹蔭」）一句中，「英語裏的陳詞濫調便好像太過令人厭倦了」。對此葛浩文十分不滿，反駁「他不懂中文，憑什麼批評翻得好不好！」，並將其歸結為厄普代克的西方中心論，「可惜這位酸老頭的基本心態是歐洲中心，用非常狹隘的、西方的文學標準來衡量中國文學。一旦發現有不同之處，並不認為是中國文學的特色，而是貶為中國文學不如西方／歐洲文學。」參見康慨「葛浩文回擊厄普代克批評」，載《中華讀書報》2005 年 9 月 7 日。

了中國學界巨大爭議，一時間，「五糧液」與「二鍋頭」的譬喻成了熱議話題，旁及許多有關中國當代作家是否專業和刻苦、是更多壓力還是更多欲望、外語水平和作家寫作有多大關係等爭論，有人說顧彬「愛之深責之切」，有人說他對當代作家不夠尊重，也有人說漢學家挾洋文以自重……漢學家這個群體開始爲國人所瞭解；然而，在這一系列被網絡加工、誇張、臉譜化和庸俗化的事件當中，顧彬的眞正身份和學術立場卻很少有人問津。顧彬本人在事件之後反覆申說的就是內心深處的一種「委屈感」，他不理解像自己這樣一個四十年來將「所有的愛都傾注到了中國文學之中」的人，爲什麼人們在熱議諸如自己中國當代文學價值話題時，忽視了自己的這種愛。對於自己的觀點，顧彬也進行了學理上的說明：

> 從《詩經》到魯迅，中國文學傳統無疑屬於世界文學，是世界文化遺產堅實的組成部分。……但以貌似客觀、積極的方式來談論1949年以後幾十年的中國文學卻是無益的，這也與觀察者缺乏應有的距離有關。評論一位唐代的作家比評論一位2007年的女作家顯然要容易得多。此外，相對於一個擁有三千年歷史的、高度發達而又自成一體的文學傳統，當代文學在五十年間的發展又是怎樣？它依然在語言上、精神上以及形式上尋求著自我發展的道路。這不僅僅在中國如此，在德國也不例外。當今有哪位德國作家敢跟歌德相提並論？又有哪一位眼下的中國作家敢跟蘇東坡叫板？我們應當做到公正。在過去鼎盛時期的中國也有幾十年是沒有（偉大的）文學的。更爲重要的是：我們能期待每一個時代都產生屈原或李白這樣的文學家嗎？一些文學家的產生是人類的機遇。一個杜甫只可能並且只可以在我們中間駐足一次，他不可能也不會成爲大眾商品。〔註69〕

這段話的字裏行間寄託著某種沉痛的情感，可以說是顧彬自己對中國20世紀文學「厚古薄今」的一個正式說明，這裡需要指出的是：顧彬的本意是將中國「當代文學」不如「現代文學」視爲人類當前普遍的令人遺憾的處境，並將文學的盛衰視爲任何國家、任何時代文學史發展過程中的正常現象。

此外，顧彬對於中國文學的偏好與拒絕，儘管像是一種不嚴謹的判斷，但他自己內心是有理論邏輯和可操作的評價標準的。他強調刪減文學本身

〔註69〕　〔德〕顧彬著《二十世紀中國文學史》，范勁等譯，上海：華東師範大學出版社2008年版，序言第1頁。

就是文學研究者的工具之一，而它的評價主要依靠三方面的標準：語言駕馭力、形式塑造力和個體性精神的穿透力。尤其是個性精神這一點，成了顧彬評價當代文學史和古典散文史的重要脈絡，與之相對的是政治，同政府、宣傳走得過近的作家，在顧彬那裡評價不高，他甚至將 20 世紀文學的良莠不齊歸結爲中國及漢語文化圈複雜的政治形勢的消極影響。在顧彬眼中，新中國成立後到改革開放前甚至 80 年代的文學大多是「被時代遺忘的作品」。原因在於：全國性政治運動本身具有善惡兩分的極端傾向，充斥著的「滅亡」、「消滅」等詞彙，也會對當代文學產生致命影響；另一方面，文學的組織化、軍事化，尤其是作家協會制度使得作家依靠寫作爲生成爲常態，顧彬同意林培瑞提出的「頭腦中的剪刀」具有自我審查的作用，同時強調外部因素對作家的心理壓力，例如白樺這樣的「異見分子」在 1984年後也反覆強調自己同黨、同中國的聯繫。這一時期的文學在政治壓力下缺乏個性，少數不願寫遵命文學的作家（如沈從文和錢鍾書）選擇沉默，而大多數作品則缺乏文學性。

按照這種標準，在現代作家中，顧彬對於魯迅研究傾注了很大熱情，「他在我眼中是 20 世紀無人可及也無法逾越的中國作家」，出於這種極高的學術熱情，顧彬曾經主編過六卷本的《魯迅全集》，在漢學界影響很大。顧彬正在通過自己紮實的努力改變著德國漢學界整體落後的面貌，也爲中國文學批評界帶來了「危機後的反思」。〔註70〕

拋離新聞熱點，直面漢學家的具體文本。我們會發現顧彬在觀念上服膺費正清——列文森以降「衝擊——影響」的西方中心主義解釋框架，顧彬的《二十世紀中國文學史》更像是一部美國漢學式的普及讀物。聯繫到前述德

〔註70〕顧彬的思想與研究中當然存在諸多問題，比如厚古薄今、過分推崇個人化因素以及純文學理想之下的清高主義，但這樣的漢學家是有其不可替代的價值的。他對於當代文學的論述，從史實或史料價值上判斷，是二手的，但具有思想價值，體現了一種「他者的眼光」。倘若能在漢學家啟發下，跳出漢語思維和中國學術語境之外，產生某種創造性語境（也許有時候會墮入「誤讀」的深淵），那麼對固有的知識秩序和學科範式有可能形成挑戰與衝擊。國內有些學者已經嘗試溝通中國古代文論與西方詩學，將漢學家對待中國文論中的一些如言象意、詩言志等關鍵概念的研究與改寫納入文藝學研究範疇，體現出超越二元對立思維之外後的重新融合可能，促進中國文論的現代轉化。參見馮若春《「他者的眼光」——論北美漢學家關於「詩言志」、「言意關係」的研究》，四川大學博士論文，2004 年；熊音「論『意境』及其英譯」，載《湖北電大學刊》1996 年第 9 期。

國漢學與美國漢學的淵源關係，這也折射出全球化時代「漢學」的國族界限日益模糊的現實。

在顧彬的解釋框架下，現代文學價值高於當代文學，顧彬「五糧液」與「二鍋頭」的比喻只是表面，暗含的一套邏輯是：現代文學作家要爲這種狀況負責，他們更多顛覆傳統，其消極影響卻要由 1949 年之後的當代作家來承受，這是某種「虛無主義的隔代效應」。在此意義上，當代文學是值得同情的。

2. 中西並置與同異悖論

從對待不同時段中國作家作品所採取的不同態度，能洞悉漢學批評話語較爲恒定的話語特徵——那就是漢學界與「西論中用」同時存在的另一種分析話語「中西並置」。這一話語背後是對中國文學與西方文學的共性、聯繫與特殊性的不同回答。中國文學究竟有什麼特徵？這一特徵在古代文學與現當代文學中是否都有著留存？現當代文學是否改變或者失去了這種特徵？又在多大程度上借鑒、摹仿甚至抄襲了西方？

早期的傳教士漢學家在描述中國時採取「類比」的方法，用本土熟悉的概念、典故和形象同他們在中國所見所聞進行類比，重點在於將中國納入可以理解的範圍之內，用西方的學士、碩士、博士來類比中國的秀才、舉人和進士是利瑪竇的獨創，白晉和傅聖澤等索隱派傳教士則把聖母受胎的故事比附到《詩經·大雅·生民》上。異域文本成了本土日常和宗教經驗的佐證，這樣的結果就是知識的自我重複和累計。進入專業漢學階段之後，中國文學往往被描述爲西方某種文體形式的中國表徵，1817 年，德庇時（John Francis Davis）出版了最早譯成英文的中國戲劇《老生兒》，德庇時在書中寫了長達 42 頁的「中國戲劇及其舞臺表現簡介」，對中國戲劇的文體形式進行了總結，認爲劇本裏的詩化唱詞「其形式很像希臘悲劇裏的合唱詞」，而中國戲劇中主角上場的一段自我告白則「讓觀眾瞭解劇情發展或戲劇衝突的前因，這很像希臘劇本中的序，尤其像歐力庇得斯的劇序」。〔註71〕這樣的介紹一方面便於西方人理解和接受中國戲劇藝術，成爲漢學家們屢試不爽的句式；〔註72〕另

〔註71〕葛桂錄著《中英文學關係編年史》，第 75 頁。
〔註72〕翟理斯在自己選譯的《聊齋誌異選》（Strange Stories from a Chinese Studio, 1880）1908 年重版本「序言」也做了類似的「比較」：「蒲松齡的《聊齋誌異》，正如英語社會中流行的《天方夜譚》」，「蒲松齡的作品發展並豐富了中國的諷喻文學，在西方，唯有卡萊爾的風格可同蒲松齡相比較」。同上，第 109 頁。

一方面也包含了啓蒙時代以降的理性雄心：源自西方的現代理性是唯一和同一的，具有無盡的包容力，即使是千百年來與世隔絕、獨立發展的中國文學也自然而然地可以被理性所解釋，各個民族的文學最終前途是融合，終點則是在西方。

進入20世紀後半葉以來，中西文學的關係由「融合」逐漸轉爲「並置」。這並非孤立的漢學事件，在考察漢學史的時候會發現其關鍵的轉型是與比較文學學科轉型以及歐洲思想界內部的變革分不開的。例如美國漢學在20世紀異軍突起，世界漢學中心由法國轉移到美國，而恰恰在同一時期，美國比較文學界韋勒克等人高舉「平行研究」旗幟，對以法國爲中心的「影響研究」傳統提出了挑戰。漢學界的「美法之爭」與比較文學界的「美法之爭」同期出現，並非偶然，而有著共同的思想淵源以及彼此聯繫。法國比較文學傳統較爲依賴實際的文學影響材料，屬於文學史研究的附庸，在學風上十分嚴謹，但過多限於歷史考證與梳理；法國漢學亦受其影響，多將焦點聚集於古典文獻、四裔之學和稀缺材料等，因此20世紀中期以前法國漢學雖然整體成就高於英美和德國等國家，但差距並不大，還存在著以單一國家爲中心進行文學影響史研究的「歐洲中心主義傾向」。美國比較文學和漢學研究同期勃興，除了衆所周知的原因即二戰以後美國經濟與軍事實力冠絕全球而歐洲經歷大戰創痛百廢待興之外，還有學理上的原因，用庫恩的話說，提出了某種「範式」的突破，從而在法國漢學與比較文學過分依賴古籍材料與歷史導致舊的研究範式面臨窘境危機之時，提出了拓寬研究領域走出危機的策略，使得比較文學與漢學的研究視野空前拓展，並提出了走出歐洲中心主義，對各個民族的文學傳統進行意象、母題、結構和美學等層面的宏觀比較，由此配合美國政府對當代東亞研究尤其中國研究的一系列資金支持〔註73〕，贏得了包括法國艾田伯等比較文學界學者和漢學家們的讚賞。由此，美國在比較文學和漢學研究領域力壓法國成爲學術中心。

不僅如此，60年代歐洲後結構主義和解構主義興起，以羅蘭・巴特、德里達爲代表的哲人開始反思和清理自身傳統，提出清算「邏各斯中心主義」

〔註73〕二戰後新中國成立令美國等西方國家十分敏感，出於政治考慮，它大力扶植東亞（尤其是中國）語言文學方面的研究，於是本來就免於戰火侵襲的美國漢學突飛猛進，在規模、資金、建制和成就上也進一步拉開了與法國乃至西歐漢學的差距。

和「語音中心主義」，尋找絕對的「延異」和「痕跡」，打破所謂能指與所指的二元對立，這種話語與符號狂歡的背後，隱含的真正問題在於：西方人對於「異」的渴求。正是在這一前提下，後殖民理論悄然興起。在西方的反思性文化思潮下，於連等學者開始將獨立發展且歷史悠久的中國文化視爲「絕對的異」，其對於西方的意義恰恰在於這種「孤立」與「並置」而非交流史視野下的「融合」，經由遠東發現希臘，中國文明以其絕對的無法理解性贏得了西方思想家的青睞。

透過這兩種思維的各領風騷，不難洞悉人類思維領域的慣性：影響研究的視角傾向於求同，而平行研究方法則傾向於求異，但無論「求同」抑或「求異」，都先天地陷入了所謂二元對立的思維邏輯當中。

過分求同的漢學家會重視人類歷史上不同文明間相互溝通的歷史事實，承認交流的必要性，但有一種現實的優越感：輕視現代以來中國文學與中國思想的價值，認爲這不過是西方不完善的變體與模仿而已，例如某些西方漢學家認爲，現代中國文學從發端開始就有一種「延遲性」（belatedness），20 世紀初現代中國文學並未同西方文學當時的狀態接軌，而是在 18 和 19 世紀的西方文學（主要是批判現實主義與浪漫主義）那裡找到開端，所以在西方人看來，中國文學根本還在它能成爲現代之前就已經老朽銹蝕了。〔註 74〕沿著這條思路評判中國當代文學，其實也能看出存在的「延遲性」，像魔幻現實主義，中國小說家爭相模仿之時，其在西方反而已經式微。

顧彬在《二十世紀中國文學史》中也注意到了中國作品的身份問題，他也受困於「什麼是中國作家的作品中所特有的，什麼不是；什麼是要緊的，什麼又不是」此類難題，但雖然自稱只能「含糊地回答」，顧彬卻採取了先入爲主的判斷。前文述及的顧彬提出的三大標準之一的「語言駕馭力」其實也包含了某種「西方語言中心主義」，他認爲 1949 年以前，中國作家都是翻譯家，也有很多人能夠用外語寫作；1949 年以後的基本上都不是翻譯家，外語能力的退化意味著「語言駕馭力」的減弱，與市場化下心態浮躁共同構成當代作家水準下降的誘因。因此他強化中國作家「不合格學生」的形象，斷言韓少功、莫言、余華等人對於西方翻譯作品的借鑒「即使不是剽竊，也有這部或那部作品可能不得不被看作模仿之作。」〔註 75〕

〔註 74〕奚密（Michelle Yeh）語。轉引自顧彬著《二十世紀中國文學史》，第 9 頁。
〔註 75〕《二十世紀中國文學史》，第 351 頁。

　　拋開少數明顯模仿的作品，我認為在莫言和余華身上，更多看到的還是中國自己的文明特徵，其中更多作家對於自身生活土地的體驗、情感與認知。顧彬的這種說法在漢學家中具有代表性，不僅輕視了中國作家自身的創造力（文學想像與創造力不僅屬於西方人），更重要的是對於中國文學和作家的類型化描述，從本體論層面對中西文學觀進行分割，流露出根源於德國哲學的語言觀優越感，不僅貶低了中國文學當前的價值，更否定了其未來前景。〔註76〕

　　漢學家的這種思維可以用薩義德在《東方學》所描述的西方人對待伊斯蘭教和整個東方的態度來開過，將東方視為西方和基督教「被導入歧途之後所產生的一個變體」，成了江湖騙子，成了拙劣的翻版：

　　　　東方和東方人，比如阿拉伯人、伊斯蘭人、印度人、中國人或任何其他東方人，成了人們假定他們一直在模仿的某個偉大的原創物（基督，歐洲，西方）不斷重複出現的假替身。就西方這些具有強烈自戀傾向的東方觀念而言，隨著時間的推移而發生變化的只是其來源，而不是其性質。〔註77〕

漢學家在面對中國現當代文學時，往往表現出輕蔑的態度，將西方與中國的關係視為老師與學生的關係。〔註78〕從「影響研究」的視角來看，中國現當代作家的確主動汲取了西方作家的寫作經驗，由於當時歷史形勢以及交通通

〔註76〕顧彬所推崇的語言是與海德格爾、伽達默爾的哲學理論分不開的，「對於一個德國作家來說，語言從來不會是一種工具，語言就是一切。而對於中國作家來說，語言是一個工具，而故事情節就是一切」，這種本質主義論斷暗含的價值優劣判斷不言而喻。劉康「國家傳媒的媒介和中介——中國眼中的西方『中國通』」，載《現代傳播》2010年第2期。
〔註77〕《東方學》，第79頁。
〔註78〕思想界亦復如此，十分關注中國的哲學家羅素雖然提出了文化「互補」說，提出「歷史上不同文明的接觸，常常證明是人類進步的里程碑」，但在他的這段論證中，所舉的例子只是「希臘學習埃及，羅馬學習希臘，阿拉伯學習古羅馬帝國，中世紀的歐洲學習阿拉伯，文藝復興時期的歐洲又學習拜占庭」，只是「學生比老師還要好些」，因此中國有可能成為超過老師的「學生」而已。羅素忽視了文藝復興時期歐洲人學習東方（包括阿拉伯和中國文化掀起的「東學西漸」成為西方文化復興的最大推動力），將文藝復興歸結為表面原因——拜占庭，其實是有些偏見在裏面的，他對中國的這種期望既非出自歷史事實，也僅僅只是一種期望而已。參見《中外文學交流史》，第449～450頁。有關文藝復興背後的東方推動力，可參見徐善偉著《東學西漸與西方文化的復興》，上海：上海人民出版社2002年版。

訊手段的限制，這種汲取也會存在某種滯後性。如果按照這種邏輯，中國現當代文學在西方理論家和文學批評家面前就永遠擡不起頭來。然而這種視角會忽略掉一個問題：變革的根源往往在於內部，近些年來的研究表明，早在新文化運動和文學革命爆發之前，中國的語體變革就已經有了苗頭，白話文學的淵源是多方面的，不僅來自歐風美雨下陳獨秀、胡適、魯迅等人倡導的文學革命，也來自言情、武俠等白話小說傳統的內部變革（像張恨水、平江不肖生等），甚至包括一些新教傳教士爲傳教方便而翻譯改寫的手冊、讀本等，都對於白話文學的出現產生了巨大推動作用。因此，中國現代文學不能被簡單視爲歐美文學機械的模仿或抑制。更重要的是，從晚清走來的 20 世紀中國作家，身處傳統與現代之間的精神彷徨與抉擇，面對「三千年未有之大變局」，背靠厚重典籍與深邃文化的中國文人與知識分子在啓蒙與救亡之間經歷了百年滄桑，百年以來江山代謝與時代風雲迭起，失敗、痛苦、起伏與波瀾之間鑄就的中國文學作品，也飽含和凝聚了西方無法複製甚至無法理解的審美感性與精神思想因素。〔註79〕

在此形勢下，西方學術界也有了轉型，即跳出影響研究的束縛，對於中國文學的「異」進行關注，將中國與西方視爲兩大平行發展的文明，研究西方之外的另一個文明古國自身難以理解的文化象徵符碼。在某種意義上，這可以視爲對法國馬若瑟、葛蘭言以降解釋《詩經》等中國文學風俗畫特徵的傳統復歸，但在 20 世紀多種文學理論的浸漬與影響下，已經呈現出愈加深邃與複雜的整體風貌。海德瑋在《中國文學在世界文學中的地位》一文中對於中國文學的期望就具有這種「並置」的價值色彩，他認爲中國文學不僅堪與歐洲文學媲美，而且對於比較文學研究能夠做出寶貴貢獻，就在於差異基礎上的平行研究：

> 將不同的文學比較研究，而根本不去理會其相互影響，甚至明知二者之間絕無直接影響時亦然。這樣的比較研究有什麼用處呢？

〔註79〕夏志清在《中國現代小說史》中談到了中西方作家的區別，認爲中國現代作家和現代西方作家一樣都有噁心甚至絕望的「幻影」，但因爲這種幻影沒有超出於中國，所以無法進入爲人類苦痛而思索的狀態（像西方作家那樣），於是爲包括西方和蘇聯體系的輸入敞開大門，反而剝奪了自己改善生活和尊嚴復生的希望。夏志清意識到了問題，但出於自身的研究資助背景，對這一問題的解釋與分析明顯沾染了意識形態的偏見。Hsia, Chih-tsing. *A history of modern Chinese fiction, 1917~1957.* New Haven: Yale Univ. Press, 1961.

> 我相信久而久之，我們也許會發現什麼是文學中恒常不變的因素——
> ——也就是說，當人們用語言刻意經營文學作品時，這種因素就會藉
> 著形式、題材、比喻及手法而出現。這方面的發現可以幫助我們替
> 文學找到新的定義，而這個定義當然比以前憑一小部分人的文學經
> 驗更令人滿意。〔註80〕

這就是作爲「異」的中國文學在學理上對於西方的價值，有鑒於此，不難理解漢學家對待中國古今文學迥異的態度。在 1949 年之後的作家群中，顧彬僅僅對於王蒙等少數作家寄予希望，且認爲隨著商品化的大潮和王朔這樣「嚴肅文學的掘墓人」出現，中國文學的前景令人擔憂，而唯一救贖的希望則是向眞正的中國傳統復歸，用北島的詩就是「回來，我們重建家園」。然而顧彬描繪的症狀和提出的藥方之間存在一定悖論，現代作家固然有不少翻譯家，但李白、杜甫這樣更加純粹、也更爲顧彬所推崇的中國作家，他們的外語能力對創作起到過什麼影響呢？

綜合前面述及顧彬對於中國文學的評價，不難看出兩條略顯矛盾的線索：一是顧彬重視非政治化的、個人化的感性，以此作爲評價當代文學與古代文學價值的重要標準，顯示了其德國美學背景的影響；二是顧彬的判斷序列中，中國文學的價值是隨時代降解，其深層次原因就在於西方影響或滲透的日趨增長，越晚近的文學，受西方影響越大，其「中國式」的東西就越少，也就越不被漢學家們所喜歡。

但是，像海德瑋、顧彬等人對於中國文學的批評與讚揚，其背後是否存在某些本質主義的理解？將非東方、非中國的因素視爲缺憾，是否透射出漢學家將東方東方化，將中國中國化的某種思維定式？作爲個體的人，上述漢學家在人格學養和對中國的情感上都是無可指謫的，然而其對中國藝術、審美的迷戀推廣到極致，是否會導致一種審美主義？是否會有將中國藝術品化，繼而物質化的危險？〔註81〕畢竟，從文學藝術到文物古玩之間只是一層窗戶紙。中國文化與中國文學不能滿足於漢學家所構造的位置與形象，更不能按照漢學家所設計的路徑發展，這樣的結果很可能使得中國文學永遠「今

〔註80〕轉引自《中外文學交流史》，第 451 頁。
〔註81〕出於同樣的原因，宇文所安批評北島的詩歌國家化和商品化傾向，又被周蕾反批評爲：活生生的中國人破壞了漢學家一貫的中國印象。參見《當代西方批評論述的中國圖象》，第 157 頁。

不如昔」，而當代的、最新的文學作品則只能是沈從文筆下「湘西」的那種慣常的抒情田園詩形象。

貌似客觀公正的跨文化比較，同樣潛藏著某種根深蒂固的西方中心主義情結。表面上是對於文學、人性等普遍問題真諦的探尋，但內裏也有一種東方學的話語。

首先，漢學家希望保持中國文學乃至文化的純粹性，是來自林奈、布豐、康德等人的類型學傾向的，作爲觀察者的西方人通過對事物分類和命名而獲得知識，在面對東方人時，也同樣採取了這種分類學式的處理和描述方法。於是，每一種文化都應當被置身於同西方文化的關係之中而獲得自己的特徵，認識該文化的同時也是認識其他文化，各個文化之間應該井井有條、井然有序，絕不會有什麼含混、跨界和雜交可能。漢學家安排下的中國文學和文化就像在三維空間或者笛卡爾坐標軸中那樣，應該擁有並且佔據某個位置，而絕不溢出或逃離這一位置從而造成西方認識論意義上的恐慌。〔註82〕

其次，在薩義德看來，這種通過內在認同（Sympathetic identification）而超越比較研究的「全面洞察」，恰恰是爲東方學結構鋪平道路的第三種因素，薩義德尤其揭露了從維柯（Giambattista Vico, 1668～1744）、哈曼（Johann Georg Hamann, 1730～1788）到赫爾德（Herder, Johann Gottfried von, 1744～1803）的先天預設——文化之間都存在著有極的、內在的聯繫，這些文化被某種精神、天性、氣氛或民族觀念聯繫在一起，觀察者所謂的放棄偏見，其實就是在這一理論假設之下的「移情」（Einfühlung）方式。〔註83〕因此，西方人會將東方視爲夢幻仙境或伊甸園，莫扎特在東方找到寬厚慈愛樸素的人性，與漢學家在中國文學歷史中發現了人類逝去的美好時代，其邏輯完全相同。漢學家的「移情」不是真情，是靠不住的「中國化中國」行爲。

最後，漢學家的批評似乎也隱含著對於中國文學的總體態度——內容重於形式，即只將其視爲於己無關的敘事或圖像，「第三世界圖景」的提法（傑姆遜）就代表中心對於邊緣的俯視。只提供內容的文學就無法在文體、形式、技巧乃至理論層面給予西方啓示、對話、修正乃至顛覆，而僅僅提供可供闡釋的「故事」。英國漢學家珀西就曾毫不客氣地說如果用歐洲最健全的批評眼光看，中國的詩體沒有價值可言。既然沒有文體學價值，那麼就只剩下故事

〔註82〕《東方學》，第155頁。
〔註83〕《東方學》，第153～154頁。

內容了。翟理斯也乾脆將自己翻譯的《聊齋誌異》定位為「對於瞭解遼闊的天朝中國的社會生活、風俗習慣，是一種指南」。〔註84〕漢學家的這種態度如同東方學家對待巴勒斯坦和阿拉伯文學一樣：

> 以色列和西方的大部分文學評論家關注巴勒斯坦文學作品記述了什麼事情，表達了什麼人物，傳遞了什麼情節和內容，以及它們所蘊含的社會和政治含義。但是，巴勒斯坦文學的形式才是應當被關注的。尤其是在小說中，為了完成某種形式，作者們努力去創造一個連貫的場景，這種敘述可能會戰勝表現當前現狀的理論上的不可能。〔註85〕

透過厚古薄今的表象洞察到深層次的問題，在漢學界和比較文學界自身的變革過程中，圍繞著中國文學的形象與位置問題引發諸多爭議，而在繁榮蕪雜的漢學話語中，很少有漢學家能憑藉單純的願望與善良的情感做到完全走出西方中心主義，儘管大部分漢學家希望這樣做。這樣一種略帶悲觀主義的論斷並非思維的終點，問題還要從漢學史回歸到中國學術史自身。任何一種學術研究都是有立場的，它為了什麼而產生，代表誰說話，為誰服務？誰有權生產出批評和理論話語？值得細細分析。

漢學批評中的套話問題——以歐美紅學為例

從文學形象學的角度看，「套話」具有無限的自我生成性，以上列舉的四種套話——以我觀物、地理視角、理論西化和厚古薄今——僅僅是代表性的例子而已。「套話」與「話語」（discourse）息息相關，話語的譜系孕育了套話，套話的存在又決定了批評話語被生產、表述和傳播的「風格」，借用福柯的話「重要的不是話語講述的年代，而是講述話語的年代」。現代漢學的產生絕非孤立的學術事件，而是西方國家處理對華關係的副產品，同經濟、軍事、政治等現實利益的博弈息息相關。漢學套話的背後是一系列西方學術約定俗成的顯性或隱含規則，漢學家作為學術譜系的一部分，必須生產出符合檢驗標準的知識產品，才能為自己贏得學術地位和立身之道。在這一知識共同體內，也經歷過範式的變革，但很少有絕對的顛覆，因此許多漢學家的文學思想中

〔註84〕葛桂錄著《中英文學關係編年史》，第110頁。
〔註85〕〔美〕薩義德著《最後的天空之後：巴勒斯坦人的生活》，金玥珏譯，北京：新星出版社2006年版，第26頁。

或多或少都存有上述套話的痕跡。下面擬以中國古典小說《紅樓夢》在歐美產生的影響爲例分析漢學套話在具體批評實踐中的體現。

《紅樓夢》這部最具代表性的中國古典小說，在國內可謂家喻戶曉，紅學研究也一直是官方和民間文學界的顯學，國內的紅學研究史大概可以分爲評點派、索隱派、五四之後的新紅學派（考證派）和1949年以後等四個時期，近些年來百家講壇推出的紅學講座紅遍大江南北，也有紅學家認爲是索隱派的死灰復燃，等等。如果將視角擴大到歐美學界，會發現《紅樓夢》在西方這面鏡子中，呈現出很多令我們新奇、感歎甚或啼笑皆非的文化鏡象。《紅樓夢》在歐美學術界的傳播具有如下幾個特點：

首先是起步較晚。18世紀下半葉《石頭記》手抄本開始流行，到19世紀末這一百五十年間，歐美人對《紅樓夢》基本上是不太瞭解的，德國文豪歌德雖然對中國文學頗感興趣。據姜其煌的考證，整個19世紀，歐美的主要百科全書幾乎沒有提及過《紅樓夢》，1892年至1893年出版了H.本克拉夫特・喬利（H.Bencraft Joly）的英譯本，因爲譯者過早去世而只出了兩卷，並且喬利翻譯的動機只是幫助歐洲那些「現在或將來學習中文的學生」，以至於連《紅樓夢》作者的姓名都不知道。〔註86〕

其次是成果不多。大部分歐美紅學主要停留在翻譯階段。據統計，截止到20世紀末，國外出版的《紅樓夢》歐美譯本大概有21個版本，英譯本6個，德譯本6個（均爲庫恩譯本）、匈譯本三個（同一譯本），法、俄、意、希、荷、羅各一個〔註87〕，比起歐美文學名著在中國的翻譯和傳播，這個數字極其可憐。而西方人對於《紅樓夢》的分析與研究，多體現在譯本的序跋中，例如英國有本・喬利的《紅樓夢》喬利英譯本序（1891），翟裏斯的《中國文學史》評《紅樓夢》（1901）、阿瑟・韋利（Arthur Waley, 1888～1966）的《紅樓夢》王際眞英文節譯本序（1929），德國有《紅樓夢》庫恩德文節譯本後記（1932），法國有阿・蓋爾納的《紅樓夢》蓋爾納法譯本序（1957）等，還有就是20世紀之後百科全書的詞條中。

第三就是受中國本土的紅學研究影響較大。國內的評點派、索引派、考證派和1949年之後以馬克思主義爲方法研究《紅樓夢》的思潮都對西方漢學家從多方面認識紅樓夢提供了許多幫助，許多中國學者還發揮了直接的作

〔註86〕姜其煌著《歐美紅學》，鄭州：大象出版社2005年版，第18頁。
〔註87〕《歐美紅學》，第30頁。

用。1978 年開始北京外文出版社出版了中國人自己翻譯的英文全譯本《紅樓夢》，譯者楊憲益、戴乃迭就是中國人；70 年代英國企鵝出版社第一次出版了由歐美人自己翻譯的《紅樓夢》一百二十回全譯本，譯者英國人戴維·霍克思（David Hawkes）就是 50 年代初的北大研究生，這部比較成功的譯本中，霍克斯用高度嚴謹負責的態度對原文不同版本間的矛盾與錯漏做了恰當的處理，提出了一些真知灼見，許多甚至與後來國內研究紅學的成果不謀而合。

歐美紅學研究屬於西方漢學家的中國文學觀的一部分，而在已有的種種關於《紅樓夢》這部千古奇書的介紹、評論、分析和研究成果中，漢學家們不時會流露出一些「家族相似」的句子或言說風格，一些判斷很明顯只能是來自「西方」的他者才能發出的聲音，上述四種套話或多或少都出現過，其背後反映出言說者的身份屬性。

首先是以我觀物、以西解中。這方面的言論頗多：歐美人最早評述《紅樓夢》的文字來自郭實獵（Karl A.F.Gützlaff）發表在 1842 年廣州版《中國文庫》的文章《紅樓夢，或夢在紅樓》（*Hung lou Mung, or Dreams in the Red Chamber*），其中談到曹雪芹「就像寫紐約史一樣，以創造世界來開始他的小說」，而開篇的女媧「有些地方很像我們的聖母夏娃」。1901 年，著名漢學家翟理斯在《中國文學史》中介紹《紅樓夢》的「故事情節完全可與菲爾丁的著作相比美，對許多人物的描寫，令人想起西方最偉大小說家的最佳作品」。1919 年 W.亞瑟·柯納培（W.Arthur Cornaby）說《紅樓夢》「對於最有教養的中國人來說，正如《哈姆萊特》之對於英國讀者」。1964 年版《英國百科全書》中說「《紅樓夢》中的兩主角之一傷逝時賺人的眼淚，至少不亞於前此不久塞繆爾·理查遜所寫的《帕美勒》」。1971 年弗朗西斯·A.韋斯特布魯克（Francis A.Westbrook）發表的文章《論夢、神和謫仙：〈紅樓夢〉和〈白癡〉中的現實和幻想》（*On Dreams, Saints, and Fallen Angels: Reality and Illusion in Dream of the Red Chamber and the Idiot*），就圍繞著社會現實與幻想之間的衝突問題，比較了《紅樓夢》和《白癡》之間的異同，認為「曹雪芹和陀斯妥耶夫斯基在他們這兩部小說中，對人類社會抱著淒涼悲觀主義看法……這兩位作家筆下的大多數人物的夢想，都在他們與殘酷而腐敗的社會的對抗中破滅了」。為了便於西方讀者直觀地理解《紅樓夢》，漢學家們採用類比的方法進行介紹，這是普遍採用的手法，《紅樓夢》能與《哈姆萊特》、《帕美勒》《白癡》等西方文學的名篇類比，本身就是對其文學價值的一種肯定；另一方面，肯定的背

後會導致無原則、無標準的類比與聯繫，造成善意的「誤讀」，眾說紛紜的《紅樓夢》形象也會帶來令人無所適從的迷失感：例如涉及到小說主題，亞瑟・韋利提出這是一部現實主義小說，多倫則提出這是一部「風俗小說」，庫恩則宣稱這是一部「逃避現實的高層次的敘事詩」，偉大的小說總是具有無盡的可闡釋性，事實上中國包括海外華裔的紅學研究者也意識到了書中的「現實」世界（榮寧二府）與「烏托邦幻想」世界（大觀園、太虛幻境）交織的二重語境所營造的藝術張力，〔註88〕然而當我們讀到類似庫恩這樣將故事解釋爲「一個天賦很高但是蛻化變質的年輕貴族的病態故事；……心理變態者和怯懦者的故事；這是一個陰陽人的故事」的時候，還是會深感文化語境隔膜的可怕。〔註89〕漢學家，尤其是早期的漢學家們，很容易將中國人的生活視爲與自己無關的獵奇圖景，中國人的文學則是他們眼中「對象的對象」，要理解《紅樓夢》，最便捷的途徑無非就是拿已有的西方小說模式去套取，最後得出的結論往往是「中國的……像西方的……，當然不像西方那樣完美」。將異域對象化的過程，伴隨著將異域文學文本對象化的過程，其中必然涉及到另一個問題，那就是地理學中心主義視野下文學的「反映」作用。

　　第二是地理學的視角。將「我」視爲主體，將「我身邊」的視爲文明的常態，而將他者視爲客體或對象，標上野蠻或奇異的標籤，是人類面對陌生者時，最初啓動的自我保護機制，爲自己編造出的一套話語屏障。《紅樓夢》也曾被漢學家視爲瞭解中國人「奇特」生活的窗口，翟理斯就誇獎《紅樓夢》「把社會生活的每一種特徵一一呈現在讀者的面前。作爲中國生活的全景圖片，《紅樓夢》是無與倫比的」。〔註90〕韋利在介紹《紅樓夢》之前先自信滿滿地批評中國的故事「不會激發我們的情感，只會增加我們的實際生活知識」，中國的小說家只是「完全客觀地復述了他認爲實際有用和饒有趣味的事實」，因此西方人讀中國小說的一大目的就是瞭解這樣一種怪異的、沒有作者情感和思想寄託的小說。庫恩則將其比做一座大山，山的輪廓強化了中國那「不可捉摸」的面貌和優缺點，「在縱橫兩個揭示了中國生活的巨大片段；又

〔註88〕 余英時「紅樓夢的兩個世界」，載余英時著《文史傳統與文化重建》，北京：三聯書店 2004 年版，第 315 頁。

〔註89〕 〔德〕庫恩「《紅樓夢》庫恩德文節譯本後記（1932）」，載《歐美紅學》，第 181 頁。

〔註90〕 〔英〕翟理斯「《中國文學史》評《紅樓夢》（1901）」，載《歐美紅學》，第 168 頁。

一次拉開了擋在神秘劇情面前的帷幕」……漢學家這些極爲煽情、獵豔的語句，很少出現在中國翻譯家介紹《戰爭與和平》《高老頭》或《哈姆萊特》的序跋當中。我們爲什麼不會將《哈姆萊特》視爲北歐地區的一幅「皇室生活片段」，一場「神秘的宮廷劇」，而是反覆強調莎士比亞筆下謳歌和思索的普遍人性問題？我們的《紅樓夢》《牡丹亭》《桃花扇》也絕不是才子佳人式生活寫真，「良辰美景奈何天，賞心樂事誰家院」的青春詠歎也並不輸於「生存或是毀滅，這是一個問題」關於宇宙人生的思考，但爲什麼西方人和我們中國人自己都沒有重視？

《紅樓夢》的藝術價值不言而喻，但至少在 20 世紀上半葉，它和其他中國小說一樣只是「第三世界圖景」的一部分，漢學家的論證強化了西方人的旅行家思維：閱讀中國文學，知識價值高於藝術價值，更多是爲了獵奇而不是獲得內心的教益。

第三是西方理論對應中國文本的解釋套路。在對象化思維的作用下，西方人重視中國文學在描繪風俗場景細節方面的作用，但往往對中國小說的「文體」嗤之以鼻，指謫中國小說的形式簡陋或因循守舊，這裡面暗含著西方的理論優越感。形式與內容相比無論孰輕孰重，但形式往往與理性結合在一起，西方對形式的追求和所達到的成就要高於中國和整個東方，這不知不覺間成爲評價《紅樓夢》小說文體特徵的一個潛在語境。正因爲此，亞瑟‧韋利才會用「說書人傳統」來概括中國小說的章回體結構，認爲中國的小說都要經歷一個類似滾雪球式的過程，很少由某一個人在某個時代單獨完成，《紅樓夢》巨大的篇幅和章回體框架，加上說書人的說教傾向，都表明其是《三國演義》《西遊記》《水滸傳》等傳奇故事的繼承者。從表面上看，韋利觸及的不過是小說的問題特徵問題，但至少可以看出漢學家眼中的中國作家是缺乏像狄更斯、托爾斯泰、巴爾扎克那樣以一己之力構思並寫就恢宏畫卷的能力，而只能局限在修修補補的「滾雪球」歷史循環中，因此即使是《紅樓夢》這樣優秀的文學，也無法脫離已有的文體窠臼，其價值和形式創新無關，而只是內容創新──由超現實的神仙鬼怪變成了曹雪芹親歷親見的人間百態（這裡韋利受到了胡適的考證派紅學影響）。〔註91〕

同韋利相比，庫恩在 1932 年所寫的「《紅樓夢》庫恩德文節譯本後記」

〔註91〕〔英〕阿瑟‧韋利「《紅樓夢》王際真英文節譯本序（1929）」，載《歐美紅學》，第 169～173 頁。

中，對於曹雪芹的小說經營技巧做了正面的評價，《紅樓夢》不再是說書人小說傳統的延續，曹雪芹被描述為一位天才導演，「牢牢地掌握著戲劇情節中種種相互交錯的複雜關係」。在閱讀類似漢學家對中國文學的評價時，真正有意義的不僅僅是漢學家「說了什麼」，而是他通過「怎樣的方式」在言說。庫恩誇讚曹雪芹經營全局的能力時，其中用了許多音樂批評的比喻，採取通感的方式，用音樂解釋小說，立意十分新穎，例如《紅樓夢》類似於「賦格曲」，多部主題混合併解開，最終彙成協調的和聲，再如書中穿僧袍的兩個神秘人物代表了深沉的「管風琴音符和固定低音」，「他們是天堂的使者」〔註92〕……音樂是西方人引以為豪的高度形式化藝術，用其比喻《紅樓夢》可謂給足了面子；不過另一方面，《紅樓夢》也在不知不覺間成了音樂術語編織的能指星群中的「陰影」，本來的關注對象《紅樓夢》退居幕後，最後留在舞臺上的是賦格曲、風琴音符和固定低音這些西方人熟悉的老面孔，通過發現《紅樓夢》最後驗證的是西方音樂和藝術理論放諸四海而皆準的闡釋能力。許多漢學家樂此不疲地拿自身理論解釋《紅樓夢》，卻往往會犯一些常識錯誤，庫恩將京都和金陵解釋為清東陵和清西陵，犯了常識性錯誤；賽珍珠（Pear S.Buck）則在 1938 年 12 月 12 日的諾貝爾獲獎講演上，雖然連曹寅和曹雪芹都分不清，卻斷言《紅樓夢》「幾乎是一部病理學的研究著作」，這種「荒唐的自信」可見一斑。

　　第四是厚古薄今，這一點言人人殊。有的漢學家傾向於從中國小說傳統的穩固性上解釋《紅樓夢》，比如韋利，但韋利也承認《紅樓夢》在現實主義自傳性上的對以往傳統的「突破」；德國漢學家埃娃·米勒（Eva Müller）延續了韋利的這一思路，認為《紅樓夢》以其自傳體特徵尤其是對內心世界體貼入微的描寫，開闢了一塊中國小說的新大陸：「一位作家，從整個社會的高度著眼，把自己的家庭歷史、個人的生活經歷和理想進行了藝術性的轉換，這在《紅樓夢》以前是不曾有過的」，她還談到了巴金小說《家》對《紅樓夢》主題的借鑒。〔註93〕歐美的紅學家們大多對中國當代作家和作品不感興趣，也較少觸及五四以後的新文學研究，這可以看成是「厚古薄今」的痕跡，但

〔註92〕〔德〕弗蘭茨·庫恩「《紅樓夢》庫恩德文節譯本後記（1932）」，載《歐美紅學》，第 176 頁。

〔註93〕〔德〕埃娃·米勒「《紅樓夢》庫恩德文節譯本後記（1974）」，載《歐美紅學》，第 211 頁。

這個問題遠遠超出了對《紅樓夢》的評價問題，限於資料有限和論文篇幅，故此處先不做置評。

總之，從《紅樓夢》這部中國文學的經典在歐美的傳播和反響來看，漢學家的中國文學觀中是存在上述套話的。提出套話問題並非全盤否定漢學家的功績，「他山之石可以攻玉」，新穎的視角往往會使得古老的本土作品持續煥發著生命力，在相當長的歷史時期裏，漢學家通過譯介與研究，爲中國文學營造了良好的接受和對話氛圍，其建構的中國文學形象也發揮了積極的作用。然而，隨著中國國家實力的強大，在和平崛起過程中，中國文學的整體形象構建與輸出至關重要，重新發現和輸出中國文學的歷史責任無論如何不讓渡給西方漢學家。

第三節　能否走出殖民主義文化觀的誤區？

從形象學的角度看，漢學家對於中國文學的論述至少代表了西方主流學術界對於中國文學這一對象的認知，形象絕非自然出現或自然發現的形象，「形象」的概念本身就來自主客二分的二元思維：某一對象被主體發現，繼而形成了某種成型的印象。從這個意義上講，形象的關鍵不在於對象而在於主體自身。中國文學如何被發現？怎樣被認知？絕非歷史的偶然選擇，而是西方人有意識、有策略觀看的結果，無論對於個體抑或文明而言，都是以他者爲鏡象驗證自身的存在，一切形象都是自我的形象。研究所謂漢學家的中國文學觀的話語特徵，就在於剖析與反思這種「觀看之道」，繼而提出中國文學形象「自我建構」的可能性，嘗試自我塑造形象，以擺脫 200 年來西方漢學界流行的種種套話和模式。

世界觀、文化觀乃至於文學觀，均爲人爲建構的結果，而非自然而然的產物。從 19 世紀中期一百多年來，中國文化界無形中被某種西方中心主義的世界觀和文化觀牽制，受制於達爾文進化論、人種科學和地理決定論等思維，賦予西方文化以先驗論意義上的優越感，五四一代學人胡適、陳獨秀、魯迅等無形中也浸染了這種思維：因果倒置，尋覓和反證西方文化與生俱來的創造性與進步性，以期引進西學，改造「腐朽」「沒落」「吃人」的中國舊文化。這種論調往往將文化視爲一件可以隨意穿戴和脫下的衣裳，附和西方學者尋求所謂文明的神聖開端或分叉點，往往得出以下兩種結論：一是西方人從種

族層面就優越於中國和東方，這種論調後來應和者少；二是拋棄人種優劣論而代之以文明優劣論，中國雖然也曾有過文明的輝煌期，但因其文明內部存在致命缺陷，因此近代以來被西方超過，倘若希望復興，則只能服膺學習西方文明的根本。

按照這種思路，中國在現代化的道路上必然就先天落後了，屬於後進國家或後發達地區，只能不斷地重複西方國家的老路，汲取其先進經驗，改造自身的文化制度和傳統思想，爭取能發展出同西方類似的理性、科學、民主和自由。反過來，西方就堂而皇之地以先驅者或老師自居，向第三世界播撒著現代化的神話，東方和中國均應對其感恩戴德。

這種發源於西方的「文化傳播主義」同殖民者的自我辯護有關，它看不到文明間性對世界各國歷史的影響，無視殖民行為在創造西方資本主義神話中所起的巨大作用，而絞盡腦汁編織西方先天優越的神話，從古希臘古羅馬到文藝復興再到啟蒙時代和資本主義誕生，彷彿西方人剛剛走出中世紀就靈光乍現，瞬間悟到了人類歷史唯一正確的道路。文化傳播主義的圖示是一個同心圓，西方人居於最裏圈的中心，代表了人類文明的精華，同心圓不斷外擴，在外層形成一圈圈的漣漪，這代表了第三世界的現代化歷史。文化傳播主義的核心就在於人類文明是伴隨著殖民主義的擴張，經由西方人的傳播而不斷走向進步的，它將西方的擴張視為光明向黑暗、野蠻地區的普照，不承認各個文明間有獨立發展的歷史，即使承認（像中國這樣的地區）其他文明一度有過成就，也很快用西方人種或制度的優越論將其未來覆蓋殆盡。

近些年來文化傳播主義依然隱含在許多學者的理論著述中，在 20 世紀 80 年代甚至有歐洲學者撰述《歐洲優越》，繼續自問「為什麼上帝選擇了西方人」「為什麼只有西方能發展出理性、自由和民主」等偽問題，而在歐美課堂和書肆間，種種溫和的文化傳播主義層出不窮。一些中國學者往往也附和這種文化傳播主義，宣揚西方文化的先天優越基因。

其實許多西方學者也對此論調進行了批判，這是根植於西方殖民者的地理觀念和歷史觀念、屬於西方上層階級論證自身合法性需要的意識形態，是為殖民主義辯護的需要。這種同心圓的奧秘在於其流向的雙向性，西方文明從內圈（宗主國）流向外圈（殖民地），外圈的金銀貨幣、資源和勞動力又流向內圈。按照這一邏輯，無論殖民地提供了多少財富和勞動力，也無法彌補西方人為黑暗野蠻的世界帶來文明的巨大功績。這就為殖民主義提供了合法

藉口。而由於文化的統攝作用，殖民者的、上層階級的意識形態被西方各界廣爲接受，甚至影響到了東方學家和漢學家群體，表現爲他們在介紹東方時往往採取文化傳播主義的論調：先天認定西方文明優越於東方，西方人要比東方人勇敢、聰明和有理性，而西方的制度要比東方制度開明、自由，因此東方是沒有可以同西方人抗衡的哲學、思想和理性的，有的只是野蠻、原始、有趣的故事和歌謠，東方人變成了原始人的標準，東方之於西方，正如兒童之於成人。

必須承認大多數漢學家治學的嚴謹，但從研究職業這一群體而言，必然有共通的範式制約，無論人文科學還是自然科學的革命過程都遵循一大致的結構——局部突破而整體一致，這樣學科範式才能在不穩固中達到均衡狀態，嘗試解決更多問題，只有範式確實面臨重大挑戰走投無路時，才會考慮徹底更換。因此，漢學家在研究論述中國時雖然要遵循眞實性、實證性，但更要服從可對話性與一致性，所謂的突破只能是在可理解和可對話的範圍內被允許。費正清的學生柯文批評費正清的西方中心史觀並不妨礙費正清學派繼續發展，但倘若陡然間拋出石破天驚離經叛道的理論，那麼發表論文和闡述觀點的機會就會喪失，甚至有丟掉飯碗的危險。這就是現代專業漢學家「帶著鐐銬跳舞」的兩難處境。在面對漢學家關於中國的論述時，要抱著知人論世的態度給予「批評的理解」和「理解的批評」。

今天許多我們看待世界各民族文化時習以爲常的眼光，背後是被西方殖民話語建構和控制的視角，稍不留神就會對第三世界文化做出種種本質化的論斷之語，對此應時時保持警惕。正如薩義德所指出的那樣，西方知識界、學術界和思想界的東方主義話語根深蒂固，且已經深刻影響了當代世界上每一個人對於文化文明問題的認知模式，許多生活中我們習以爲常的論調不過是殖民主義餘孽猶存而已。例如人種科學關於白人和有色人種的區別，認爲黑人的智力低於黃種人更低於白人，這些論調都是建立在貌似「實證」的基礎上的，19 世紀以降許多科學家挖空心思試圖論證人種學和遺傳學的合理性，還同地理環境與氣候因素聯繫起來。熱帶地區土地肥沃天氣炎熱，生活成本低，所以非洲人一般比較懶；亞洲乾旱因此需要灌溉工程，於是產成了治水國家的專制制度，導致農民絕對服從官員；歐洲尤其是北歐地區則屬於雨水農業，農民獨立性強，繼而發展出了理性與個體自由；再如馬爾薩斯的人口論提出西方人有先天的節育意識和小家庭傳統，而相反中國人迷戀生

育，人口泛濫，最終超出了土地和資源所能承受的範圍，導致社會落後等等……凡此謬種流傳不可勝數〔註94〕。這些所謂的「證據」或「數據」只是站在西方中心論的立場上人爲尋求、過濾乃至製造的結果，已被當代許多學者論證了其荒謬性。

今天我們眼前橫亙著一座蘊含了地理學、歷史學、生物學、人口學、統計學、經濟學等學科在內的知識大廈，這是一座充滿偏見但卻異常穩固的大廈。摧毀這座大廈可能需要幾百年的時間，目前最切實際的工作是盡力擺脫這座大廈對於我們思維、寫作與研究的影響。因此應將漢學這一知識系統放置在整個西方的東方主義話語之下進行研究，考察漢學家究竟在哪些問題上強化了「將中國中國化」的本質主義認識，又在哪些問題上有所突破。我們看待世界文明尤其是自身文明的視野，也應該跳出殖民餘孽的文化傳播主義和西方中心主義之外，更加注重阿拉伯、印度、美洲、非洲和東亞文明對於世界歷史（包括資本主義發生發展和現代化進程）轉型的重大貢獻〔註95〕，以「文化間性」的視角代替單一的「文化性」，更加注重研究文明之間交融互動、滲透對話的歷史。這樣中國學界有能力在視野上擺脫西方中心主義的影響，跳出黑格爾、湯因比、斯賓格勒、沃勒斯坦、霍布斯鮑姆等西方大師勾勒的世界圖像，以中國人自己的眼光重構世界歷史和地理圖景。觀看不是簡單地應目會心，而是包含著作爲前理解的「觀看之道」，當代中國有能力也有責任提出自己的視界。

〔註94〕例如戴維‧S.蘭德斯（David S. Landes）在《國富國窮》（*The Wealth and Poverty of Nations*）一書中就沿用了地理學與人種學套話解釋上帝對於歐洲人的偏愛：「大自然的不平衡，致使熱帶的不幸圖景和溫帶遠爲宜人的自然條件形成了鮮明的對比。而溫帶地區以歐洲的自然條件爲最佳；在歐洲內部，西歐則獨佔鰲頭。」毫不掩飾地表現出文化自戀。〔美〕戴維‧S.蘭德斯著《國富國窮》，門洪華等譯，北京：新華出版社2007年版，第19頁。

〔註95〕例如布勞特就提出：1492年哥倫布發現美洲是西方文明眞正現代化的開始，之前的西方同其他文明相比同樣甚至更加野蠻落後，發現美洲不是因爲西方人多麼遠見卓識，而是因爲他們距離美洲登陸點近；征服美洲也不是因爲所謂火槍技術，而是因爲西方人帶去美洲的傳染病奪去了這塊長期以來與世隔絕的大陸上大部分土著的生命；從美洲種植園的奴隸勞動中，西方人獲取了資本主義發展的財富，資本主義的本質不在於所謂一種嶄新的生產模式，這只是韋伯和馬克思等人迷戀的某種起源神話（myth），同時代的亞洲和非洲都有所謂「原資本主義」，西歐資本主義得以發展，重要突變不在於生產領域在於交換領域，即擁有了來自美洲的巨大財富。總而言之，歐洲優越論只是一種自我膨脹的異端而已。

第六章　西方漢學家的中國文學觀 價值定位

　　西方文化政治語境孕育出來的漢學家文學思想，具有類似羅馬神話中雅努斯（Janus）的雙面屬性：一方面，漢學代表了古老的西方中心主義思維，和東方學一樣屬於政治化的學科，漢學家對於中國文學存在的忽視、誤讀和本質主義認識，參與了「東方主義」式的文化建構──在新航路開闢後的幾百年間，西方漢學家同政客、商人、軍人結成了根深蒂固的話語聯盟，共同將中國塑造為難以理解的，散發著神秘詭異色彩的「遠方」，極大地影響了中國文化形象，從文化地理學的角度看，利瑪竇的世界地圖雖然改變了中國人唯我獨尊的心理預設，卻也映照出西方人「世界征服者」的自我定位，東方的文學與文化沒有自我發言和表述的權力，命名權、理解權和研究權屬於西方，對於西方人而言，中國不再是大汗、孔夫子和烏托邦理想的中心國度，而成為野蠻落後、令人同情的「遠東」。另一方面，漢學又並不完全等同於薩義德描繪的「東方學」，漢學家描繪的中國文學思想卻參與了「詩神遠遊」的文化旅行過程，啓發了西方文學、思想和文化靈感，這一「東學西漸」的現象，也開啓了薩義德《東方學》之外全球文化互動的另類模式，從而彌補了後殖民分析過於強調弱者被支配的單層歷史的缺憾，並最終顯示出漢學、東方學這類「惡之花」面向未來結出善果的可能性。

　　隨著後現代狀況下的知識降解和學科轉型，當代西方漢學同其他人文科一樣面臨著失語症。當廚房裏響徹著巴赫的音樂，當寫詩與藝術創作成為野蠻的行為藝術，當文化產業毀掉了一代人的審美天性使得真正的文學藝術

曲高和寡，人類面臨著一個共同問題：被工具化的思維，還能否傾聽關於另一種生活可能性的描述？這就是西方漢學家面臨的「聽眾」危機，他們的言說究竟面向何方？受眾群和影響力的前景如何？在大眾傳媒的時代，毋庸諱言的是西方漢學家影響本土大眾能力的減弱，甚至大眾文化成為制約漢學寫作與描述的「隱含讀者」。於是，更多漢學家選擇了面向東方，與中國學術界和讀者對話，擺脫布道式的思維，展開真正意義上東西方「互體互用」的學術交流。

第一節　爭議：是否存在東方主義或漢學主義？

　　「後殖民理論大體上是一個因薩義德的著作發展起來的領域。」〔註1〕後殖民理論並非自薩義德始，然而其成為學界熱點，引導了近二十年來的學術潮流，形成諸多研究流派乃至引發了歐美「政治正確」（Political Correctness）運動，學術界、文藝界風行一時的「後殖民理論」、「後殖民批評」和「後殖民文學」，離不開薩義德《東方學》一書的強大、持久而深入的感染力。對於薩義德本人尤其是《東方學》的重要意義，後殖民理論界是公開承認的，斯皮瓦克就公開表示薩義德是「我們中間的一代長者」，而《東方學》則是「我們學科的資料源泉」。〔註2〕而在評價薩義德本人的學術貢獻時，《東方學》同樣是最重要的準星，薩義德的著述與成就必然與《東方學》之後的後殖民研究發展結合在一起，這一點也毋庸置疑。就連薩義德本人在去世之前也自信地認為「在通向人類自由的漫長而崎嶇的道路上，《東方學》已佔據了一席之地」。

　　薩義德本人在提出對「東方學」的反思與批判時，已經注意到「漢學」與「東方學」的歷史聯繫與相似性，他認為「直到18世紀中葉，東方學研究者主要是聖經學者、閃語研究者、伊斯蘭專家或漢學家（因為耶穌會傳教士已經開始對中國的研究）」。而通過前文對英、美、法、德等西方國家漢學譜系的分析，可以看出漢學在文化背景、學科建制和理論方法上同東方學之間存在著根深蒂固的聯繫，兩者都屬於西方國家「區域研究」的組成部分，服

〔註1〕〔英〕瓦萊麗·肯尼迪著《薩義德》，李自修譯，江蘇人民出版社2006年版，第92頁。
〔註2〕《薩義德》，第102頁。

務於西方國家實際的政治、經濟乃至軍事利益，都聘用傳教士和外交官等與東方打過實際交道的人作爲教授。在英法等國早期的學科分類中，漢學甚至隸屬於廣義的東方學，甚至在東方學家的倡議支持下才進入了學院體制內。可想而知，漢學與東方學之間是高度類似的。然而，漢學中是否存在與薩義德所批判的「東方主義」類似的「漢學主義」？如果存在，「漢學主義」的影響範圍和程度究竟有多大？漢學家的言說與東方學家的言說有何異同？有沒有從內部顛覆西方中心主義話語的可能？經由漢學與東方學的比較，會重新審視後殖民批評的邊界有效性，發掘出一些被後殖民批評家們忽略的認識角度。

一、漢學與東方學的比較分析

　　薩義德《東方學》關注的是對象是阿拉伯、近東地區，但其提出的問題具有普遍意義。漢學與東方學在背景、建制和方法論上存在著許多共通之處，東方學家在報導伊斯蘭地區的同時遮蔽了眞相，漢學家也在很大程度上重複了東方學家的路徑，孳生出大量無關眞實的中國文學與文化的陳詞套話。《東方學》「儘管旨在分析西方對西亞文明的研究，但它的主要觀點也可以用來研究漢學」（科林・麥克拉斯語）〔註3〕

　　首先，東方學領域和漢學領域都標榜所謂「客觀性」和「眞實性」，但事實證明這只是一種西方臆斷的眞實性，揭開「客觀性」的面紗後，眞正呈現出來的是「建構性」。薩義德也面對著「絕對的眞實」（absolute true）或者「完全眞實的知識」（perfectly true knowledge）是否存在的哲學問題，他否認要追求絕對的「客觀」標籤，然而必須要重視話語所產生的「語境」，這才是後殖民理論要關注的普世性問題：

> 　　我們並不是生活在一個自然的世界：像報紙、新聞和意見這些
> 事物並不是自然發生的，它們是被製造的，是人類意志、歷史、社
> 會情況、機構的結果，也是個人職業的傳統。〔註4〕

薩義德借用社會學家賴特・米爾斯（C.Wright Mills）的觀點，指出人類是生

〔註3〕周寧「東方主義：理論與論爭」，載《廈門大學學報》（哲社版）2003 年第 1 期。

〔註4〕〔美〕薩義德《報導伊斯蘭》，閻紀宇譯，上海：上海譯文出版社 2009 年版，第 64 頁。

活在「第二手的世界」，美國和西方的大眾傳媒並非鐵板一塊，相反卻是眾聲喧嘩，然而在一系列複雜的爭吵中卻有一些固定的文體、規則和關於真實性的標準，直接經驗與間接經驗已經混淆不清，於是在我們觀察事物之前，其實已經被規定了觀察的視角、距離與傾向。因此「我們對真實的感知，不僅倚賴我們為自身塑造的詮釋與意義，還依賴我們接收的詮釋與意義。因為接收的詮釋是社會生活整體的一部分」〔註5〕，包括學者、記者和大眾都進入了這種「建構的真實」大循環當中，直接經驗被間接經驗蠶食替代，「如何看」反過來決定了「看什麼」，在西方審視下，中國和東方就被建構為客觀、真實、靜止的對象。

其次，東方學家和漢學家都隸屬於某種詮釋共同體（communities of interpretation）。詮釋共同體類似於美國科學哲學史家托馬斯·庫恩所說的「科學共同體」，科學共同體同範式相伴隨，詮釋共同體也使得寫作和研究行為更多由主體自身的實際利益需求而不是被研究的對象所決定：

> 一位牛津或波士頓的學者在寫作和研究時，所依循的標準、傳統與期望主要——雖然並不全然——是由他或她的同僚決定，而不是受到研究的穆斯林。……這不是個別學者選擇的問題。如果普林斯頓大學的某位學者正好在研究當代阿富汗的宗教學校，那麼很顯然的（特別像現在這段時期）這種研究可能具有「政策意涵」（policy implication），無論學者本人是否願意，他或她都會被捲進政府、企業與外交政策機構的網絡之中；研究經費會受影響，接觸哪些人士會受影響，而且整體而言，一定的報酬與多種互動關係也會被提供出來。〔註6〕

每一種詮釋共同體都有其特有的詮釋方式。薩義德反覆強調，要分清單純的指稱功能和複雜的情感聯想功能，對那些套話和歪曲現象要予以揭示，簡而言之就是明晰任何「詮釋共同體」的語境局限性。

再次，東方學和漢學都服從西方的利益需要，必然要隸屬於國家政策的機制。薩義德強調必須正視「學術研究與直接軍事殖民征服之間密切合作的程度」，因為從歷史上看，幾乎每一個「伊斯蘭教」專家都曾擔任政府、企業、媒體的顧問甚至所屬人員。漢學同樣受制於西方國家的現實利益，美國漢學

〔註5〕《報導伊斯蘭》，第60頁。
〔註6〕《報導伊斯蘭》，第25頁。

之所以能成爲二戰後西方漢學的主流，就同美國政府直接間接的資助與操控有關，其隸屬於區域研究（Area Studies 或 Regional Studies）的一部分，後者興起的背景是二戰時期的日本研究（以本尼迪克特《菊與刀》爲代表），其後則是對蘇聯和中國的研究。1958 年，美國國會通過「國防教育法案」（National Educational Defense Act），費正清學派隨即迅速發展起來，其關注的是中國當代的社會、政治、外交關係，其目的在於爲國家利益和戰略服務，帶有非常明顯的對策性和政治意識形態色彩。此外，由於美國政府日益重視對中國的研究，幾乎所有的中國研究機構和組織都得到來自福特基金會或者洛克菲勒基金會的鉅額資助，所以 20 世紀 60 年代美國的中國研究迅速發展並同傳統古典漢學分庭抗禮，成爲一門包括華人學者參與的、有關中國社會變遷與發展的跨學科、多學科的綜合性社會科學（夏志清的《現代中國小說史》就是在軍方資助背景下問世的）。〔註7〕

　　聯繫到許多漢學家（例如馬禮遜、李提摩太、伯希和、衛三畏、費正清）同本國政府對華政策和活動之間的密切聯繫，我們不得不同意薩義德的觀點「這種合作關係必須承認並被納入考量，原因不僅關於道德，更關乎知識」。從思想層面來看，東方學話語、漢學話語與西方同時代的諸多種族主義話語有著千絲萬縷的聯繫。〔註8〕因此，西方的學者往往會對東方自身的歷史和現代化成就視而不見，鼓吹「衝擊——反應」模式，在單一現代性思維下削足適履地看待東方的道路。此外，從情感喜好上，受新教開拓殖民地的歷史影響，西方人尤其是美國人更認同像新生文化或較爲簡單的原始文化，而伊斯蘭和中國都屬於傳統類型的文化，高度發展並曾輝煌一時，西方人往往對其不甚信任〔註9〕，即使中國經歷過革命陣痛，西方人也往往將其視爲傳統的借屍還魂。

　　最後，學科反思的意義問題。薩義德反覆申說自己的初衷並非追求所謂

〔註7〕 崔玉君《80 年代以來大陸的國外中國學研究：回顧與展望》，載《國際關係學院學報》2006 年第 3 期。

〔註8〕 例如現代化理論，無論是東方學專家對於伊斯蘭世界的描述，還是漢學家對於中國的描述，都存在著濃重的西方現代化東移的痕跡，往往假定在西方降臨之前，伊斯蘭或者中國都停滯在永恒的不成熟期，被古老的傳統和觀念束縛，無法眞正發展，甚至無視西方人現代化優勢的事實，雖然自身的出路只能是現代化，但他們卻不識擡舉地阻礙西方現代化的「傳播」。《報導伊斯蘭》，第 39 頁。

〔註9〕 《報導伊斯蘭》，第 70 頁。

伊斯蘭世界的真實性,也不是指責西方專家的道德品質,而是經由東方學理清現代學科中複雜的「知識──權力」糾葛。薩義德所面向的讀者多爲西方人,希望能呼籲更多的人走出亨廷頓「文明衝突論」的誤區,不爲專家、新聞記者和大眾傳媒的報導所「遮蔽」,而是多一些獨立思索的知識分子精神,學會從表面的「眞實」中提煉出語境和建構的「眞相」,不再以我觀物,而是換位思考,將他者文化的認知邏輯看作西方文化之外的另一種選擇:

> 一旦我們終於能掌握詮釋的強大力量與主觀性要素;一旦我們認清,我們知道的事物中有許多都只是我們的,其涉及層面更多於我們平常承認的層面。如此一來,對於我們自身以及我們所處的世界,我們就可以揚棄一些天眞輕信、大量的惡質信念,以及許多的迷思。〔註11〕

後殖民理論眞正關注的是人類思維、認知和詮釋的有效性問題。東方學和漢學都是有其不可替代價值,後殖民理論的初衷也不是將其全盤顛覆連根拔起,但必須認識到:任何自我關於他者的知識都是有界限的。沒有純而又純的文本,也沒有純而又純的知識。每一篇詮釋文本都是詮釋者的自我書寫,包含了其置身於學科、時代、政治、利益、對象之間的多重心理糾結,而後殖民意義上的反思,就是要正面知識話語被多種權力關係所建構的複雜過程,理解到人類文化產生的真實語境。

二、漢學家「發現中國」的著眼點與認知邏輯

漢學家與漢學之間呈現出「交互生產」的依存關係:一代又一代漢學家參與了漢學研究,構建了一座恢宏壯麗的漢學大廈;這座學院體制的大廈又形成了完備成熟的教育流水線,源源不斷地培育出符合西方漢學界標準的合格漢學家。無論是作爲旅行者的遊記漢學家,還是探尋傳播福音渠道的傳教士漢學家,抑或是高舉科學大旗清理混亂的中國材料場的學院派漢學家,他們的身份決定了言說與寫作的立場,「發現中國」的行爲與「中國」無關,這不僅僅是知識論意義上的,更是價值論立場上的問題。

漢學家研究中國文學和中國文化,首先絕不是爲了中國,這是一個顯而易見的事實。漢學家更爲欣賞「文本的中國」而非「現實的中國」,前者滿足

〔註11〕《報導伊斯蘭》,第 101～102 頁。

了他們的想像，後者則會打破他們心中的美好形象，許多漢學家寧願沉湎於想像的烏托邦，也不願面對文本與現實的不一致。翻譯了大量中國文學的亞瑟·韋利就「從沒有到過東方，而且不願去，因爲怕一去之後把他對於中國的想像打破了」，他寧願「在心目中保持唐代中國的形象」。〔註12〕很多時候，中國文學就如同《消失的地平線》中描繪的香格里拉一樣，成爲一系列文本、傳說、話語所編造出來的「傳奇」，但這「傳奇」卻與中國無關，只是投射在西方心靈深處的自我鏡象而已。極端的例子就是漢學家置身邊的事實材料於不顧，拒絕承認中國文明的創造和成就。中國學者姜亮夫早年在法國抄錄敦煌古卷期間，就曾耳聞目睹了沙畹、伯希和等漢學家站在西方的文化立場上看不起中國民族的情形：姜亮夫寫過一篇美洲是中國人發現的文章，伯希和只看標題就連說三聲「不可能」，拒絕讓其發表；伯希和雖然掠奪了大量敦煌古卷，卻站在西方中心主義的角度進行讀解，例如用七曜曆的卷子論證中國沒有七曜日，是西方的摩尼教傳教士帶來的，卻對《易經》中的「七日來復」和《漢書》以降大量的七曜記載置若罔聞，玩弄文字遊戲，利用敦煌卷子中個別譯音的差異否認其與中國歷史上七曜曆的聯繫。可見，政治高於學術，「文化學術也服從於政治」。〔註13〕

其次，漢學家的研究也並不是爲了拯救西方自己。西方人從來沒有相信過中國文明可以拯救世界，相反，他們相信西方的傳統具有綿延不盡的再生能力。一戰之后德國思想家斯賓格勒提出的「觀相」打破了西方文明天然優越於其他文明的幻覺，使得歷史觀從西方中心的托勒密體系轉向各個文化動態獨立發展的哥白尼體系，並且斷言西方浮士德式心靈精神進入了生命的冬季：「西方的未來不是永遠向著我們今天的理想無限制地上昇和前進，而是一個單一的歷史現象，在形式和延續性上有著嚴格的限制和規定，它將涵蓋幾個世紀，並可經由某些有用的先例被察看到和實質性地計算出來」。〔註14〕然而斯賓格勒筆下綿延的西方形態學歷史最終還是要靠自我來拯救，沒落之後是返鄉：「經過這一番掙扎追尋之後，西方科學已精疲力竭，它將返回到它的精神故鄉。」〔註15〕斯賓格勒沒有明說而暗含其中的一層意思是：西方的問

〔註12〕據陳源和蕭乾回憶，轉自葛桂錄著《中英文學關係編年史》，第230頁。
〔註13〕姜亮夫著《敦煌學概論》，北京：北京出版社2004年版，第93～94頁。
〔註14〕〔德〕斯賓格勒著《西方的沒落》（第一卷），吳瓊譯，上海：上海三聯書店2006年版，第38頁。
〔註15〕〔德〕斯賓格勒著《西方的沒落》（第一卷），第408頁。

題還是只能靠西方人自己解決，並且只有西方才有敏銳的感應意識歷史如生命般波起復落的循環，體會到「萬物之川流，只眷戀生命／巨星和泥土，／任由一切孜孜不止／終要在上帝那裡得永恒的安息」（歌德語）。海德格爾同樣說過：「只有在現代技術世界誕生之地才能作轉向的準備，這一轉向不能靠接受禪宗或其他東方的世界經驗完成。改變思想所需要的是歐洲傳統及對它的重新認識。」

再次，漢學家對於中國文學和中國文化的定位具有對象化色彩。安靜、遙遠、神秘卻無害的中國，是理想的知識對象；而一旦中國走向了模仿甚至戲擬西方的道路，破壞了漢學幾何學圖式的和諧與寧靜，就失去了這一層魅力。亞瑟‧韋利不願意來到中國，丁韙良（William Alexander Parsons Martin, 1827～1916）拿起獵槍屠殺像「髶狗」一樣的義和團民，於文所安對於北島的批評，皆源於這種物我兩分的對象化思維。這就必然導致對中國文學的價值定位存在偏差。對象化表徵爲四個方面：

一是原始性。漢學家筆下的中國文學尤其是古典文學固然有其與自然親近、純樸自然的一面，令西方人想起了斯賓諾莎和梭羅，但同時也令人想起了人類學意義上的原始人，這往往與「簡樸」的褒貶兩層含義結合在一起，例如在論述《詩經》時，德庇時（Sir John Francis Davis, 1795～1890）和衛三畏都認爲《頌》的大部分內容沒有超越原始的簡樸性，這就導致西方人對於中國詩歌「深度」的整體誤解，而維克多‧德‧拉普雷德（Victor de Laprade）在讀了德理文翻譯的中國詩歌後，雖然承認其在欣賞、描寫和神往大自然方面的特點，但同時指出「它們在表達超凡世界或上帝的意念方面卻無能爲力」，例如杜甫雖然挖掘了許多感覺之外的東西，但整體上中國詩人內心深處缺乏宗教激情，導致其作品沒有深度和靈氣〔註 16〕，類似的定位都有一種時間維度上將中國定位爲古代甚至原始的傾向。

二是停滯性，漢學家一般都願意承認中華文明的悠久歷史，然而歷史卻會成爲當代中國的罪狀，中國的典章制度、技術、文化、軍事甚至語言文學都因爲缺少變化而被斥責，最終被定位爲「停滯的帝國」，許多西方的觀察者認爲中國戲劇就十分落後：「中國人的表演天才像他們文化的其他特徵一樣，被西方人看成已經停滯了幾個世紀」。

〔註 16〕 〔美〕M.G.馬森著《西方的中國及中國人觀念 1840～1876》，第 226 頁、第 228 頁。

　　三是缺失性。在很多的漢學家評論中都有類似的句式，「西方有 XX 而中國沒有」，「中國的 XX 和西方的 XX 類似，但中國不如西方」，「中國沒有氣勢宏大的長篇敘事詩，也缺乏這種天賦」，「《離騷》（素質低劣）不是什麼了不起的詩歌」，「中國文學中根本找不到荷馬或維吉爾這樣的大詩人，只有李白可以與賀拉斯相媲美」（德理文）……漢學家就是用類似的句子展示了一個與西方類似但卻並不完善的中國，長期以來這種根深蒂固的形象代表了西方人對於中國文學和文化的認識，像黑格爾對於中國史詩、哲學和歷史的誤解，就離不開漢學家的引導作用。

　　四是材料性。一個悠久卻停滯的文明，一個無法與西方比肩的文化，注定只能成為被西方人觀察、研究和描述的材料，所以西方人長期以來整體上對於中國文學的興趣不大。他們很早就知道中國科舉體制下所有受教育的人都會吟詩作詞，甚至成為進階之本，但對於這些詩詞的評價都不高，德理文算是最早介紹唐詩和中國詩歌的漢學家，但他發表的第一篇關於中國詩歌的論文《中國詩歌論》已經是在雷慕沙創立漢學講座之後的 15 年了，並且值得一提的是，漢學家的努力並未引發西方人對中國純文學的關注，據美國漢學家馬森說：在 1840～1876 年間，「在美國、英國、德國，甚至在中國純文學受到嚴肅的東方文學學者關注的法國，公眾對東方高雅的文學並沒有太大的興趣」。〔註17〕相反，西方人對於中國小說和戲劇興趣更大，原因在於裏面極為豐富的社會習俗細節，第一部小說傳入西方的《玉嬌梨》就被視為生活和習俗的寫照，而非「創造性的藝術作品」。無論是德庇時或是儒連，都主張翻譯作品的目的是為了「瞭解中國人的歷史、宗教、習慣、風俗和文學」，司登得（Stent）則寫道：西方人通過閱讀一部中國小說而獲得的對中國人私人生活和社會習俗的瞭解，比他們在東方度過一生而獲得的材料要多得多，雷慕沙也強調小說家刻畫的社會生活細節〔註18〕。這就是西方人所謂「文學的探

〔註17〕《西方的中國及中國人觀念 1840～1876》，第 226 頁、第 216 頁。
〔註18〕雷慕沙認為：「正是在刻畫社會生活的細節方面，中國傳奇文學的作者們超過了基本上屬於同類體裁的作家理查森（Richardson）和菲爾丁（Fielding），尤其超過了斯摩萊特（Smollett）和密思·伯內（Miss Burney）。同這些小說家一樣，中國的小說家們通過對小說中人物的情感和性格的真實刻畫，創造了一種高水平的想像畫面。作品中主人公的言行極可能是真人真事。任何一位讀者在讀這些小說時，似乎都能身臨其境，看到了主人公的活動，聽到了他們談話，並能根據他們談話內容的發展體會小說的每一個細微情節。」《西方的中國及中國人觀念 1840～1876》，第 217～218 頁。

險」，眞正意義上的「涉獵」，遙遠的東方彷彿一座迷宮和密碼，通過漢學家的文本，西方人，也只有西方人，可以獲取進入迷宮破解密碼的金鑰匙。久而久之形成了一種印象：中國文學尤其是小說，內容大於形式，最高的評價就是某部作品完美展示了中國人的生活畫面，而中國文學在文體上毫無貢獻，最多客氣地扔上一句「清純優美」了事，五四之後的文學則被描述爲有抄襲西方形式的嫌疑。〔註19〕

最後，漢學家的寫作與研究強化了中西文學和文化關係的不平等，爲這種不平等提供了「人類學」意義上的知識解釋。從社會學角度看，漢學家對於中國文學的論述參與論證了中西文化關係文化上的不平等，是一種對不平等的「文化解釋」。這種解釋認爲：不平等來源於廣泛持有的信仰、價值和實踐，它們促使社會類型之間的不同優勢的分配。〔註20〕這種文化解釋隨著西方現代性的全球拓展，成爲漫長「現代世界體系」中顚撲不破的眞理法則，並孳生出種族主義、社會達爾文主義、西方中心主義、文化傳播主義等支流。將中國視爲原始、古老而停滯的文明，將這一文明的文學視爲不成熟的、缺乏形式的內容記錄，共同構成了對文明「本質性」的論證。這種本質主義和對象化的論證本身是經不起進一步論證的。相反，後殖民主義提出的關於文化不平等的解釋更多從政治話語角度入手，認爲「不平等」本身就是被一整套文化話語建構出來的，「不平等來源於權力的使用」，這是一種「強制解釋」，漢學和東方學都成爲一種權力使用的手段。這種解釋也因爲其政治色彩而爲人批評。而今，超越這兩種解釋之外的「競爭解釋」似乎更爲人們所接受，即認爲「不平等起源於個人或更大社會單位通過分類過程的轉移，在這些過程中，不同屬性與表現導致不同的獎勵」〔註21〕，這種模式即不同於「文化

〔註19〕有時候西方人甚至厭惡了中國小說煩瑣的內容，認爲對瑣事的頌揚過於引人入勝，反而沒有足夠的筆調去描寫「感情世界」，後者則是西方小說精魂所在。例如批評《紅樓夢》「內容太多」、「篇幅太長」、「人物太眾」，令人費解，而在文體上過於冗長，顯得千篇一律、空洞無物。當然，讚揚《紅樓夢》最多的角度也是說它「帶給人們中國上流社會美好生活的印象」。彷彿中國文學除了現實主義反映論功能之外，就沒有任何形式上的創新可能。《西方的中國及中國人觀念1840～1876》，第226頁、第219～220頁。

〔註20〕〔美〕查爾斯·蒂利（Charles Tilly）著《身份、邊界與社會聯繫》（*Identities, Boundaries and Social Ties*），謝嶽譯，上海：上海世界出版集團2008年版，第104頁。

〔註21〕同上。

解釋」的種族主義色彩，又超越了「強制解釋」的唯政治化邏輯，而是客觀、平和地看待漫長的 16 世紀以來的人類歷史，將人類社會的變革、轉移、交流與競爭，看做有史以來的常態行為，人類群體競爭過程中，某一段時間裏有勝利者和失利者，但沒有人種學意義上的先進者與落後者，文明與野蠻、強大與弱小、先進與落後之間是動態的平衡關係，可以互相轉化（季羨林所謂「三十年河東，三十年河西」）。萬古晴空，大浪淘沙，在歷史的長河中，沒有任何群體會注定先進，也沒有任何文明會永遠停滯。

中國不是思想跑馬場。漢學的譜系同樣意味著：學術參與了西方權力話語的構建過程。在「東方主義」之外，存在著一種或隱或現的「漢學主義」。漢學主義不僅僅存在於西方，存在於漢學界，同東方主義類似，「漢學主義」是關於人類對於遠方、異域、他者的思維模式，指出這一模式的局限性是必要的。

三、漢學個案對後殖民經典闡釋框架的挑戰

作為理論話語，後殖民理論也有自己的疏漏之處，需要經由不斷旅行而自我完善。薩義德集中論述了西方對於東方的文本建構作用，而對東方反作用於西方這一維度關注不夠，導致其描述下的東方學成為西方單一作用於東方的行為產物，而忽視了歷史上東方對於西方至關重要的影響，這種影響甚至會借助於類似東方學、漢學等「非正義」的學科中介作用。惡之花有時能結出善之果，東方學和漢學也會溢出始作俑者的操縱範圍，而發揮一些出乎自身意料之外的歷史作用。在後殖民主義為東方和中國正名之前，東方學和漢學內部就曾出現過動機與結果的分裂，表徵出有意義的「東西互動」跡象。

就文學研究領域而言，漢學家傳遞到西方本土的中國文學形象，不僅起到了佐證西方文學理論與形式的作用，也會在某些語境中成為激發文學家和理論家靈感的火花。例如美國詩人龐德經由漢學家費諾羅薩的啟發，翻譯出版《神州集》，繼而創立意象派，中國古詩的創作原則成為指導西方詩人革新創造的理論資源，又反過來成為五四運動中胡適《文學改良芻議》的理論淵源，就是「詩神遠遊」後「復歸反哺」的一段佳話。〔註22〕

新批評的鼻祖、英國批評家瑞恰慈（I.A.Richards, 1893～1980）在《文學

〔註22〕 參見趙毅衡著《詩神遠遊：中國如何改變了美國現代詩》，上海：上海譯文出版社 2003 年版。

批評原理》中提出的「包容詩」（poetry of the inclusion）概念，就與儒學的中庸之道有關。瑞恰慈提出「有兩種組織衝動的辦法——不是排除，就是包容；不是綜合，就是壓滅」，「排除」和「壓滅」是「排他詩」（poetry of the exclusion）的特點，然而真正傑出的作品卻是「包容詩」，對立經驗的平衡營造出最有價值的綜合的審美反應。據考證，瑞恰慈本人在 20 世紀 20 年代執教劍橋期間受中國留學生影響接觸並研究中國哲學，從此對中國文學和文化情有獨鍾，「包容詩」等觀點就深受中國思想啟發，非但如此，在與別人合著的《美學基礎》（1921）的卷首和卷尾都引用了《中庸》，卷首所引的「不偏之謂之中，不易之謂之庸，中者天下之正道，庸者天下之定理」，堪稱是對「包容詩」最好的詮釋。瑞恰慈的「包容詩」觀念啟發了新批評的「張力」（tension）論。〔註23〕在此，中國文化並非作為例證和材料出現，而是成為西方理論的靈感淵源。

　　同漢學家的文學思想一樣，作為一種文論話語的後殖民批評理論也需要在「知識——權力」這一天平上自我稱量，並且無可諱言的是也會暴露出理論與實踐、立場與言說之間的脫節甚至斷裂。以薩義德對「東方主義」的批判為例，視角集中的是：西方如何建構「不真實」的「東方」，從而使得「東方學」成為與「東方」無關的學科，進而成為影響人們思維方式和語言結構的「東方主義」？然而《東方學》一書中很少涉及作為學科的「東方學」如何影響西方思想界和文學界創新和進步的事實（除了想像層面上的誤讀與女性化之外），其實歷史上阿拉伯文化對於西方文藝復興起到了催化劑的作用，在西學東漸之前是「東學西漸」，「東方」曾經在幾個世紀中代表了光明和至善，而「歐羅巴」反而意味著文明的混亂與落後，薩義德過於集中批判維度，希望徹底否定顛覆「東方學」建構的「東方」形象，卻相對忽視了這一知識系統在全人類歷史上所起到了正面作用。這是令人遺憾的事情。

　　在全球化時代文化多元主義語境下，漢學家的著述有可能在很大程度上同後殖民主義、女性主義和新歷史主義結成同盟，汲取後者的理論批判鋒芒，輔之以自身豐富具體的研究成果和材料，使得去中心化和文化多元主義真正落到實處。這一點已經初露端倪。作為費正清學派的內部調整，柯文提出「以中國為中心」重新書寫中國歷史的主張，就在相當程度上汲取了同時期的「政治正確運動」和後現代、後解構和後殖民等文化批評實踐的經驗，從而促進

〔註23〕葛桂錄著《中英文學關係編年史》，第 176 頁。

了漢學言說方式的內部改革。不僅如此，「以中國爲中心」的漢學內部改革會影響到西方人對自身歷史經驗的認識與書寫，改變其以西方文明優越論爲導向看待大國興衰和世界體系的偏見，使得世界歷史不再是西方人「發現」世界的歷史，而是眞正成爲「屬於所有世界人的歷史」。

漢學家對待中國文明的態度就經歷了曲折反覆的過程，從最早癡迷於孔夫子哲學的人文與理性，到啓蒙運動之後將中國塑造爲現代性的對立面，野蠻、落後、專制的「治水國家」，將儒學建構爲導致中國文明落後停滯的罪證，再到當代漢學界開始「再中國化」，借助於考察亞洲和中國崛起模式，反思西方道路的有效範圍和歷史局限性，可以說，當代有許多漢學家已經走出了偏激的「愛恨交織」心態，能夠以開放的態度「經由中國」發現自己。

首先，是問題的變化。在分析包括漢學文本在內的諸多文獻時，以往我們最感困擾的便是先入爲主的思維方式，類似於「西方有牛頓，中國有嗎？」「西方有幾何學，中國有嗎？」「西方有史詩、歷史、理性、科學……，中國有嗎？」如此種種的問題，其實是不需要答案的「僞問題」，因爲答案早已經包含在問題之中了。用解釋學的術語分析，這些問題其實不是問題而是「偏見」，前理解壓倒了眞正的理解，問題的提出本身就預示著一個「期待視界」或「隱含讀者」，在這種語境之下，很難期待有眞正的「視界融合」，而只是一個自我論證和自我確認的循環過程而已。毋庸諱言，長期以來漢學界「以我觀物」，使得中國的萬事萬物都附著了西方這一「隱含在場」的濃重色彩，也釀成了許多西方人的偏見。黑格爾之所以對中國歷史和儒學有這麼多的偏見，從其批評中國的方式「中國沒有A只有B」（B往往是A的子項目甚至對立面）就可以看出漢學家的錯誤引導。而自馬克斯·韋伯以降，「東方主義」或「漢學主義」色彩的「僞問題」層出不窮，例如「是什麼導致西方必然地走上了現代資本主義道路？爲什麼東方注定會經濟落後」，然後按圖索籍，尋找出現代西方進步獨特而顯著的「理性」和「可預料性」，這種「在錯誤的地方尋找答案」的做法，表徵出西方學者的深度精神自戀，直到當代也陰魂不散，在西方學術界頻頻傳出爲歐洲中心主義論證的聲音，鼓吹「是西方而非東方獲得了勝利，只有歐洲人完成了向資本主義現代化飛躍的開拓」，而反對歐洲中心主義的論述只不過是「政治上正確的善良學說」、「歐洲恐懼症」或者「糟糕的歷史認識」等等，諸如此類。

值得慶幸的是，當代西方思想界和學術界整體上正在拋棄舊的提問方

式，美國社會學家蘭德爾·科林斯（Randall Collins）就揭露了韋伯式觀點的深層邏輯：

> 首先是描述了這些特徵，然後指出了直到最近幾個世紀西方特
> 性的障礙，這些障礙因素差不多存在於所有世界歷史社會中，最後，
> 通過比較分析的方法，指出了導致（西方）這種特性產生的社會條
> 件。〔註24〕

一些西方學者已經走出了韋伯式的精神自戀情結，傾向於從歷史的偶然性、全球結構的複雜性論述所謂「西方的興起」，批判所謂「純粹西方文明」的神話，代之以「東方化西方」的文明混合論。現代世界經濟不等於資本主義世界經濟，西方的強大離不開在思想、文化、資源、技術和科技等層面的「東方化」過程，絕非天命使然，更不會一勞永逸。重繪世界史的前提，就是提問方式的改變，正如馬丁·伯納爾所言：

> 如果說推翻歐洲中心主義，而代之以反歐洲中心主義的主張正
> 確的話，那麼，不僅重新思考西方文明的基礎是必要的，而且去認
> 識歷史編纂或歷史編輯哲學中滲透的種族主義和歐洲沙文主義也是
> 必要的。〔註25〕

在新問題的形成中，漢學家對於世界歷史視野下的中國問題的研究具有特殊的意義。建立在對中國思想文化深厚研究前提下的漢學家言論，參與了西方世界自我反思的進程，並且往往一語道破玄機。通過引入「中國式問題」，當代漢學家質疑了西方人根深蒂固的世界觀，並嘗試著引導人們換位思考，轉換問題方式，不再以自身文化爲尺度來衡量理解中國文化：

> 現代的歐美人堅持一種未經檢驗，而且也被證明是沒有根據的
> 假定：所有民族都認爲宇宙和人類是外在的造物主創造的產物。（直
> 到上個世紀，現代科學和西方思想仍然主導著全世界的宇宙論。）
> 由於把假定的基本類比當成事實，西方人在翻譯中國典籍時依賴的
> 是用我們自己文化的表達，進行似是而非的比附，並且以此機械地
> 解讀中國典籍，這滿足的不過是西方人喜歡在其他文化中聽到回聲
> 的癖好。
>
> 因此，17世紀的人以及後來的傳教士認爲孔子對基督教眞理曾

〔註24〕霍布森著《西方文明的東方起源》，第14頁。
〔註25〕霍布森著《西方文明的東方起源》，第260頁。

有過暗示，這眞是一種「近視」（正如歷史上對思想和文化發展的作用一直評價的那樣），就像阿奎那看待亞里士多德一樣。20世紀的歷史學家如果仍繼續這種短視是不可容忍的。應該取而代之的是種充滿趣味的探索：在擺脫了我們自己的先入爲主之後，通過對中國宇宙觀的客觀理解，我們對中國將會有怎樣新鮮深刻的認識？〔註26〕

漢學家牟復禮（Frederick W. Mote, 1922～2005）的這段剖析走出了以我觀物、以西解中的誤區，聯想起白晉、馬若瑟等索隱派對於《詩經》等中國典籍的比附、龍華民和雷慕沙對於《老子》的基督教讀解，可以發現漢學家的身份和立場正由西方中心主義的附庸轉變爲西方自我反思的先鋒。雖然漢學家們反思的目的依然是爲了西方自身的理論突破，然而比起以往的漢學家來，更具備知識的客觀性。牟復禮的這種思路是與其寫作中國歷史的總體思路一致的，他筆下的中國歷史「文化」、「文人」、「高雅文化」和「精英文化」佔據了重要位置，且不再像費正清的早期著作一樣泛泛而談，而是將文化特徵歸結爲文化現象，再將文化現象還原爲具體的文化人，在介紹公元900年到1800年的中國史時，牟復禮就像關注西方本土思想家一樣將中國文學家作爲文化象徵加以研究，對於宋代的歐陽修、王安石、李清照夫婦以及明代的前後七子、王陽明、湯顯祖等文學家和文學思想家做了較爲深入的分析，從而標明在地球的另一端發生著的歷史同樣是深邃而高遠的文明歷程，中國歷史一直在運動和自我完善，絕不僅僅是停滯史或者西方的陪襯。〔註27〕因此，中國人的世界觀打破了西方世界觀一統天下的局面，彰顯出人類智慧的多重維度，同時也爲西方和全人類重新思考世界觀提供了另一種參照的可能性：

這意味著中國人認爲世界和人類不是被創造出來的，而這正是一個本然自生（spontaneously self-generating life）的宇宙的特徵，這個宇宙沒有造物主、上帝、終極因、絕對超越的意志，等等。

……

宇宙論（cosmology）用以理解世界和宇宙是什麼，而宇宙生成論（cosmogony）則用以解釋宇宙如何形成。……中國的宇宙論和宇

〔註26〕〔美〕牟復禮著《中國思想之淵源》，王立剛譯，北京：北京大學出版社2009年版，第19頁。

〔註27〕Mote, Frederick W. *Imperial China, 900～1800*. Cambridge, Mass.: Harvard University Press, 1999.pp.56, 57, 328, 772～774.

宙生成論似乎比其他宗教和神話更接近現代物理學的觀點。當然，這與其說古代中國人有超前的「科學「，倒不如說他們奇異獨特的思想另闢蹊徑，給現代物理學的理論帶來了啓發。

> 中國的宇宙生成論主張的是一個有機的過程，宇宙的各個部分都從屬於一個有機的整體，它們都參與到這個本然自生的生命過程的相互作用之中，這是個天才卓穎的觀念。〔註28〕

牟復禮將中國的世界觀和宇宙論提到優先地位，從而打破了西方世界觀和宇宙論一統天下的局面。這可以視爲漢學家對於本土語境的能動改造。在知識論領域，中國思想也具有類似「他山之石」的借鑒作用，幫助西方人理解像邏輯、數學、科學等概念，在東西方不同文化圈內會表現爲不同的形式，於是問題不再是「爲什麼西方有 XX 而中國沒有？」，而是「爲什麼我們西方要有 XX？」。兩個問題分別代表了普世主義和文化的地方主義。牟復禮通過對墨子邏輯學尤其是墨子所謂「知識」三要素——「材也」（認知官能）、「接也」（與客體的聯繫）和「明也」（反思）的研究分析，論證出中國先秦就出現了純粹知識論，墨子、荀子、莊子和惠施等許多哲學家都思考過邏輯學的問題，然而形式邏輯並沒有成爲哲學的中心，中國和西方都有數學和天文學，雖然採用的方法大相徑庭（用李約瑟的說法中國數學更代數化而希臘更幾何化），卻在科學程度上不相上下。這就帶來了轉換提問方式的契機，牟復禮呼籲改變提問方式，打破西方人自身的一隅之見（parochial）：

> 更深入、也更合宜的答案卻需要追問爲什麼我們西方的文明發現古代的邏輯具有中心的重要性，而不是問中國或其他民族爲什麼沒有這樣。任何不同於我們所熟悉的範型都需要額外的解釋——這種假定是一隅之見，任何文化上的一隅之見都會生發出無意識但卻必然地普世化（universalizing），造成令人沮喪的偏失。〔註29〕

其次，是立場的收束。問題的轉變必然會帶來立場的變化，作爲提問者的西方漢學家走出了西方普世主義話語之後，就能避免以隔岸觀火的心態冷眼漠視遙遠中國發生的故事圖景，也避免了以「世界警察」的心態評判中國文明中與西方差異較大的元素。西方人對於孔子和儒家的認識就經歷了「否定之否定」，從最早伏爾泰將孔子美化爲理性精神的化身，到 19 世紀之後孔子和

〔註28〕牟復禮著《中國思想之淵源》，第 19～21 頁。
〔註29〕牟復禮著《中國思想之淵源》，第 96 頁。

儒學成為配合專制統治的精神桎梏，再到 20 世紀中葉以後亞洲經濟崛起伴隨儒學復興，西方漢學家走出了「浪漫化」和「妖魔化」的雙重誤區，不再拿自己的標準要求儒學承擔莫須有的歷史責任，相反多了幾分同情的理解，最大變化就是學會了收視反聽，站在儒家自身的角度思考儒家面臨的困境與問題。儒者不再是中國朝廷的附庸，理學也不再是虛偽的、壓抑人性的道德律令，在漢學家的筆下，儒家的命運起伏跌宕，但這是一群學術群體和先知者的困境，和中華文明的優劣無關，無論是包弼德、牟復禮還是狄百瑞，都走出了西方人靜止的先天優越感，而開始以動態的生成性視角面對文明的競爭與盛衰。

狄百瑞（Wm. Theodore de Bary, 1919～）用現象學式的減法，懸置並最終消解了儒學的優劣問題，提出「與其把優劣當作一個靜止系統中的固定點，還不如把優劣看作曲折歷史進程中互為參照的事物，正如在中斷和困難中存在著常數與關聯」，從而徹底走出了優與劣的二元對立。在方法論上，柯文「以中國為中心書寫中國」，狄百瑞則「應當首先以儒家擺在他自己面前的標準和目標評判他的失敗」，以中國的尺度評判中國，從而盡可能屏蔽掉種種源於西方本土文化的前理解：

> 對於中國或者儒學「在近代遭遇的失敗」，我們不可能輕易地做出判斷，不可能在東西方形成一個廣泛和總體上的判斷。我的意圖只是在於處理儒家向自己提出的關鍵性問題，或者說，就儒家自己宣稱的目標和歷史方案而言，儒家認為公平而且切題的關鍵性問題。〔註30〕

立場的收束同樣帶有現象學色彩，使得漢學家在很大程度上走出了以往拿著西方的理論標尺左量右量無所適從的本質化理解，以中國尺度評判中國，以儒家尺度評判儒家。對於中國文明而言，有節制和距離感的分析，要比善意的誤讀更有價值，也更為持久。在「和而不同」的基礎之上，找到了中西知識界面對的共同問題，從而構成文明對話的真正基礎。

第三，正是在同情的理解基礎之上，漢學家嘗試溝通古今中西的共同或相似處境，展開真正的對話。這也意味著，漢學的目的不再是從中國文明中尋求與基督教義或西方古典對應的「索隱」，也不再是滿足西方人貪婪的地理

〔註30〕〔美〕狄百瑞著《儒家的困境》，黃水嬰譯，北京：北京大學出版社 2009 年版，第 105 頁。

學想像，而是站在人類立場和世界語境，嘗試解決中西方所面臨的共同困境。無論是中國還是西方，都站在人類命運的交叉路口，正如英國墓園派詩人多恩（John Donne）所說：沒有人是一座孤島，／可以自全。／每個人都是大陸的一片，／整體的一部分。／如果海水沖掉一塊，／歐洲就減小，／如同一個海岬失掉一角，／如同你的朋友或者你自己的領地失掉一塊：／任何人的死亡都是我的損失，／因為我是人類的一員，／因此／不要問喪鐘為誰而鳴，／它就為你而鳴。

　　如今，漢學家對於儒學和中國的關注，已經上昇為對全人類休戚相關命運的憂思與展望。「中國之道」具有了特殊的意義。狄百瑞相信，現代西方和古代中國面臨同樣問題，只不過是形式稍有差異，古老的問題並沒有如我們希望的那樣解決，儘管西方的歷史表現出更多的動態、發展和表面的成功，但是學會中國人的視角、耐心和處變不驚，是會令西方人受益匪淺的。〔註31〕儒家從一開始就背負著沉重的歷史責任，他們是人類歷史上最早的一批先知，卻沒有擁有摩西般制定律法的力量，他們「為天地立心，為生民立命，為往聖繼絕學，為萬世開太平」（張載語）的責任甚至要大過基督教士，因為中國思想中從來沒有讓普通民眾承擔歷史責任的傳統，他們講學興教化，卻無力改變「齊家」與「治國」之間缺少中間社會組織的狀況，反而被斥為禁錮思想，他們宣傳「自天子以至庶人，一是皆以修身為本」，希圖用儒家道德的力量約束獨裁君主，統治者卻往往陽奉陰違。〔註32〕狄百瑞設身處地理解到了朱熹、呂留良和方東樹等理學家們所面對的道德困境，更重要的是，透過漢學家的危機感，我們發現宋以來儒家所信奉的十六字心傳「人心惟危，道心惟微，惟精惟一，允執厥中」（《尚書・大禹謨》），竟一語成讖，如實描述了全人類「東海西海，心理攸同；南學北學，道術未裂」（錢鍾書《管錐編》）的當下處境。

　　　在關注中國人這些從過去一直延續至今的問題時，如果不承認

〔註31〕狄百瑞著《儒家的困境》，第 67 頁。
〔註32〕當代儒學復興使得許多漢學家重新審視儒者的身份與價值，通行的方法就是將「儒者」與「僧侶」進行比較，牟復禮認為「在孔子之前，儒所行使的職責相當於其他文明社會中僧侶擔當的角色……這保證了他們獲得了與宗教相類似的權威性」，狄百瑞的分析則更為精細，他通過對《論語》中「天」、「聖人」和「君子」的分析，指出了儒家的自我定位頗類似於基督教中的「先知」，大致具備以下特徵：1.承擔著天命職責，瞭解天意；2.以學問和道德人格感化人群；3.具有韋伯意義上的宗教批判現實功能，監督統治者造福於民。

我們自己在西方也有類似的問題，那將會讓人反感。誠然，我們不缺乏政治倡議，不缺乏促進輿論的手段或者保護這些手段的法律制度。但是，當我們應對這個時代帶來的巨大挑戰時，我們在利用這些手段時做得有多好，那就是另外一回事了。我們遇到的挑戰和中國人或者東亞地區的儒家在 19 世紀遇到的任何一種挑戰一樣緊迫。

　　……如果在迎接挑戰的過程中需要的是更加積極的學習和參與，而極為緊迫的問題（諸如環境、毒品、貧窮、教育──列出這些顯而易見的問題簡直是多餘）一年又一年仍然懸而未決，那麼，我們就不能大言不慚地說自己要比 19 世紀的中國人做得好得多。那時中國人一門心思只考慮自己的事情，似乎並沒有察覺到兵臨城下的危險。然而，忙於他們自己的儒家事務至少不會極大地傷害到其他的民族、物種和天地。〔註33〕

馬克思說：歷史總會再次發生，第一次是悲劇，第二次則是鬧劇。當中國這一遙遠的「他者」能夠啟發漢學家對於當代世界真誠的憂慮，這就意味著「他者」與「本土」之間的界限漸趨模糊。經歷了汰變洗禮之後的漢學乃至東方學，會不會成為薩義德所認可的文明「世俗性」和「混雜性」的組成部分？東西方文明間能否擺脫神聖的起源崇拜，將「開端」視為複數（beginnings）而非單數（beginning），同時努力跨越文化的封閉圈自由地相互理解和深入對話？這對於所有文化和族群的未來都至關重要。

　　最後，重新定位中國文學與思想史的關聯。包弼德抓住「斯文」這一關鍵詞重新梳理了唐宋以降的中國文人群體，狄百瑞同樣注意到「文統」與「道統」之間的緊密關聯。為什麼新儒家寧願將宋代而不是漢唐視為黃金時代？為什麼唐代以後官訂五經，將儒家學說作為科舉考試的標準引發了理學家們一致批判？為什麼比起國富兵強，新儒家更願意強調修身教化？文學從來不是中國士大夫階層的中心使命，從《詩經》到唐詩宋詞，其中蘊含著的感時憂國的儒者心態開始為漢學家們重視。文學的作用依然是「窗口」，不過不再是一扇窺視桑間隴上男女歡愛場面或富麗堂皇的民俗生活的窗口，而是一扇通向中國知識分子心靈和思想史的窗口。在狄百瑞看來，《詩經·文王》中提到的商失天命（命之不易，無遏爾躬，宣昭義問，有虞殷自天。上天之載，

〔註33〕狄百瑞著《儒家的困境》，第 109～110 頁。

無聲無臭，儀刑文王，萬邦作孚）代表了君子對於聖王的推崇，也證明了在儒家的思想中，統治者受命於天的同時也「受制於天」，必須服從道德約束，承擔著對百姓負責的道德重擔；而杜甫寫下的《早發》和《江上》則是儒家人格的寫照，揭示出了「一個獻身高尚理想卻又受人性局限的君子，以及他身上煥發出來的感染力」，從而揭示出儒家保守與自由兼顧、律令與人性共存的特徵。〔註34〕

　　將文學史與思想史進行關聯的讀解方式，代表了漢學家文學思想的未來趨勢。對於漢學家而言，中國文學不再是傳奇或消遣，而是真切傳達了一代代中國人對自身問題判斷、處理和反思的歷史文本記錄，蘊含著豐富的哲學和思想光輝。文學是一面鏡子，最重要的是，漢學家應該深入到中文語境的深處，在開始評價中國作品之前先掌握足夠關於中國標尺的知識，方能理解字裏行間中文詞彙的微言大義。這樣，中國文學才能真正參與到全球化時代的文化對話領域，促使全人類學會「各美其美、美人之美、美美與共、天下大同」（費孝通語）的和諧生態思維。

第二節　漢學家的中國文學觀的本土處境

　　撥開有意無意間遮蔽的迷霧，在西方社會的大街小巷和各個生活領域，中國、印度、阿拉伯等第三世界民族的文化，已經由漢學中介，在很大程度上潛移默化地改變著西方和人類的未來。在多元主義的全球化時代，當務之急是要承認並借助這一實際影響，使中國和東方文化走出陰暗狹小的學院一隅，由被表述轉為自我表述，由被引進轉為主動輸出，從而成為全人類孕育對話、生命、陽光和希望的力量。

一、啟發西方文學與思想的靈感之源

　　漢學家對於西方思想家的啟發不勝枚舉。最早，在18世紀法國啟蒙思想家中可以分為兩類，即所謂「厭華者」（sinophobe）與「親華者」（sinophile），前者的代表是孟德斯鳩，後者代表則是伏爾泰。但兩人不約而同地受到了漢學家的影響，由此產生了對於中國文化與中國文學的不同認識。作為「厭華派」的代表，孟德斯鳩卻並不排斥瞭解中國，他結識了在清廷服務過十三年

〔註34〕狄百瑞著《儒家的困境》，第5頁、第60頁。

的康熙帝御用畫師傳教士馬國賢以及索隱派代表人物傳聖澤，也讀過柏應理和杜赫德編譯的有關中國的書籍。孟德斯鳩對於中國熱表現得異常冷靜，在《波斯人信箚》、《論法的精神》和《隨想錄》中都可以看到其對於中國的抨擊。孟德斯鳩對於中國的批判多在於專制制度方面，而其鮮有的一段關於中國小說的評論則來自於居住在巴黎的華人、路易十四的御用翻譯黃嘉略。孟德斯鳩的這段評論以西方小說為標準，充斥了一知半解的獨斷論色彩：

> 中國小說有兩種類型：一類是一味追求神奇，比我們的阿馬蒂式的小說和西班牙式的浪漫曲還要離奇；如一個女子在一瞬之間就摧毀敵軍，這樣的奇蹟反覆出現，她用自己的魔力征服自然。第一類小說極其怪誕離奇，而第二類小說恰恰又毫無生氣。在中國，由於女人生活在不同的環境，男女之間就沒有機會廝守。因此，他們之間的奇遇十分少見，也難以出現。必須使出出人意料的詭計和手段，才能使騎士見到美女，而他們間的豔遇需要四五年的光景才能實現。這樣的男女主角並不令人欣賞，因為他們之間的關係既非感情所致，也無其餘色彩，所以這種小說必然令人感到索然無味。〔註35〕

我們大致可以從這段話猜測，孟德斯鳩矛頭指向的是中國文學背後的道德禮儀傳統的束縛，這種崇尚貞潔、禮法對愛情的制約的態度，在中國才子佳人故事和傳奇故事中都有所體現，中國文學中確實很少絕對自由乃至放蕩的戀愛故事，這也使得孟德斯鳩眼中的中國小說缺乏了某些傳奇和浪漫色彩，不符合西方小說的審美精神。但同樣在傳教士漢學家的引導下面對中國文學，面對這種禮儀化和理性化的審美取向，伏爾泰的態度卻大相徑庭，讚譽文學中體現的儒家道德，甚至將儒家道德與啓蒙主義結合起來，對《中國孤兒》這一中國題材進行了加工改寫，名之為「儒家道德五幕劇」。

　　德國思想家對於中國的印象也是經由漢學家的中介而獲得。萊布尼茨同耶穌會士長期的通信幫助其形成了對於中國語言、文化與制度的良好印象，而黑格爾儘管對中國頗多惡感，但也曾花費大量心血搜集了有關中國的資料，從《哲學史講演錄》和《歷史哲學》中有關中國資料的詳盡可見一斑。1822～1823 年黑格爾在柏林大學講授《歷史哲學》時，有將近三分之一的時間被用來準備「緒論」和「中國」一章上了。他讀過柏應理的《中國哲學家

〔註35〕出自錢林森著《中國文學在法國》，廣州：花城出版社1990年版，第125頁。

孔子》、錢德明的《北京傳教士關於中國人的歷史、科學、藝術、風俗、習慣錄》（正是從這位中國最後一位耶穌會士那裡，黑格爾形成了道家中暗含基督教三位一體精神的印象）、馮秉正翻譯的《中國通史》、雷慕沙《關於老子生平與意見的追訴》以及雷慕沙翻譯的小說《玉嬌梨》。而存在主義哲學家中，除了海德格爾與道家的淵源關係以外，而從卡爾·雅斯貝爾斯晚年的巨著《大哲學家》（*Die grossen Philosophen*）中，可以推斷其閱讀過衛禮賢、哈克曼、格羅貝、沙畹、福蘭閣以及葛蘭言等對於中國的譯介與研究著作，從而形成了「軸心時代」的跨文明歷史觀。〔註36〕

　　德國文豪歌德與中國文學的淵源是學術界每每喜歡提及的熱點話題，但歌德對於中國的印象日益深入卻與漢學家的影響有關。漢學家的翻譯與介紹工作，幫助歌德從童年時期纖巧華麗的中國風階段進入到對中國文化與藝術的深研時期。在求學期間，歌德就曾經通過耶穌會士的譯介瞭解到了中國儒家的經典著作，據說在 18 世紀末期，他曾讀過幾種有關中國的書籍。1781 年 1 月 10 日，歌德在日記裏曾激動地寫道：「啊，文王！」這一靈感有可能來自德文版的《中國通志》。1813 年，歌德從魏瑪圖書館借了多冊有關中國的書籍。據博伊特勒（E.Beutler）說，歌德曾經向德國漢學家克拉普洛特（Heinrich Julius von Klapproth, 1783～1835）請教過漢字書法並在公主面前表演過。

　　歌德正式接觸中國文學大概是 1796 年 1 月 12 日，歌德在日記中寫道：「清晨讀小說，話題是中國小說……」這些小說無疑出自當時漢學家的譯本。他還在 1827 年 1 月 31 日的日記裏記錄過自己學習中國詩歌的事實：

　　　　星期三，一月三十一日，艾克芒博士。後來同他討論過許多事情。關於中國詩的性質。

　　　　星期五，二月二日。研究中國詩。

　　　　二月三日。《花箋記》。晚上自修，續讀《花箋記》。

　　　　二月四日。晚上《中國的詩》。

　　　　二月五日。同約翰。《中國女詩人》。

〔註36〕參見〔德〕G·G·萊布尼茨著《中國近事——爲了照亮我們這個時代的歷史》，梅謙立等譯，鄭州：大象出版社 2005 年版；〔德〕黑格爾著《歷史哲學》，王造時譯，上海，上海書店出版社 2006 年版；〔德〕黑格爾著《哲學史講演錄》（1～4 卷），賀麟等譯，北京：商務印書館 1997 年版；〔德〕雅斯貝爾斯著《大哲學家》，李雪濤主譯，北京：社會科學文獻出版社 2005 年版。

　　二月六日。抄寫《中國女詩人》。

　　二月十一日。晚上艾克芒博士。向他讀中國詩。

這段日記中的艾克芒就是《歌德談話錄》的編者（通譯艾克曼），歌德依據《花箋記》閱讀和討論了中國詩歌，後來還寫作了一些關於中國的詩，先題名爲《中國的詩》，後改爲《中國女詩人》，還向艾克芒等人誦讀過。需要強調的是，歌德讀的《花箋記》正是英國人湯姆斯（Peter Perring Thomas）1824 年翻譯出版的中國小說英譯本。作爲附錄，本書收錄了 32 首歌詠中國婦女的中國詩，其中 30 首出自《百美新詠》這部讚歎女子的中國詩集。而歌德所寫的《中國女詩人》實際上也是以湯姆斯英譯爲藍本的德文改譯，甚至由於湯姆斯將《百美新詠》翻譯爲「The Song of a Hundred Beautiful Women」，歌德也誤解爲這是一部女詩人的詩選，而將自己的詩命名爲《中國女詩人》。另據學者考證，歌德更具東方與中國特色的名篇《中德四季晨昏雜詠》（*Chinesisch-deutsche Jahres-und Tageszeiten*）組詩中的許多場景也是採自湯姆斯所翻譯的《花箋記》，可見漢學家翻譯文學作品對這位一代文豪的重要影響。正是通過對漢學家著作的研讀和發揮，歌德進一步確立了普遍人性的理念和世界文學的理想。

　　歌德讀過杜赫德《中國通志》的德文版，看到書中附載的馬若瑟翻譯《趙氏孤兒》後，歌德在激動中醞釀創作了《埃蘭波諾》（Elpenor）一劇（1781 年 8 月 11 日），遺憾的是只完成了兩幕。《威廉·麥斯特的漫遊時代》第二步則闡發了歌德的「孝道」觀，提倡「三敬」——敬天、父母師長；敬地；敬同類，都有儒家倫理的影子。1817 年歌德還讀了英譯本的元曲《老生兒》。歌德的《中德四季晨昏雜詠》更深受中國文化的影響，《浮士德》中描述的「結晶而成的人」據考證就是指中國人。因此，歌德也被稱爲「魏瑪的孔夫子」。

　　20 世紀德國許多著名哲學家都關注中國的哲學與思想，除了我們熟悉的海德格爾與雅斯貝爾斯外，生態哲學的先驅之一阿爾伯特·史懷哲（Albert Schweitzer, 1875～1965）與中國思想的關係也十分密切，這一點關注者不多。作爲生命倫理學家，史懷哲以「倫理」或「道德」爲切入點，對中國古代思想做出了高度評價，與黑格爾貶低倫理學和中國哲學的思路大相徑庭，其中隱含著的問題值得細細考量。

　　史懷哲不僅是一位哲學家與思想家，更是自身哲學的踐行者，他長期居住在非洲，爲當代人行醫治病，正是在幾十年爲黑人、白人和動物們救死扶傷的過程中，史懷哲形成了獨特的「敬畏生命」理論，並對經歷了兩次世界

大戰的西方文明提出了批判與反思。其晚年最後的遺著《中國思想史》（*Geschichte des Chinesischen Denkens*）分為 1949～1940、1937 年兩個手稿，由於史懷哲生前深感自己對於中國哲學的認識並未成熟，所以沒有發表，死後被德國學者整理後，加上一些與中國思想相關的筆記，統一為《中國思想史》發表。從本書的注釋和引文情況來看，史懷哲大量引用的也是衛禮賢的譯本，例如《道德經》，其實他在寫作其他著作例如《世界宗教的文化和倫理》（1919～1920）的時候也已經開始使用了衛禮賢的版本，儘管在 1920 年史懷哲還不認識衛禮賢。這也就證明了衛禮賢翻譯的價值，在為數眾多的關於老子、孔子等中國古籍的翻譯與闡釋中，衛禮賢具有超越時代的魅力。〔註 37〕

衛禮賢闡釋的中國思想形象與史懷哲的生命哲學達到了契合，史懷哲經由東亞（以印度和中國為代表，重點是中國）的原始思想反思了自然哲學的起源、倫理學的意義、宗教與倫理的關係、不同教派對待生命與世界的態度等問題，從而強化了自己敬畏生命的哲學主張，肯定了倫理學的高度重要性，這不啻為經由遠東對黑格爾式偏見的糾正。〔註 38〕他認為：「歐洲走了很多彎路，費了很多周折才達到這樣的境界，而中國思想從最初就已經是這樣了。」並且從這個角度對於中國思想的意義給予高度評價：「中國倫理思想千百年來對於個人和全民族的教育的功績是偉大的。世界上沒有任何一個地方能有這樣一個建築在倫理思想之上的文化來與中國這塊土地上的相匹敵。」〔註 39〕

經由中國這一幾千年來獨立發展的文明，史懷哲發現了人類思想蘊藉著另一種可能性：不依賴宗教信仰即可以存在倫理，不依賴知識論即可以產生

〔註 37〕〔德〕阿爾伯特‧史懷哲著《中國思想史》，常暄譯，社會科學文獻出版社 2009 年版，序言第 7 頁。

〔註 38〕長期以來，黑格爾對於中國哲學的論斷「只有一些倫理學而沒有哲學」成為顛撲不破的真理，其滋生的土壤恰恰在於西方哲學的「知識論中心主義」，即將一切哲學的中心歸結為思辨、理性乃至知識，從康德以降到海德格爾莫不如此。這樣導致的結果就是哲學成為炫耀認知能力和抽象思考之學，而倫理學成為哲學的邊緣和知識論的附庸，20 世紀中期以後的西方思想家，經由二次世界大戰的浩劫，開始對現代科技、理性和知識進行反思，將矛頭指向知識論中心的情結。同時代的德國思想家列維納斯就撰文批評過海德格爾哲學中的知識論優先情節，轉而強調倫理學的先驗地位。史懷哲也同樣堅持倫理學優先於知識論，正因為如此，他從中國先秦時期的儒道思想中發掘到了「致良知」高於「致知」的端倪，堅信倫理是可以自我證成的，善不需要經由知識就可以成立。

〔註 39〕《中國思想史》，第 104～105 頁。

思想與哲學。他看到了孔子《論語》中蘊含著的情感、良知無聲而強大的力量，驚喜地發現原來人類的倫理行爲可以同自然和諧統一，只需借助內在的修養就可以將人類與生俱來的行善能力發揮出來。〔註40〕

比較了婆羅門教、印度教、佛教和中國儒家與道家之後，史懷哲傾向於認同中國儒家和道家，他們不像婆羅門教和佛教那樣全然排斥塵世生活和社會生活的意義，也不像印度教那樣將宗教改造爲對於一神論的人格神徹頭徹尾的信奉——以至於對社會活動的善惡問題熟視無睹，相反，中國儒家保持著對於世界的積極肯定卻又不淪爲馬基雅維利式的庸俗勢利，道家的出世精神也只是融於自然而非不食人間煙火——如《列子》《莊子》中依靠精神的力量就可以匯入自然、無所不能。無論是儒家和道家，從來不借助於宗教的癲狂和忘我狀態，而是集中精神、靜靜地品味省察自己的內心。在社會生活領域，中庸平和的心態影響了儒家講求「忠恕」卻又在「德」與「怨」等問題上展現出正義性的一面，道家批判兵災與殺戮的思想直到當代也有強烈的現實意義。人是在社會關係中存在的，史懷哲看到：中國人講求與人爲善，與所有生命爲善，從不虐待任何生靈，不像西方宗教和印度教那樣將戰爭視爲理所當然的手段，也不會以宗教式的迷狂去信奉某個人格神，繼而迷狂地爲某種信仰或善舉獻身，而是將天地視爲恒久不變的「道」，個人又是具備和天地精神溝通的潛質的，儒家之「仁」和道家之「道」都講究融入自然，天人合一。

儘管史懷哲也受到了漢學家的影響，認爲孔子理論的體系性不足，但他還是讀到孔子的思想偉大之處在於構建於自我體系之上，依託於其本身的必然性與眞實性，孔子從不討論終極問題，卻提出了純粹的、合度的倫理法則，「沒有哪一種倫理思想能像孔子的思想這樣融如此自然與如此深入於一身……《論語》成爲倫理學最具有影響力的不朽之作」〔註41〕；同時，史懷哲大膽地經由中國批評自身，老子是「人類思想上的巨人，他以一系列基本的問題，如對生命及世界的肯定以及最高境界的道，給了人類思想巨大的洗禮。與老子相比，儘管康德和黑格爾非常偉大，但他們仍然只是探討了一些潛在的和邊緣的問題」。簡單的、樸拙的東西高於煩瑣卻無意義的東西，史懷哲在字裏行間已經滲透了中國哲學的內在理路；他認爲孟子所追求的不是依

〔註40〕《中國思想史》，第42～43頁。
〔註41〕《中國思想史》，第54～55頁。

靠征伐的霸道而是依靠文德修養的王道，這涉及到了理想文化國家（Kulturstaat）這一全人類的思想，但與同時代柏拉圖和亞里士多德等希臘哲人僅僅著眼於城邦共和國甚至保留自由人與奴隸差別的狹隘視野相比，孟子的文化國家更具典型意義，並凸顯出倫理學對於生命和世界觀肯定性的生動和深度，是真正包含著倫理的文化國家。〔註42〕

史懷哲經由中國思想而反思西方哲學傳統，同時完善了自身建構的生命哲學體系，這是中國思想在最近階段重新煥發意義的標誌。史懷哲的理想是回到18世紀那個中國倫理與理性精神完美結合，所有人都不否認自己對於中國的迷戀的時代，理性時代之後西方的科學與知識論則走得太遠，以至於凝成了種種悲劇。20世紀中國思想同生命哲學、生態哲學與美學結合在一起的未來已經初見端倪，當西方走出了康德黑格爾以降的知識論中心主義之後，新一輪的中國熱正在醞釀之中。在此過程中，衛禮賢等德國漢學家功不可沒，正是在他們的努力下，漢學有可能擺脫東方學附庸的地位和狹隘的知識學身份，從對象走向主體，新一代漢學家與思想家有了重新匯聚、合流乃至身份同一的可能。〔註43〕

20世紀中外文學交流的一段佳話就是龐德（Ezra Pound, 1885～1972）對於中國詩學的借鑒，他所創立的意象派（imagism）同樣源於對漢學家譯介中國文學作品的解讀，1914年龐德出版的第一本意象派詩集《意象派詩選》，其中收有自己的六首作品，有四首取材於中國古詩：《訪屈原》之取材於《山鬼》，《劉徹》之取材於漢武帝《落葉哀蟬》；《秋扇怨》取材於班婕妤《怨歌行》，等等。據稱，這些詩歌材料源於翟理思1910年的《中國文學史》。

龐德生命與創作的轉折點與專門研究中國文字的漢學家費諾羅薩有關（Ernest Fenollosa, 1853～1908），此人長期居住在日本，對於東亞文學有研究，尤其是對於漢字結構的研究取得了很大成果。

在《作為詩歌媒介的中國書寫文字》一書中，費諾羅薩極力推崇舉出了許多例子來強調漢字的圖畫感：例如「春」是太陽低伏在茁壯成長的草木之

〔註42〕《中國思想史》，第81頁。

〔註43〕此外，瑞士的德語作家黑塞同樣對中國古典文學充滿興趣，這裡面也有耶穌會士衛禮賢（Richard Wilhelm）的影響，兩人私交不錯，20年代的黑塞更是衛禮賢講座的常客。在一篇題為《讀書：目的與前提》的文章中，黑塞還回憶了自己接觸中國典籍的經歷，可以從中窺見漢學家的中介作用。參見「讀書：目的與前提」，載《中外書摘》2000年第11期。

下，「男」就是「田」加上「力」等，但他的結論比較複雜，漢字的這種圖畫感不同於西方人熟悉的象徵主義，西方語言是表音文字，依靠約定俗成確定事物（thing）與標識（sign）之間的關係，詞與物之間沒有了自然聯繫，已經越來越背離「隱喻」這一語言的根本性質，符號距離所指事物的本質越來越遠，而中國文字結構的表意結構不僅僅具有畫面上的栩栩如生，不是死板的畫或照片，而是富有「動感」，完美傳達了自然的運行機制。例如「人（man）見（sees）馬（horse）」這三個字，第一個字是說一個站立的人，第二個字彷彿是眼珠在轉動的具體場景，第三個字是四條腿的馬，連在一起，你彷彿就置身於一幅栩栩如生且連貫的畫面。費諾羅薩認為中國詩歌將象形文字的畫面美與英語的時間連貫性完美結合在一起，這恰恰是詩歌語言的出路所在，他總結說：「（漢字）一方面具有圖畫的栩栩如生，同時又具有聲音的動感，從某種意義觀之，它是比圖畫更客觀也更富戲劇色彩。閱讀中文時，我們似乎不是在玩精神遊戲，而是在觀照事物演出及其命運。」〔註44〕

　　當然，費諾羅薩對於漢語構型的理解有一定偏差，誇大了漢字的象形特徵，例如他認為漢字中有奇妙的「兩事物相加不產生第三種事物，而是暗示他們之間的重要聯繫」，比如「夥」字的意符就是「人」和「火」，表明了英文中 messmate（同餐桌夥伴）的涵義。〔註45〕這些言論多有望文生義之嫌，然而卻與龐德意象派的「直接描繪事物」原則取得了奇妙的一致。費諾羅薩去世後，1913 年，龐德結識了費諾羅薩的遺孀，費諾羅薩夫人一直關注龐德的意象派創作，並最終選定其作為費諾羅薩事業的繼承者，贈給龐德亡夫的遺稿，包括漢學論文以及一百多篇關於中國古典詩歌的研究資料。在 1915 年，經過對費諾羅薩遺留的 150 首中國古詩研究筆記的整理、選擇、翻譯和再創作，龐德的《神州集》終於問世，在美國詩壇掀起了空前的「中國熱」。〔註46〕同時，龐德也懷著崇敬的心情編輯出版了許多費諾羅薩的手稿，如前述《作為詩歌媒介的中國書寫文字》就係龐德 1918 年編寫的。

　　中國文學和繪畫經由龐德也影響到了葉芝（William Butler Yeats, 1865～1939）。中國的象形文字和古典詩歌將沉溺於理念泥沼的葉芝拯救，他的詩集《責任》的題詞之一就是孔子《論語》中的一句「甚矣吾衰也，久矣吾不復

〔註44〕 See Ernest Fenollosa. *The Chinese Written Character as a Medium for Poetry.*
　　　　　Ed.Ezra Pound.San Francisco, California: City Lights Books, 1968, pp.8～9.
〔註45〕 Ibid., p.10.
〔註46〕 參見李平《西方人眼中的東方文學藝術》，第 165～168 頁。

夢見周公。」中國的繪畫對葉芝的啓發更爲直接,他記憶中最有印象的藝術品就是童年所見外祖父收藏的幾幅中國畫。在詩劇《復活》中,葉芝坦言其創作中「心靈的基本形式」之間「生彼之生,死彼之死」的衝突,靈感來自一幅中國畫上三個坐在一起的聖人,尤其是其中一個聖人手持的陰陽八卦永遠旋轉化生萬物的卷軸。〔註47〕

二、關於文學想像與漢學淵源的個案分析

中國形象並非自然而然的存在,而是經由包括漢學在內的一系列西方知識、學科、文學和想像行爲建構出來的產物。許多著名西方作家的創作靈感往往來自被漢學家改造過的中國形象,卡夫卡(Franz Kafka, 1883～1924)的小說寫作就和「誤讀」中國文化有著很大關係。文學作品並非天才孤立想像的成果,而是包含了許多當時的社會歷史與知識學痕跡。從文學中讀解東西方關係的吉光片羽,探討西方的「東方寓言」和「中國想像」問題,思索中國如何一步步淪爲可供書寫和重寫的「第三世界圖景」,有一定的方法論創新意義,也可能爲新歷史主義和後殖民主義之後的文學研究提供某種「文化政治學」視角。

1. 中國因素:解讀卡夫卡作品的新視角

總體而言,卡夫卡經歷平凡,性格極端內斂,是一個在現實生活中很容易受到傷害的弱者。〔註48〕卡夫卡是猶太人,Kafka在希伯來語中又是「穴鳥」之意,卡夫卡對於自己的形象也有自覺的意識和要求:「我最理想的生活方式是帶著紙筆和一盞燈待在一個寬敞的、閉門杜戶的地窖最裏面的一間裏。飯由人送來,放在離我這間最遠的、地窖的第一道門後。穿著睡衣穿過地窖所有的房間去取飯將是我惟一的散步。然後我又回到我的桌旁深思著細嚼慢

〔註47〕 參見傳浩著《葉芝評傳》,杭州:浙江文藝出版社1999年版,第195頁。
〔註48〕 在20世紀小說家中,卡夫卡的生平經歷可以說最平淡無奇的。1883年生於奧匈帝國統治下的布拉格,此後一生幾乎沒有離開過故鄉,在布拉格大學讀法律,以後在一家保險公司當職員,文學創作只能是算業餘愛好。1924年(41歲)去世,生前只發表過一些短篇小說,重要的三部長篇《美國》、《審判》、《城堡》還有其他短篇都是他死後出版。卡夫卡的性格是一種極端內斂型的性格,在現實生活中是一個典型的弱者形象,容易受到傷害,不喜歡與外界打交道。參見吳曉東著《從卡夫卡到昆德拉》,北京:三聯書店2003年版,第13～15頁。

咽，緊接著馬上又開始寫作。那樣我將寫出什麼樣的作品啊！我將會從怎樣的深處把它挖掘出來啊！」〔註49〕一般認為，卡夫卡的寫作傳統屬於現代小說，奧登說卡夫卡的魅力在於揭示了現代人的困境：「卡夫卡與我們時代的關係最最近似但丁、莎士比亞、歌德與他們時代的關係。」「卡夫卡對我們至關重要，因為他的困境就是現代人的困境。」〔註50〕

　　從卡夫卡作品的文體風格上看，卡夫卡也是西方現代文明的產物：卡夫卡小說中的人際關係冰冷，缺乏溫情，絕少陀思妥耶夫斯基和托爾斯泰等現實主義大師那種感情獨白和深刻論辯，這一點似乎與其所處現代時代的官僚科層制度有關；其小說段落都很長，這構成了其獨特的文體特徵，同一般表現主義作家的激揚和誇張相比，卡夫卡的語言樸實、嚴謹甚至冷峻，這樣的語言風格和故事本身十分吻合；多重闡釋性構成了卡夫卡小說的一種代表性的特徵，即小說提供的圖景蘊含著多重的意蘊，研究者可以從各個角度進行闡釋；〔註51〕超現實的描寫構成了卡夫卡的主要技巧，〔註52〕以至於昆德拉說卡夫卡是一個「非現實的作家」。〔註53〕

〔註49〕卡夫卡「致菲利斯」，載葉庭芳編《論卡夫卡》，中國社會科學出版社1988年版，第713頁。

〔註50〕引自袁可嘉《歐美現代派文學概論》，上海：上海文藝出版社1993年版，第259頁。

〔註51〕例如《鄉村醫生》中醫生的荒謬處境隱喻了知識分子和作家的身份失落，還有病入膏肓的時代無法醫治，資本主義體制內個人的異化，人與人之間很難互相瞭解等等，

〔註52〕譬如《變形記》開頭所寫格里高爾一天早上起來發現自己在床上變成了一隻大甲蟲，可謂最著名的超現實主義的細節。在《鄉村醫生》中超現實因素也多次出現，例如在一瞬間的工夫，「我已經到達了目的地」；但另一方面病人的家卻是在「十英里之外」；還有關於孩子身上潰爛之處的細節描寫，也是超出我們日常感官之外的；以及結尾忽隱忽現的「非人間的馬」等等。

〔註53〕昆德拉說：小說不研究現實，而是研究存在。存在並不是已經發生的、存在是人的可能的場所，是一切人可以成為的，一切人所能夠的。小說家發現人們這種或那種可能，畫出「存在的圖」。再講一遍：存在，就是在世界中。因此，人物與他的世界都應被作為可能來理解。在卡夫卡那裡，所有這些都是明確的：卡夫卡的世界與任何人所經歷的世界都不像，它是人的世界的一個極端的未實現的可能。當然這個可能是在我們的真實世界背後隱隱出現的，它好像預兆著我們的未來。因此，人們在談卡夫卡的預言維度。但是，即使他的小說沒有任何預言性的東西，它們也並不失去自己的價值，因為那些小說抓住了存在的另一種可能（人與他的世界的可能），並因此讓我們看見了我們是什麼，我們能夠幹什麼。參見昆德拉著《小說的藝術》，孟湄譯，北京：三聯書店1992年版，第42頁。

饒是如此，這位性格內斂、經歷平凡的現代西方小說家，依然不可避免地要受到當時的社會思潮影響，耳濡目染一些材料與見聞，其中有相當一部分是關於異域、東方乃至中國的野史雜記。中國因素或者有關中國的信息在多大程度上刺激了卡夫卡的創作靈感？形成了怎樣的作品？這些作品中隱藏的中國形象又是怎樣的？這些問題的提出，有可能使得卡夫卡研究超越狹義的現代主義或表現主義範圍，引入文化政治學視角，對於學汲取當時有關異域的話語並參與強化西方人異域想像的功能問題進行一番探討。

探討卡夫卡與中國的淵源以及卡夫卡筆下中國的關係，至少可以引申出如下問題：卡夫卡的中國情結〔註 54〕；卡夫卡對於中國哲學，尤其是老莊哲學的誤讀對其創作的影響〔註 55〕；卡夫卡筆下的中國在多大程度上受到了流行漢學的影響（例如卡夫卡對於海爾曼編譯的《中國抒情詩》和德國漢學家衛禮賢翻譯的《中國民間故事集》的喜愛），等等。〔註 56〕

〔註54〕 例如：卡夫卡對清人袁枚的《寒夜》一詩格外著迷，1912 年，爲了向女友菲利斯·鮑威爾證明「開夜車」寫作屬於男人的專利，卡夫卡從書架上取下海爾曼編譯的《中國抒情詩》，爲菲利斯專門抄錄了小詩：寒夜讀書忘卻眠，錦衾香爐爐無煙。美人含怒奪燈去，問郎知是幾更天？參見姜智芹著《當東方與西方相遇——比較文學專題研究》，濟南：齊魯書社 2008 年版，第 69 頁。

〔註55〕 按照卡內提（Elias Canetti）的說法，「在西方世界的作家中，本質上屬於中國的唯有卡夫卡」。卡夫卡對於中國古代哲學尤其是老莊哲學很感興趣，他本人說「這是一個大海，人們很容易在大海裏沉没。在孔子的《論語》裏，人們還站在堅實的大體上，但到後來，書裏面的東西越來越虛無縹緲，不可捉摸。老子的格言是堅硬的核桃，我被它們陶醉了，但是它們的核心對我卻依然緊鎖著。我反覆讀了好多遍。然後我卻發現，就像小孩玩彩色玻璃球那樣，我讓這些格言從一個思想角落滑到另一個思想角落，而絲毫沒有前進，通過這些格言玻璃球，我其實只發現我的思想槽非常淺，無法包含老子的玻璃球。」姜智芹著《當東方與西方相遇》，第 71 頁。

〔註56〕 值得注意的是，正是通過漢學家的介紹，卡夫卡獲得了一種類型化的「中國形象」。奧茨曾說「恰恰在道教中我們找到了卡夫卡的精神實質」，然而這種發現卻是「消極方面」的，老莊哲學乃至中國哲學在卡夫卡的寫作生涯中扮演了一個反面的他者形象。老子的「道生一，一生二，二生三，三生萬物」在卡夫卡筆下變成了晦澀而陰沉的筆法：「《城堡》是永恒、惰態的或者無目標的真理，只有在靜止了的、不知進取的思想中才得以認識」。卡夫卡多部以中國爲題材的小說《中國人來訪》、《拒絕》、《詔書》（又譯《上諭》）、《在法的門前》、《中國長城建造時》中，中國是一個絕對陌生的「他者」，說著「完全聽不懂的方言」。卡夫卡對於中國人的慣常描述，明顯是從流行漢學文本抄來的集體想像。例如：《在法的門前》，門衛就是「韃靼人」，整個故事和《城堡》一樣，可以看成是從權術的角度描述了「道可道，非常道，名可名，非

卡夫卡身上並不存在直接的中國淵源，其生活的 19 世紀末到 20 世紀初這段時間，歐洲早已告別了十八世紀的「中國熱」，而確立了以啓蒙理性爲精神依據的現代性視域，在這種文化背景下，卡夫卡筆下的中國形象必然要浸透了許多有意無意的「想像」成分，這種想像造成的誤讀有時候反而啓發了卡夫卡的創作靈感，成爲小說的魅力所在。卡夫卡受到當時社會輿論與文化風氣影響而將中國視爲「寓言性」圖景，而今天讀者又從「寓言小說」的角度讀解卡夫卡的作品，寓言文體具有典範性，能夠被反覆重寫或者改寫。〔註57〕縱觀卡夫卡筆下的中國，除了體現作家天才的想像力之外，從文化政治學角度入手，這些又可以成爲絕妙的文化隱喻或寓言範例，其背後顯現的是歐洲「漢學」對歐洲中心主義的某種強化，這種強化是通過文學創作的形式體現在本土作家提供給本土讀者的文本中，創作和閱讀的過程又進一步擴大和強化了漢學對於中國的描述。

2.「中國小說」：中心人物——中心事件的位移

卡夫卡小說里中國出現的機會不多，僅僅五篇左右而已，且往往是出現一兩個「中國人」或「韃靼人」的名字點綴，沒有實質意義。最具代表性的、也和中國關係最爲密切的文本是未完成的短篇小說《中國長城修建時》。〔註58〕卡夫卡作品整體上具有夢境色彩，場景與現實若即若離，又往往跳出具體的時空指涉，使讀者進入文本後往往不知身處何處卻流連忘返，這部短篇小

常名」的道理，只不過「道」成了消極的因素，道家更像是法家。《中國長城建造時》中無意義的長城則進一步論證了中國的「治水國家」形象。參見姜智芹著《當東方與西方相遇》，第72～75頁。

〔註57〕關於卡夫卡小說的寓言特徵，捷克批評家布薩爾將其與伊索寓言聯繫起來：伊索設想的世界是理性的，有條理的，其中唯一具有可變性的是有感覺的生靈。但是這樣一種世界的結構在人類歷史上不過是「假想 A」，同樣古老的「假想 B」認爲世界上悲劇是自然而不可避免的，認爲條理並非自然的眞實情況，而是人類思維的產物，有限並且難免有錯。在也許和 A 世界同樣有根據的 B 世界中，任何假設宇宙是井然有序的這種原理都必然或多或少有失誤之處，參與其中是悲劇性的，觀察起來則是喜劇性的——如果能超然地從 B 世界的立場來觀察的話。弗蘭茨·卡夫卡顯然屬於 B 世界，他正確地把自己的作品看作喜劇性的。參見【捷克】巴西爾·布薩卡「鄉村醫生」，載葉庭芳編《論卡夫卡》，中國社會科學院出版社 1988 年版，第 319～320 頁。

〔註58〕《中國長城修建時》寫於 1917 年 3 月上、中旬，其中一個片段曾標題爲《上諭》載入 1919 年出版的短篇小說集《鄉村醫生》，1931 年全篇發表在同名短篇小說集《中國長城修建時》中。

說也是如此，沒有朝代、沒有名字（通篇沒有出現一個人名，只有第一人稱敘述者「我」的回憶），可以看成一篇回憶體小說。

同《城堡》、《美國》和《訴訟》等經典小說一樣，小說中出現了一個「無足輕重的主人公」，這個主人公「我」和卡夫卡筆下的其他角色一樣，沒有身份，不知身處何地，同時又顯現出行動的無力感，對於外部環境總是無法適應同時又無法改變或影響環境，《城堡》裏的 K 就是「無足輕重的主人公」的代表；《中國長城修建時》進一步強化了這種主人公的無力感，甚至可以稱爲無角色、無中心人物的小說，這一點同《城堡》等長篇相比又有所不同。在卡夫卡大多數小說裏，包括《老光棍布魯姆費爾德》中布魯姆費爾德面對詭異的跳球時表現出的無力感，本身可以成爲「行動無力」的例證，但無論 K 還是布魯姆費爾德，至少還表現出了行動的欲望，有某種改變現實的念頭和行爲，只不過往往無功而返。在《中國長城修建時》中，作爲敘事者和唯一「人物」的「我」，角色和功能異常單調，只是一個見證者、言說者和敘述者，人們從小說中得知的信息僅僅包括：我上過小學，在還是小孩子的時候就同其他人一道聯繫過「用小石子堆砌一種牆」，因爲牆修得不好而被老師責備，於是哭著四散奔去尋找父母；我是個愚鈍的人，因爲「二十歲通過小學畢業考試」，又很幸運，因爲那時候「長城工程剛好開始」，爲我謀得了一份值得尊敬而又收入不菲的工作；我對於修建長城的意義有過懷疑，對於以長城爲地基重建巴別塔的可能性產生過不同看法，但也僅此而已，很快又以誇張的、自圓其說的庸俗處世哲學推翻了自己的懷疑。縱觀小說全篇，「我」不僅是一個行動無力者，同時也是一個無思想者，處處謀求同周圍環境的和諧，在這個意義上說，「我」不具備成爲小說中心人物的資格。

卡夫卡筆下這樣的「無中心人物」小說不多，《中國長城修建時》堪稱代表之作。「無中心人物」特徵使得小說的寓言特徵更爲濃厚，這部小說甚至可以看成中國形象的變異圖景，作爲西方小說家腦海中的中國想像機制代表。無中心人物的特徵也同卡夫卡受西方漢學影響而對中國產生的直觀印象——無個性的、守舊的專制國家——有關，在卡夫卡的想像中，中國是一堆無名字無個性的人群，是專制主義的城堡，「領導」或「事業」能夠輕而易舉地壓倒人們的日常生活，中國人心安理得地服從「領導」安排的「事業」：修建長城就是典型例子。因此，本篇裏取代人物中心地位的是這樣一個物質化的存在——長城。

3. 修建長城：中國專制主義

　　卡夫卡小說中一個經典的模式就是理性機器的泛濫——一種外在而又隱藏很深的權威凌駕於個體之上，個體彷徨無助，始終無法揣摩最高權威的想法，也就處處受阻，無法對自己的遭遇做出正確的判斷。最高權威往往是以缺席不在場的形式展現自己的力量，在《城堡》中 K 遭遇到的每個人都具體可感甚至不乏善良，《審判》中具體出場的人物也都往往同「審判」無關，但個體就是無法擺脫被監控、被操縱甚至被毀滅的命運。正如法國社會學家米歇爾‧克羅齊耶所說「權力的真相在於操縱者自身處於最多的選擇性之中，而讓被操縱者的選擇性降到最低」，這種不在場的無形操縱、無限分割的鏈條對於罪惡感的消融，都體現了現代理性國家的本質，甚至可以說，卡夫卡洞悉到了現代國家的權力淵藪。但在《中國長城修建時》中，卡夫卡卻表現出了一種奇怪的思路：將中國視為這種現代國家權力的典範甚至淵源。

　　如前所述，這部小說的中心是「長城」，「長城」同時也是小說的脈絡，儘管本篇並未完成，但根據前後文不難看出，「我」這個敘事者的地位也僅僅局限於敘事而已，真正的中心依然是「長城」這項偉大的集體事業。長城首先出場，繼而引發了對長城修建者的形象分析，從長城修建的機制過渡到對於中國國民性（絕對盲從權威）的描述，經由「長城——建造者——設計者——領導關係——國民性」的過程，中國形象不知不覺間已經建立並且固定了。

　　卡夫卡開篇寫道：「中國長城在其最北端處已竣工建成」。從地理學意義上，卡夫卡對於中國的南北區分以及長城的大體位置所言不差。但「最北端」和「竣工」本身包含著更多想像的空間，於是接下來卡夫卡大膽地預測「修城工程當時是同時從東南和西南方向此地一路伸展過來的，最後聯為一體」〔註59〕，這種修建方式是匪夷所思的，也缺乏真實性，當然我們無法用真實性來要求卡夫卡這樣的天才小說家，問題的關鍵在於：卡夫卡緣何這樣寫，這樣寫的用意何在？從後文中可以看出，卡夫卡是為了說明長城的虛幻與無用：「分段修城」的方式固然可以讓修城者得到調整以便孜孜不倦地幹下去，但卻留下了「許多大的缺口」，這些缺口或者慢慢被填補，或者根本就沒有被填補，而這些往往發生在宣告「竣工」之後，開篇卡夫卡就完成了對中國長城

〔註59〕《中國長城修建時》，載《卡夫卡文集》第三卷，謝瑩瑩等譯，上海譯文出版社 2002 年版，第 259～269 頁。

的絕妙諷刺。繼而問題的焦點出現，修長城的目的何在？是否達到了目的？顯而易見，一道不連貫的長城如何能起到防禦作用呢？況且卡夫卡後來補充說，其實這些北方民族絲毫威脅不了南方的我們，「國土無垠，他們也到不了我們這裡」。於是長城的缺陷、無用和虛妄性一覽無遺。

從長城形象繼而過渡到長城的修建機制，既然長城「無用」，為何還要耗費如此重大的人力物力來予以修建？答曰：「去問領導吧。他們瞭解我們。」卡夫卡的邏輯一步步進入了中國傳統的治國之術，其中不難看到老子「古之善為道者非以明民，將以愚之」「虛其心、實其腹、若其志、強其骨，常使民無知無欲」，以及孔子「民可使由之，不可使知之」〔註60〕等言論的痕跡。從漢學家那裡，卡夫卡對中國哲學思想尤其是道家思想有了瞭解，也刺激了自身的創作靈感。《中國長城修建時》可以看成卡夫卡中國觀的文學展現，長城的修建機制無非在於維持國家的封閉和統一性，借助空間封閉來達到時間上的停滯，維護最高統治的需要，長城宣稱的口號「應當為今後幾百年乃至上千年提供防禦」本身就體現了封閉和保守的特徵，精力衰竭的隊長們分散到各地，他們看到自己修建的成果，接受勞動大軍的歡呼，聽到虔誠的宗教信徒吟唱，漸漸平復浮躁的性情，繼續投身到這種為了統一和安全而開展的「全民工程」當中。這是一種高明的愚民政策，領隊們對於工程進度和意義的瞭解為自身提供了精神上的支持，民工們唯一的動力則是金錢收入，這樣就保證了精英和平民都不會造反，而是被牢牢拴在科層制鏈條之上；知識精英無法動員民眾，民眾對於上層的事情了無興趣，歷史進入了周而復始的周期，「反反覆覆地循環在廣闊無垠的中國大地」。

不難發現，卡夫卡筆下的「長城」具有同「城堡」類似的隱喻性，代表了某個權力的中心，《城堡》說明了高高在上的權威具有的壓倒性力量，《中國長城修建時》體現了高明之極的統治術，讓被統治者永遠不要有閒暇思考，久而久之，被統治者的思想已經僵化，甚至對由誰統治的朝代問題都不感興趣；隱藏性，這裡的隱藏性不是說不可見，而是指其機制、中心人物和真正目的的缺場，《城堡》中 K 始終無法進入城堡，但卻不知道為什麼不能進入，城堡裏的中心人物究竟是誰，其內部的管理或領導機制為何？而《中國長城修建時》裏，修建長城的目的施工者並不知道，甚至皇帝本人也不知道，究竟是誰的提議，為誰而建也不得而知。

〔註60〕《論語・泰伯》。

　　卡夫卡筆下的「我，」以庸俗的心態展示了中國人特有的領導藝術，或者更準確地說是「追隨領導的藝術」，對於領導的決定要善於理解，但又不能過於理解，江河同海洋越來越接近，但倘若漫過堤岸，便會被分解為小湖，不能長久泛濫而是日益枯竭。因此領導瞭解我們，我們卻絲毫不能瞭解領導，對於帝國制度和機構，人們只有表面上的明白，通過千古不變的知識傳授，使得人們的懷疑精神越來越少，而是「圍繞著幾百年來留傳下來的很少幾句名言泛濫著山一樣高的淺薄和無知，這些至理名言雖然沒有失去題目永恒的真實性，然而在這迷霧的包圍中也就永遠不會被人真正發現」。卡夫卡對於長城的解讀，試圖描摹中國人的「空間封閉」，繼而過渡到「時間封閉」，封閉性逐漸轉換為停滯性，空間封閉與時間停滯結合在一起，互相轉換。大眾理解不了領導，國民也理解不了皇帝，皇帝被重重人群包圍著，處於封閉的圓的圓心位置，「北京不過是一個點，皇帝不過是點中之點」，他甚至很難傳達一道旨意給普通的個人，使者很快陷入了徒勞，而個人等待上諭只是夢想而已。

　　人民看待皇帝的方式就是毫無希望而又充滿希望，甚至不知道當朝的皇帝是誰，對朝代的名稱也存在著懷疑，於是出現了咄咄怪事。「早已死去的皇帝在我們的各個村莊裏被認為還在當朝，而那個僅僅只或在歌謠中的皇帝不久前卻發來了一道詔書，有牧師在祭壇上宣讀。我們最古老的某些戰役現在才打響，鄰居滿懷興奮地帶著這個消息衝進你的家」，從卡夫卡這些失真的鏡象中，不難洞悉到某些歷史的真相，甚至對於中國國民的諷刺也有啟發的意味在。《中國長城修建時》甚至可以讀解為對於中國古代政治理想的諷刺，陶淵明《桃花源記》中的理想狀態「不知有漢，無論魏晉」的仙源圖景，被卡夫卡解讀為中心缺場後導致的蒙昧。魯迅小說《阿Q正傳》和《風波》裏描繪的阿Q、九斤老太對於政治時事的評價充滿了荒誕的滑稽意味，也與卡夫卡描繪的這種封閉狀態下的時空混亂頗為一致，不僅如此，魯迅對於長城的態度也與卡夫卡很相似，所不同的是變諷刺為詛咒〔註61〕。

〔註61〕魯迅最初發表於一九二五年五月十五日《莽原》週刊第四期的「偉大的長城」一文與卡夫卡論證邏輯頗為相似，只不過多了幾分身在其中的悲憤色彩：
　　　　這工程，雖在地圖上也還有它的小像，凡是世界上稍有知識的人們，大概都知道的罷。
　　　　其實，從來不過徒然役死許多工人而已，胡人何嘗擋得住。現在不過一種古蹟了，但一時也不會滅盡，或者還要保存它。

寓言寫作的目的在於隱喻：長城是一個傳說，皇帝本身也是一個傳說，但這種「虛位」的存在，卻在不知不覺間強化了自己的權威。卡夫卡這部小說沒有完成，也不可能完成，因爲對於中國的理解只是形象化和零散化的，甚至呈現出卡夫卡身上很少有的某種「主題先行」傾向。從一開始，小說就陷入了對於「東方專制主義」的論證泥淖之中無法自拔，小說的出版流傳進一步強化了這一形象。

1917 年，也就是卡夫卡以作家的身份寫完這篇《中國長城修建時》的同一年，德國猶太書商的兒子卡爾‧A.魏特夫開始以漢學家的身份研究中國，40 年後其出版的《東方專制主義》則標誌著「西方有關中華帝國的東方專制主義話語傳統最有力的突進」。從卡爾‧馬克思的「亞細亞生產方式」，到卡夫卡的「中國長城」再到《東方專制主義》，文學、哲學和學術論著就這樣自覺地參與到西方話語的構建和傳播當中，《中國長城修建時》也很快成爲西方人將東方視爲「專制主義大本營」的代表性文本。隨著「東方專制主義」成爲論述中國的流行「套話」或「神話」，這篇小說也最終被納入到將中國塑造爲「停滯、專制、野蠻」等負面形象的西方現代性話語構建過程之中。〔註62〕

三、孤獨言說：大衆文化時代的漢學處境

對於遠方、異域的理解，從一開始指向的就是本土。一切的理解歸根結底是自我理解。從「延長的 16 世紀」開始，西方人將自己塑造爲世界歷史的發現者和開拓者，以自己爲中心書寫世界歷史，世界史中沒有世界，只有西方。〔註63〕包括漢學、東方學在內的知識都參與了西方自我人格的構建過程：將非我族類、難以理解的中國歸入漢學這一專業的體制之下，這種行爲本身就預設了「中國與我無關」的大衆心理。

在 19 世紀漢學的中心法國，長期以來漢學也屬於少數人問津的冷門學科。中國文學在漢學中更爲邊緣，其語言載體——漢語一直被認爲是最最難

我總覺得周圍有長城圍繞。這長城的構成材料，是舊有的古磚和補添的新磚。
兩種東西聯爲一氣造成了城壁，將人們包圍。
何時才不給長城添新磚呢？
這偉大而可詛咒的長城！

〔註62〕周寧著《天朝遙遠》（下），北京大學出版社 2006 年版，第 659～669 頁。
〔註63〕〔美〕伊曼紐爾‧沃勒斯坦著《現代世界體系》（第一卷），尤來寅等譯，北京：高等教育出版社 1998 年版，第 333 頁。

學的一門語言，直到 1862 年，還有語言學家宣稱，要想掌握這門語言要花上一輩子功夫；除了少數學者能理解到漢語優美的旋律和簡潔的表達，讀懂字裏行間的隱喻、迂迴和曲折，將其視爲重要的文學語言之外，指望習慣了印歐語系的西方人理解中國文學的精微魅力無疑是不可能的，所以 19 世紀的大部分時間內，公眾對於中國文學興趣並不大，眞正閱讀和瞭解中國語言和文學的漢學家群體是由少數傳教士、到過中國的領事官員和在巴黎東方資料中心等文獻所在地做過潛心研究的學者。〔註64〕

美國漢學興起源於二戰後美國執世界牛耳的現實地位，將中國視爲潛在的對手，是這個當代霸主居安思危心態的自然反映；另外，美國建國歷史較短，沒有法國、意大利和德意志民族幾千年的歷史記憶，也就少了一份「文化的負擔」，考古學的沒落與人類學的興起，以及當代美國三片文化（大片、薯片、芯片）泛濫推廣，就是典型的美國實用主義學術思維。從杜威（John Dewey, 1859～1952）到詹姆士（William James, 1842～1910），從美國的文化先驅愛默生（Ralph Waldo Emerson, 1803～1882，其對於中國儒學也有一定的涉獵）到人文主義者歐文・白璧德（Irving Babbit, 1865～1933，其對於中國文化頗多關注），這些美國文化奠基人的關注點往往不在於對文明奧秘或本源追溯到底，而是強調知識對於生活的意義，如何以現實來衡量知識的眞理性：關於東方與中國的知識，在何種程度上對於美國是有意義的？美國學界和大眾文化領域熱衷的正是這一類「中國學」。

一個頗爲遺憾的現象是，即使是在中國研究以可讀性和實用性見長的美國，「漢學」對於大眾文化領域的影響依然有限，其結果就是中國形象日益被

〔註64〕馬森著《西方的中國及中國人觀念 1840～1876》，第 211～215 頁。關於中國語言文辭使用的特殊性問題，法國當代漢學家於連在《迂迴與進入》一書中有比較詳盡的分析。在我看來，於連在當代漢學家中之所以卓爾不群，在於其尊重研究中國哲學和文學時必須依賴的原文，從字裏行間以中國的標準看待中國，而非像許多漢學家（包括黑格爾和韋伯）那樣僅靠二手材料就妄言菲薄自己所不瞭解的東西，帶有先天的西方語言優越感。在此意義上，當代漢學家顧彬一方面批評中國當代作家語言駕馭力不夠出色，另一方面卻奇怪地將這一問題引申到「偉大的作家都是翻譯家」的觀點上，彷彿中國作家只有掌握了外語才能算是「語言駕馭力出色」，才能寫出好作品，這是不夠嚴謹的態度，並且很容易令人聯想起西方語言霸權主義。參見〔法〕弗朗索瓦・於連著《迂迴與進入》，杜小眞譯，北京：三聯書店 1998 年版；另參見胡淼森「西方學者爲何要對中國文學『厚古薄今』？」，載《北京文學》2010 年第 5 期。

妖魔化。在影視、廣告和新聞節目中，屢屢出現歪曲中國人形象的行爲。在衛三畏的時代，經濟危機影響下美國大眾對於廉價勞動力華工的仇恨就是一種非理性行爲，卻由此導致一系列排華法案的出臺，衛三畏作爲親歷過中國的傳教士與漢學家，也曾幾番撰文爲中國人辯護。從《望廈條約》簽署到今天，將近二百年的時間，在美國的諸多平面與影視媒體中，中國人的形象還是擺脫不了「傅滿洲」和「陳查理」的首鼠兩端，要麼是異端和恐怖分子，要麼就是滑稽可愛的中性小丑。在後現代的喧囂視覺時代，美國漢學家辛苦撰寫的中國研究文本饒是可讀性再強，卻依然無法將美國大眾從影視聽的轟炸中吸引過來，這是後現代狀態下宏大敘事消解的必然結果。〔註65〕少數族裔在美國大眾眼中的形象已經成爲固定的臉譜，成爲商業運轉和眼球經濟的必然要求，就此意義而言 20 年代後期席卷美國的「政治正確」（PC）運動，其實並未起到實質作用，只是隔靴搔癢而已。

最近的一部美國大片《異能》（Push）據說是根據熱播美劇《英雄》（Heroes）改編的電影版，《英雄》中的幾個主角設置背後隱含著東西方形象關係頗有意思，而在《異能》中，故事乾脆被移師到了中國香港。從納粹時期延續至今的用藥物注射人體產生異能（如追蹤、行動、控制、預言等超能力）研究，後來成爲全世界各個政府競相投入的罪惡科技項目，爲此紛紛設立了「隔離區」，爲逃避隔離區的追殺，男主人公 Nick 身負父仇隱居在喧鬧而混亂的中國香港鬧市區，但最終還是捲入了一場覺醒者同隔離區你死我活的鬥爭。故事的幾大正面人物，從青年戀人到小女孩都是白人，而最大的反派人物則是黑人飾演，這也符合美國當代電影對於黑人角色的定位（《低俗小說》、《罪惡之城》中的黑幫老大和《爲黛茜小姐開車》裏的溫情司機、《綠裏》中具有超能力的受難者），要麼是反派，要麼是輔助者，要麼是故事所爭奪的對象；而其中代表中國「隔離區」政府力量的幾個香港人，則成爲這部電影最大的陪襯，加入對於故事中心道具黑箱子的爭奪，使得鬥爭形勢更加負責，而無論從哪個段落看，這些香港反派都起到了一種陪襯作用。首先，他們是一家子，從父親到兒子再到女兒，常年隱居在中餐館中，具有家族式特徵，符合美國人對於中國社會體制的想像，也和漢學家的解釋基本一致；其次，無論同正面人物還是美國「隔離區」反派角色的打鬥中，中國人總顯得人多勢眾，但卻沒有突出的個體，因此往往以失敗告終，和漢學領域長期以來對於中國「治

〔註65〕 〔法〕利奧塔爾著《後現代狀態》，車槿山譯，北京：三聯書店 1997 年版。

水國家」的描述不謀而合；最後，香港反派的生活，連同主人公 Nick 隱居的香港街區，充斥著世俗化和髒亂差的味道，從聚眾賭博到海鮮市場，從飯館到碼頭再到高樓，這部電影經由角色的移動也給美國觀眾展示了一幅異域圖景，關於中國香港的鏡象——既像美國卻又同真正的美國有差距。這種鏡象如今已經不再具有田園詩或烏托邦色彩，毋寧說它是一種混雜，一種東方殘餘與新興西方文化的勾兌，電影展示出來的中國或香港城市形象就是：一個正在走向現代化卻保留著很多古典渣滓的城市，正是這些落後的東方因素恰恰使得西方都市最為混亂的一面展示無遺，這是一種奇特的悖論。這部影片也從一個側面說明，美國漢學真正能被大眾接受尚有待時日，況且大眾文化領域對於漢學知識的接受，也要經歷一個過濾與選擇的過程。

結語：中西互動 走出漢學

批評必須把自己設想成爲爲了提升生命，本質上反對一切形式的暴政、宰制、虐待，批評的社會目標是爲了促進人類自由而產生的非強制性的知識。

——愛德華・薩義德《知識分子論》

西方漢學家的中國文學觀研究表明：在科學、政治、權力和話語等多種因素的作用下，當代文論呈現出某些複雜的趨向，出現了一些新問題，也爲漢學和文化批評的發展共同開闢了未來的可能。研究的目的並非就漢學家的個人操守和道德水準進行評價，也沒有必要苛求西方人能夠如同中國人一樣理解中國的文學與文化，漢學確乎有「他山之石可以攻玉」的參照價值。然而作爲中國學者，也應該認清漢學的西方身份，在西方面前闡釋和展現中國的漢學家們並非不食人間煙火的純粹知識分子，漢學家的許多文學思想也是被建構出來的，像工業流水線一般從學院體系中成批、規範、穩妥地出現。漢學家筆下的中國文學形象，也絕非來自純而又純的客觀知識，相反，是遊移在知識與想像之間的西方話語。長期以來，漢學家的書寫與報導決定了西方人甚至我們自身看待中國的方式，擋在我們前面的漢學家們，他們的報導也許是出於同情、善意和熱愛，但一切的「報導」（cover）都是「遮蔽」（cover）。

今天，中國文學界和文化界應該走出漢學家的視野，從被表述走向自我表述，從「跟著說」到「接著說」甚至「自己說」。〔註 1〕在擺脫了冷戰思維

〔註 1〕 這方面的工作已經啓動：2009 年 7 月 27 日，國家漢辦宣佈將組織海內外相關專家學者共同翻譯《五經》，在三年半的時間內首次推出英譯本，根據英譯本並參照經文底本，將組織人員翻譯法語、德語、西班牙語、俄語、阿拉伯語、希伯來語、印地語和馬來語。這意味著中國政府首次在世界範圍內組織開展中華核心典籍的翻譯和傳播工作，從「被翻譯」和「被介紹」到「自我翻譯」和「自我介紹」，相信比起羅明堅、利瑪竇、翟理斯、亞瑟・韋利等西方漢學

的自說自話之後，不應喪失中國立場、中國觀點和中國視野。中國文學形象應參與中國文化國際傳播的世紀工程中，眞正面向世界自我言說。〔註2〕

一、後殖民理論與漢學研究互動的學科意義

薩義德《東方學》開創的後殖民理論，其最大的貢獻在於兩個方面：一是政治論層面上揭露了「東方」形象的被建構本質，清算了西方人爲殖民實踐服務而對象化、女性化和妖魔化東方的「東方主義」譜系；二是知識論層面上重審和深化了米歇爾·福柯關於知識與權力非此不可的從屬關係（affiliation），以「東方學」爲例重新反思現代學科譜系和範式背後的權力糾葛，從此一切學術與知識，都應該在「權力」的天平上予以稱量。〔註3〕遺憾的是，當前學術界更多注意到了後殖民批評的地緣政治意義，將其視爲「政治正確運動」的文化表徵，薩義德的名字更多與少數派、邊緣、抵抗、反西方等概念聯繫在一起，簇擁者稱其爲鬥士，反對者則指責其危言聳聽。

《東方學》開啓了後殖民文論的熱潮，其直接的貢獻在於借助於學科——權力的話語分析，勾勒了政治與知識之間的關係，從而顛覆了所謂「純粹知識與政治知識的區分」，揭露了東方學這樣貌似客觀的學術背後的政治色彩，打破了人們對於東方學的常規化理解，它不是一種冷冰冰的邏輯推理，而是一種精心的謀劃，是「有血有肉的人類產品」，它以或隱或顯的方式，有意無意地參與了西方對於東方的殖民事業。東方學式的學術寫作和學科建設本身就是將「東方」這一他者對象化的過程，通過知識描述達到把握對象的目的，同時也將被描述對象的特性固定化、模式化和臉譜化。在東方學等西方人的「東方知識」的作用下，久而久之形成了模式化的東方形象，進而影響到今天全球化時代的東西方關係。指出這一點並非要徹底毀滅東方學，而是審視其背後的政治、美學、文化的政治問題，正如薩義德所言「每一人文

家的譯本，中國的《五經》譯本至少可以更爲準確地傳達中國人對自身傳統和文化的眞實理解。參中國網：http://www.china.com.cn/culture/txt/2009-07/28/content_18218012.htm
〔註2〕劉康「國家傳媒的媒介和中介——中國眼中的西方『中國通』」，載《現代傳播》2010年第2期。
〔註3〕薩義德在1981年出版的《報導伊斯蘭》一書中再次重申：自己《東方主義》一書「背後主題是知識與權力之間的從屬關係」。參見〔美〕薩義德著《報導伊斯蘭》，閻紀宇譯，上海譯文出版社2009年版，緒言第1頁。

研究在具體語境中都必須明確闡明這一聯繫的性質、其主題及其歷史背景。」
〔註4〕

　　從《東方學》中發掘出真正的核心內容——東西方文化關係之下的知識——權力話語研究，這對於後殖民理論的延伸和拓展，對於後殖民——中國問題的聯繫有著重要意義。《東方學》提供了政治與學術關係的考察視角，也啓發了我們考察學術建構異域形象的可能性，這樣無疑開啓了一個更爲廣闊的視野，從形象學、東西文化對比關係來看待西方學術中對於中國的描述和建構，於是漢學問題必然浮上水面：遠東的「東方學」或「類東方學」——漢學能否經得起後殖民理論的審視，從漢學問題本身又能否生發出對薩義德《東方學》乃至後殖民理論自身範式的質疑乃至突破？

　　《東方學》一書絕非完美無缺。薩義德描述東方學的同時，又不自覺地將「近東」尤其是阿拉伯問題等同於東方問題，作爲遠東文明代表的中國問題在《東方學》這一著作中並未得到充分討論；這意味著薩義德在理論推進的同時，也將遠東的「東方」問題邊緣化了。另外，其隱含著許多邏輯悖論尚未解決，也陷入了某種循環論證的窠臼：過於強調「西方製造東方」，而對於「東方影響西方」這一環節的忽視，使其忽略了東方學對於歐洲歷史的影響力，而漢學對於歐洲的影響乃至塑造則全然無法迴避；另外，通過《東方學》的描述，薩義德反而有意無意地強化了東西方歷史的隔絕意識，對於「交流」或「交互影響」的歷史缺乏關注（其實西方——阿拉伯學術中不乏這樣的例子），彷彿東方學就是在西方孤立地發生，東方人對於東方學的產生渾然不覺一樣，這不盡真實：歷史上的東西方是交互發展相互影響的。這些懸而未決的問題也爲對「漢學」的深入研究提供著新的可能性。

　　將漢學納入後殖民的研究視域，也意味著對傳統後殖民理論的某些局限性進行糾正，例如漢學對於18世紀西方中國熱的作用，就可以啓示我們重新認識和看待「東方學」，東方學不僅影響東方，也參與構造了西方本身，薩義德《東方學》對這一點的關注不夠，從而使得這部偉大著作在相當程度上像是一部割裂了的歷史，彷彿「東方學」這樣關於東方的知識同西方人的歷史進程毫無干係，只是他們平時的審美化活動而已。其實研究漢學不可忽視的一點在於：「知識」對於「主體」即「知識」的產生者有著不可磨滅的影響，

〔註4〕《東方學》，第20頁。

甚至這種影響要強於對於「對象」自身的影響，這是「漢學」和「東方學」相比一個基本的歷史事實差異。

此外，《東方學》中的後殖民描述策略本身就存在著不平等的傾向，甚至被人詬病爲強化了「東方主義」的思維痼疾：因爲薩義德本人的家國離散經驗，他傾向於將「東方」描繪爲「格格不入」（out of place）的他者，在人格上類似於加繆筆下的「局外人」——總是很零散的個體，因此對於「身份」問題，薩義德充滿了譏諷之語，強調以世俗性爲武器逃遁所謂的文化集體身份。然而，這恰恰使得《東方學》過分陷入到近東歷史自身當中——但其描述的歷史也有失眞的地方，其意義止於批判，而其文化視角稍顯狹隘。

於是，就國內中國學術界而言，強調「漢學」與《東方學》中描繪的「東方學」本質不同，質疑薩義德提出的「東方主義」在解釋「漢學」時的有效性，似乎成爲了當下不言而喻的共識：「賽義德的觀點顯然不符合西方漢學的實際情況，作爲西方知識體系一部分的東方學，在知識的內容上肯定是促進了人類對東方的認識的，從漢學來看這是個常識。」〔註5〕因此論者希望同時擺脫兩種思想傾向：洋人講的就沒錯的「殖民地思想」；「畫地爲牢，反正山中無老虎，猴子稱大王」，對漢學家研究的成果視而不見的態度，而代之以「開放的心態」，「立足中國本土的學問，在借鑒漢學的域外成果上，從我們悠久的文化傳統中創造出新的理論，這才是我們眞正追求的所在」。〔註6〕從歷史上看，中國學者同漢學家的關係同東方學家與近東本土學者的關係略有不同。從利瑪竇與徐光啓、理雅各與王韜的合作開始，一直到現代中國的伯希和與羅振玉、胡適與夏德等人的交往，中西雙方多互有收益。因此，傅斯年對伯希和，胡適、林語堂對高本漢等漢學家的推崇，是從「學術」現代化的角度入手的，從這個意義上說，漢學家最大的貢獻是引進了西方先進理論來重新對待中國這一文本或對象，促進了中國現代以來知識分子群體的產生與成熟。另一方面，確實有不少漢學家對中國的迷戀和喜愛超過了本國文化，不能籠統地說他們「東方主義者」。

饒是如此，當前國內漢學研究界的整體一邊倒論調也不正常。感情不能

〔註5〕 郝平、張西平「樹立文化自覺，推進國際漢學研究」，載錢林森編《法國漢學家論中國文學》，序言第6頁。

〔註6〕 郝平、張西平「樹立文化自覺，推進國際漢學研究」，載錢林森編《法國漢學家論中國文學》，序言第12～13頁。

替代學術，主觀意願也不能替代客觀歷史，以後殖民文論分析漢學，並不是要將善良的漢學家從墳墓裏拉出來鞭屍，而是希望從東西方文明對話的角度，從學科史的譜系分析入手，思考一些困擾著人類認識他者和陌生之地的思維模式問題，將這一問題與現代性問題、思維論和文化間性問題結合起來，超越東西方的身份，進而關注全人類普遍的問題。

薩義德並未否認「東方學」作為一門知識的客觀性，勒南、薩西、瓊斯等東方學家對於近東阿拉伯地區的語言和文化進行研究，也可以說是「促進了人類對東方的認識」，這也是常識。可是薩義德和後殖民理論的意義恰恰在於從「不疑之處」開始懷疑，從這些「客觀知識」的產生機制中發掘到東西方權力關係，以知識考古學和譜系學的方法，描述知識與政治之間的關係，而不是一味以「客觀性」和「知識性」作為我們思考的終點。事實上，正是在這個意義上，作為一種學術範式的後殖民可能正在退場，但是後殖民氣質或後殖民精神卻與其自身的具體主張脫離開來，成為一種獨立的理論武器。在脫離了狹義「東方學」（近東阿拉伯地區）的語境後，面對在世界歷史上發揮巨大作用的「漢學」（還有印度學和日本學等遠東地區的西學知識），依然還具有解釋的合法性，並通過與後學的接續，使其意義遠遠超出了東西方文化衝突本身，而進入到人類對於現代性問題的思考與批判當中。

理論是灰色的，理論與材料之間可能會存在某種微妙的互動關係，理論改變了對於材料的認識，而材料、對象的變化也在不知不覺間修正著理論範式本身。恰恰需要警惕的在於理論中心主義的「削足適履」慣性：即有些時候為了遷就理論的完整性和普遍性而不自覺地對材料進行有意識地選擇甚至遮蔽。後殖民理論概莫能外，通過研究漢學——這一後殖民等方法論較少觸及的領域，能夠對批評理論自身的概念、方法和模式做出一些修正或調整，對於批評理論而言也是不無裨益的。在「後殖民理論」與「漢學家的中國文學觀」兩者的關係問題上，不妨堅持平等對話的原則，不因前者已成學界熱點而後者在方法論上不具備太大影響力，就機械地以前者的模子套在後者身上，也不因後者的所謂特殊性而否認引入前者解釋模式並相互對話的必要性，而是不以任何一方為中心，最終達到兩者平等對話，相互補充的目的。

歷史上的東西方文化關係不是簡單的「理性西方」壓抑「被西方塑造的東方」模式，東方也有自己的歷史意識和文化共同體意識；站在長時段的歷史立場上看，人類歷史總是不同文化群體碰撞和博弈的歷史，其間各自的文

化戰略決定了實力對比，西方現代性興起後的幾百年間，對於東方的文化殖民和塑造，甚至包括「東方主義」，只是文化戰略的一種現代變體。所謂「三十年河東，三十年河西」（季羨林語），《東方學》開啓了對於「東方主義」的批判，而作爲正在崛起的中國文化而言，其未來的出路恰恰在於超越批判，以客觀平和的心態來面對全球化時代的文化交往和文化競爭。

二、批評不再是特權：藝術終結時代的批評反思

如果從 13 世紀的《柏朗嘉賓遊記》（1247）《魯布魯克東行記》（1255）算起，廣義上的西方漢學已經走過了八個世紀的歷程，而作爲學科概念的美學誕生於 1750 年，其對於中國的總體態度也在 1750 年發生了重要的轉折，從美化轉爲醜化，隨著西方人越來越多地接觸到眞實的中國，在現實與文本的反差面前，在國家實力和利益的交相作用下，漢學家的熱情也開始迅速退潮。偶然的時間點蘊藉著某些必然的問題：作爲中國文學藝術的評判者，西方漢學家的闡釋行爲究竟意味著什麼？〔註7〕

對於藝術的信仰和崇拜，構成了人類歷史上的獨特風景，隨著各種解構思潮的興起，藝術信仰被解構，藝術的機制被剖析，而藝術的價值則被懷疑。藝術被去魅以後便迎來了自己的終結：沒有人不是藝術家，也沒有藝術不包含政治和權力，藝術的標準和價值同時喪失。

英國學者約翰·凱里（John Carey）卻在《藝術有什麼用》（*What good are the arts* 抬）一書〔註8〕中將這一危機與文學價值的凸顯聯繫起來。在凱里看來，藝術並不能讓人們變得更好，但文學除外，文學以其思想性特徵以及批評與自我批評的功能，先天地與人類的道德思考聯繫在一起，文學從不是具象的，卻因爲其模糊性包含著無限可能，文學讀者在閱讀過程中能夠獲得教益，而當代人生活遭遇的重重危機和心理症候，無不與「閱讀」行爲的衰落有關。

對於已成定論的「感性」、「趣味」和「審美」範疇，凱里展開了歷史的批判。「美學」這一概念是到 1750 年才爲人所知的，由鮑姆伽登創立並推廣，其原意爲「感性學」。美學學科的建立並非偶然，而是歐洲 18 世紀啓蒙時代

〔註7〕 周寧「漢學或漢學主義」，載《廈門大學學報》2004 年第 1 期。
〔註8〕 參見〔英〕約翰·凱里著《藝術有什麼用》，劉洪濤、謝江南譯，南京：譯林出版社 2007 年版。

的產物，啓蒙時代確立的原則就是大寫的「人」，進步的歷史，唯一的理性，這標誌著西方現代性的眞正成熟。在制度現代性之外，理想渴望參與和解釋人類一切精神領域，包括最難解釋的「感性」世界，於是美學的建立便成爲一個樂觀主義的「事件」，它意味著人類有能力進入自己的內心世界，認識自我。

精神科學同樣從屬於「理性」領域，精神、意識和感性也會有「正確」和「錯誤」之分。現代美學體系一直是沿著理性主義的脈絡行進的，18 世紀康德的《判斷力批判》用理性的客觀標準與主觀世界並置，從而提出了絕對的美，讓美學成爲一種關於「標準」的學科，這也意味著關於美的判斷並非個人問題。如果一個對象僅僅使他一個人滿意，就絕不能稱它爲美的。有許多事情可能對他具有魅力，使他舒適快樂，對此沒有人出來干預，但如果他尊奉某物爲美，他就要期望別人也有相同的愉快；它不單是爲自己，也是爲所有下了一個判斷。這時他談到美時就好像它是對象的一種性質。〔註9〕

當「趣味」變成用於判斷的概念後，康德的「天才」觀念自然而然出現了，野蠻人理解不了身邊的藝術作品之美，只有少數西方人才能洞察到美。同理，天才的漢學批評家可以直接洞察到美的本質，他的趣味同中國人不同，後者無法理解卻只能仰視漢學家關於中國文學的論述話語。

然而如何評判「體驗」的價值？面對同一部東方文學作品，爲什麼漢學家的體驗就比一般中國人的體驗有價值？難道僅僅因爲西方人出身高貴，就決定了其體驗能力要高於中國人？這其實是一個藝術政治學的問題。凱里主張：「我們沒有辦法知道他人的內心體驗，因此也就無法評價他們從什麼作品中偶然得到的愉悅是哪一種愉悅。」因爲正如弗吉尼亞·伍爾夫所說「每個人身上都有一塊未開發的叢林，都有一片雪原，在那裡，即使是小鳥也未曾留下腳印。」〔註10〕

即使對於同一件藝術品，不同出身、階層、性格和收入的人也會得到不同的「體驗」，同樣無法說哪種體驗是更有「價值」的。因爲如果承認體驗需要某種技術性的、知識性的東西作爲基礎或支撐，等於默認了決定體驗的是某種「非美學」的東西，而更接近於科學技術訓練，這樣「美」就不是非功利的；如果承認美是無功利的，就必須摒棄爲了審美、欣賞和體驗而做的一

〔註9〕轉引自《藝術有什麼用》，第10頁。
〔註10〕《藝術有什麼用》，第23頁。

些知識性的預設，從這一角度來看，許多漢學家的中國文學觀只是「知識障」。

三、走向文化研究的空間差異性視角

20 世紀 50 年代興起的英國文化研究（Cultural Studies）對於「文化」的獨特理解改變了我們對於精英與大眾，經典與流行，藝術與生產，文化與政治之間的許多傳統看法，開啓了今天後現代社會許多獨特的學術研究派別。對我們理解後漢學時代的中國文論走向問題不無裨益。

文化研究融匯了結構主義、後結構主義，後殖民主義和新歷史主義的諸多成果，也改變了我們許多習以爲常的觀念，提供給我們看待語言、世界、空間、時間、權力、文化等問題的「過程」視界，以「文化」的方式來對待文學藝術的形象與命名。東西方文化形象都可以看作爲了某種目的而被建構出來的產品，文化研究就是要弄清楚這背後的一系列操作機制。

隨著文化地理學的興起，空間問題在這個全球化的時代顯得日益重要，文化研究強調應該更重視對於空間、處所的理解緯度，強調將其理解爲生活世界，不同空間內人們感受世界的方式不同，在語言、時間感上地點發揮著一定的制約作用，這主要是就「空間」之間而言的，引入比較的視角來探尋文學、審美和生活制度問題，就會生成新的意義，每一種文學藝術樣式都有其適用的人群，如果說文學藝術有眞理，那麼眞理就是空間差異性；權力決定了人們的空間位置、行動甚至文化，甚至對於同一事物的不同命名。〔註11〕

在殖民地時代，東方以自己的方式參與了「現代性」，原料產地、傾銷市場……沒有東方就沒有現代性，就這個意義而言東方和西方同時邁入了現代性，只是分立在意識形態霸權的兩極。在葛蘭西看來，統治既包括支配，也包括霸權，「統治就是以強力爲盔甲包裝起來的霸權」；「霸權通過意識形態起作用，但它不是由虛假的觀念、知覺、定義組成的。它主要通過把從屬階級嵌入到關鍵的制度和結構中來起作用，這些制度和結構支撐著統治秩序中的權力和社會權威。最重要的是，正是在這些結構和關係中，從屬階級才安於其從屬地位。」〔註12〕

隨著西方的文化霸權擴展到世界範圍內後，城市與鄉村的文化對立被移

〔註11〕〔英〕阿雷恩·鮑爾德溫等著《文化研究導論》，陶東風等譯，北京：高等教育出版社 2004 年版，第 150～151 頁。

〔註12〕《文化研究導論》，第 108～109 頁。

植到了殖民地的文化想像中，都市是工業文明的樂園、年輕人的夢工廠，另一面也是垃圾中轉站，充斥著罪惡和不安；農村具有純樸而緩慢的生活節奏，喚起了詩意想像，但工業社會更重視的「事實」卻讓落後的農村只能停留在想像世界，被觀看卻不能被傚仿。東方殖民地的處境與農村類似，殖民者一方面不遺餘力地研究其悠久歷史和文化，毫不吝嗇讚美之辭，另一方面輝煌的往昔與破落的今朝形成的對比，又給予殖民國家侵佔它的合法性：既然東方人對不起自己的先人，那麼讓西方文明來規範和改造自己是最好的選擇。時至今日，在對殖民地獨立的表徵上存在著巨大差異，西方國家認為自己「恩賜」了解放，殖民地則更強調「反抗」的作用，久而久之，漢學家越懷念那個似乎從沒有存在於歷史上的「夢幻般」東方，就對現實的東方愈加不滿。而薩義德恰恰結合了葛蘭西式的馬克思主義與福柯的話語，分析了這種「否定、誤讀東方，特別是阿拉伯文化的東方學」。〔註13〕

　　長期以來，在西方的思想中隱含著一種作者的神話，相信起源的優先性，「文化」有時候成了強勢群體或弱勢群體證明自己「神聖開端」的工具和手段。而在今天，後殖民研究中就有人試圖證明東方文化的開端更早、更為先進和深刻，以此批判西方中心主義。總之，人類歷史不是只有一個開端，不同文明都以自己的開端繁衍生息並取得了成就，聖經不是唯一的真理，猶太人也不是上帝唯一的選民，每個民族都可以通過自己的方式獲得拯救，儘管真理可能只有一個，但通往真理的道路有許多條。我們已經超越了那個視歷史為鐵板一塊的年代，文化只是歷史的一部分，批判漢學的目的不是消解所有知識的真理性與客觀性，而只是更重視「過程」──文化生成的脈絡譜系，而不是僅僅重視「開端」或「起源」。

四、回歸中國文論自身價值訴求

　　本書試圖將中西文化交流史的考察與中國文學的形象問題結合起來，構建出大致的歷史語境，從而提出如下問題：整個西學體系是伴隨著啟蒙運動後西方現代性的成熟而建立的，而隨著中西經濟、科技、軍事和文化實力對比的變化，「西學東漸」成為近二百年間中西文化交往的主流；西方現代性是通過建構他者、張揚主體和樹立理性權威等一系列行為建立的，作為「話語」的現代性與近代中國碰撞後，必將對中國知識界造成某種根深蒂固的影響；

〔註13〕《文化研究導論》，第196頁。

包括文藝理論在內的整個現代學術體系建立在這片「現代性」話語地基之上；無論西方學界還是中國學界對於「話語權」的主觀理解和情感判斷如何，中西「話語權」的競爭問題已經深刻地影響了中國文學形象的歷史，也必將對其未來產生某種作用。

作者的寫作預想是：將文化與政治、權力、話語和戰略問題銜接起來；破除西方話語尤其是現代性話語的開端神話，將文明間的形象差異視為歷史建構的結果，而非神聖不可置疑的開端，從而以動態的過程視角看待中西文化各自的特徵；還原作為現代性「他者」的中國文學與文化被遮蔽和醜化的歷史事實，提出對西方話語權的批判；由大背景進入小問題，思考話語權問題下中外文藝理論界的價值取向問題，在作者學力所及的範圍內提出一些關於未來的設想。

當然，也不難看出本書主張與效果之間可能出現的不一致，試圖從文明史這一向度進入文論問題本身，其合法性依據似乎還有待論證；另一方面，提供的案例之間可能會出現某種歷史的「斷裂」，主題推進的脈絡不夠鮮明；問題背景鋪設較為寬泛，而收束能力不夠，使得文學形象問題的相關論述顯得薄弱。

最根本的困惑在於某種無法迴避的歷史二律背反：西方理論包括漢學家總是比我們先一步看到自身的癥結所在，往往中國學界沉溺於某種西方思潮之際，在西方一股新潮依然興起，舊潮迅速過時退卻。中國不應成為西方理論的跑馬場或試驗田，中國應有自己的理論建設、本土立場和文化創新。另一方面，事實卻是中國學界總是在追逐著西方的背影，歷史在永恆輪迴，中國只能處於追趕者的地位。問題的現實關鍵在於學者洞察力和前瞻力的匱乏，而根源則是知識群體良知、道義和悲憫情懷的悄然喪失。

於是，中國學術界習慣於西方的方法論中吸取靈感，無論「後殖民」、「文化戰略」、「文化研究」、「話語」抑或「政治學」，都是源自西方學術界的概念。依靠西方的方法論工具反思西學體制對象本身，這種「以子之矛攻子之盾」的方式似乎總是陷入自我循環的悖論，而這恰恰印證了現代西方話語對於當代文論學科乃至整個中國文化根深蒂固的影響。有鑒於此，國內漢學研究界和文學研究界都應思考能否真正跨越中西方的文化隔膜，用平等的雙向對話交流取代單一的西方理論旅行，經由文化間性的比較，將真正的問題引入到人類文化的深邃性與可能性層面。

　　學者最可貴之處在於：不與任何既有的權力合作，而是從無思之處展開思考，發出不合時宜的清醒聲音，惟其如此，學術方能在無數可能性的簇擁下不斷沿著現實性道路自我突破，這一點中西學術是相同的。在後現代主義尤其是後殖民主義的影響下，一些漢學家以現象學式的「懸置」「還原」，擯棄前見或定見，直面事實本身，打破理論對事實的優先性和遮蔽性，設身處地站在文本和語境的角度還原眞相。西方作爲最大的理論原產地和輸出地，漢學家能夠主動擯棄多數派的身份優越感，重建少數派話語的合法性，探求所謂「以中國爲中心」的「中國歷史」，這一點難能可貴。

　　隨著中國崛起後同世界的日益接軌，國內外學者交流機會日趨增多，中西方學者得以超越語言與文化隔膜進行深層次精神對話，儒耶對話和儒伊對話已經成爲廣爲接受的話題。全球文化對話語境下成長起來的漢學家，有可能突破以往宇文所安式的天馬行空和倪豪士式的理論先行，而進入所謂的「樸學時代」：最大程度擯棄西方中心主義下研究者主體的優越感，而在研究對象面前遵循小心求證的態度，有一份材料說一分話，以材料推衍結論，而非以理論爲綱逆向選擇材料。這樣，西方漢學界就愈加呈現出與中國當代學術的「相似性」和「可溝通性」，漢學家的優勢不再是個人化的獵奇與審美，也不是某些放諸四海而皆準的眞理，而是建立在個人漢學修養、材料考證和治學態度之上的樸實學風，語言和文體的問題退居次要地位，而事實材料則上昇爲學術質量的關鍵。

　　在這種文化和學術語境之下，漢學家就可能同國內學者共同構成「文化中國」的組成要素，漢學家的優勢不再是主體與理論優越感，而是「他山之石」的新穎視角，漢學家提出問題、思考問題和解決問題的思路，也必須經受學術界的鑒別與約束。嘩衆取寵、郢書燕說或削足適履的方式已經落伍，新一代漢學家正在向中國本土學術界尋求更多理解，雙方學術話語的對話性與可通約性正在加強。當然，這並不意味著要抹殺漢學家的文化身份和研究方法特殊性，而是要淡化後兩者對於學術價值判斷的潛在牽制力。漢學家有自身的優勢，首先是處身海外，由於歷史的原因，其接觸到的材料有時甚至是國內學者所看不到的；其次無論是西歐漢學還是美國漢學，都有一系列複雜的師承體系，在這種學術語境下成長起來的漢學家，其關注的問題往往是國內學術界所忽視的，而其入思的方法與邏輯也往往別有新意；再次，在中國學者思想輸出不足的現實之下，眞誠的漢學家借助於自身對本土語境的理

解，選擇性地、策略性地從事中國文學藝術、文化傳統的傳承與普及工作，較少受到文化衝突和隔膜的影響，更容易被西方大眾所接受，起到了中國學者所無可替代的、爲中國大規模文化輸出「導夫先路」的先行作用；最後，漢學家提出的問題都不是孤立的「漢學」問題，而是代表了西方當代學術界和文化界的轉型思潮，也映像出西方和世界對中國的某種「期待」，這是其無可替代的「文化晴雨錶」功能。

　　幾百年間西方漢學家的中國文學觀已經發生和正在發生著劇烈的變革，對這種特殊的「文學觀」進行研究甚至批判，並非要將熱愛中國文化的漢學家一棍子打死，恰恰相反，「三人行必有我師」，漢學自身擺脫種族中心主義的嘗試，恰恰是值得中國學界參考的路徑。當於連等漢學家選擇通過「離開」古希臘的方式「回到」古希臘的時候，中國學者似乎也有必要借助距離眞正理解本土文化。「首在審己，亦必知人；比較既周，爰生自覺」（魯迅語），在種種國學熱和僞國學熱甚囂塵上之際，中國學界更應堅守文化主體性，跳出單一文明拯救世界的邏輯怪圈，在價值天平上稱量人類所有文明的眞正貢獻。理解總是與對話相關，文學、文化和學術只有借助平等對話才能增進相互理解，理解有必要提升爲對話，改變主客二分、以我觀物這一人類思維的痼疾，互爲主客，衍生出廣義的對話論。一代代漢學家正在退入歷史，留下的啓示在於，人類必將通過回溯源頭而重燃智慧的火焰，跨文化比較將使得經典的意義自我呈現。

　　作爲西方的學術精英，漢學家無論將中國視爲「同」或「異」，都是爲了經由中國研究返回西方本土，從遠方帶來「天空之火」的技藝解決西方自身的諸多問題，他們不必也無力承擔這一責任。於是，責任只能落到中國文學的實踐者與研究者身上。通過分析漢學批評話語，洞察世界學術界和文學界的最新動向，明白中國文學的當下處境與異域形象，是爲了我們更加自覺地理解自己和輸出自己。長期以來，西方被視爲理論的原產地和批評的權威標準，西方人總扮演著像康德一樣「用理論闡釋世界」的哲學家形象，反之，中國和東方的文學只能淪爲西方理論觀照下的對象或者佐證。任何形象都不是純粹客觀的形象，而是包含著複雜深遠的國際間文化戰略。主體在他者的鏡象中發現自我，漢學家通過研究中國而進一步確認西方主體的合法性，西方學者也通過著述構建出「希望被看到」的西方形象，中國在這方面缺乏自覺性，滿足於自己的形象「被構建」和「被言說」。這個時代即將過去，新的

中國文學將走向自我表述與自我構建形象的世紀工程，通過文學形象的重建和輸出，申明自身在世界文學之林中的位置與立場，尋求並行使來自中國本土的理論話語權與學術批評權，使得中國文學整體形象由邊緣、另類走向舞臺中心。惟其如此，中國文學與中國文化的未來才是值得期待的。

當代世界「全球化」與「地方化」構成了相互依存的兩極；經過後殖民理論洗禮後，人類在某種程度上擺脫了「主體——對象」、「中國——西方」、「理性——野蠻」、「古代——現代」的二元對立思維，文化的複雜化特徵與世俗化品格成為許多後殖民學者推崇的對象；隨著話語分析和對所有神話的去魅，價值跌落問題已然擺在全體人類面前；當代中國文化承擔著為中國形象正名的歷史使命，將脫域之物重新植入，在剝去古典學術的神秘面紗後重新正視中國文化的獨特價值，在個體解放後重新整合散落的文化群體，在抽取文學和文論的價值重負後重新尋找價值層面的依歸，在揭露西方主體神話後張揚自身文化主體性，中國文化注定將背負悖論而不斷創新。

參考文獻

本書參考文獻分中文著作、學位論文、期刊與報紙論文和英文著作四部分，分別按出版時間先後排序

一、中文著作

1. 蘇慧廉（William E.Soothill）著《國外布道英雄集第六冊：李提摩太傳》，Issac Mason 節譯，上海：上海廣學會 1924 年版。

2. 〔法〕伏爾泰著《哲學通信》，上海：上海人民出版社 1961 年版。

3. 〔英〕亞當・斯密著《國民財富的性質和原因的研究》，郭大力等譯，北京：商務印書館 1974 年版。

4. 冀朝鼎著《中國歷史上的基本經濟區與水利事業的發展》，朱詩鼇譯，北京：中國社會科學出版社 1981 年版。

5. 〔荷〕威・伊・邦特庫著《東印度航海記》，姚楠譯，北京：中華書局 1982 年版。

6. 〔意〕利瑪竇、〔比利時〕金尼閣著《利瑪竇中國札記》，何高濟、王尊仲、李申譯，北京：中華書局 1983 年版。

7. 穆根來等譯《中國印度見聞錄》，北京：中華書局 1983 年版。

8. 〔意〕柏朗嘉賓等《柏朗嘉賓蒙古行紀・魯布魯克東行記》，耿昇等譯，北京：中華書局 1985 年版。

9. 王漪著《明清之際中學之西漸》，臺北：臺灣商務印書館 1987 年版。

10. 〔法〕費琅編《阿拉伯波斯突厥人東方文獻輯注》，耿昇等譯，北京：中華書局 1989 年版。

11. 〔美〕柯文著《在中國發現歷史：中國中心觀在美國的興起》，林同奇譯，北京：中華書局 1989 年版。

12. 〔美〕本傑明‧史華慈著《尋求富強：嚴復與西方》，葉鳳美譯，南京：江蘇人民出版社 1990 年版。

13. 錢林森編《牧女與蠶娘》，上海：上海古籍出版社 1990 年版。

14. 〔阿拉伯〕伊本‧胡爾達茲比赫著《道里邦國志》，宋峴譯注，北京：中華書局 1991 年版。

15. 范存忠著《中國文化在啟蒙時期的英國》，上海：上海外語教育出版社 1991 年版。

16. 〔法〕阿蘭‧佩雷菲特著《停滯的帝國：兩個世界的撞擊》，王國卿等譯，北京：三聯書店 1993 年版。

17. 〔美〕格裏德著《胡適與中國的文藝復興》，魯奇譯，南京：江蘇人民出版社 1993 年版。

18. 忻劍飛著《世界的中國觀》，臺北：博遠出版有限公司 1993 年版。

19. 〔英〕赫德遜著《歐洲與中國》，李申等譯，北京：中華書局 1995 年版。

20. 〔美〕張灝著《梁啟超與中國思想的過渡》，崔志海等譯，南京：江蘇人民出版社 1995 年版。

21. 〔法〕謝和耐著《中國社會史》，耿昇譯，南京：江蘇人民出版社 1995 年版。

22. 章開沅主編《文化傳播與教會大學》，武漢：湖北教育出版社 1996 年版。

23. 〔美〕艾爾曼著《從理學到樸學：中華帝國晚期思想與社會變化面面觀》，趙剛譯，南京：江蘇人民出版社 1997 年版。

24. 〔美〕蕭公權著《近代中國與新世界：康有為變法與大同思想研究》，汪榮祖譯，南京：江蘇人民出版社 1997 年版。

25. 〔法〕伏爾泰著《風俗論》，北京：商務印書館 1997 年版。

26. 〔法〕利奧塔爾著《後現代狀態》，車槿山譯，北京：三聯書店 1997 年版。

27. 〔日〕三石善吉著《中國的千年王國》，李遇玫譯，上海：上海三聯書店 1997 年版。

28. 羅芃、馮棠、孟華著《法國文化史》，北京：北京大學出版社 1997 年版。

29. 〔英〕艾勒克‧博埃默著《殖民與後殖民文學》，盛寧等譯，瀋陽：遼寧教育出版社 1998 年版。

30. 〔葡〕曾德昭著《大中國志》，何高濟譯，上海：上海古籍出版社 1998 年版。

31. 〔美〕伊曼紐爾‧沃勒斯坦著《現代世界體系》（第一卷），尤來寅等譯，北京：高等教育出版社 1998 年版。

32. 〔法〕謝和耐著《蒙元入侵前夜的中國日常生活》，劉東譯，南京：江蘇人民出版社 1998 年版。

33. 〔美〕孟德衛著《萊布尼茨和儒學》，張學智譯，南京：江蘇人民出版社 1998 年版。

34. 〔美〕周錫瑞著《義和團運動的起源》，張俊義等譯，南京：江蘇人民出版社 1998 年版。

35. 〔美〕仁達著《新政革命與日本：中國，1898～1912》，李仲賢譯，南京：江蘇人民出版社 1998 年版。

36. 〔美〕郭穎頤著《中國現代思想中的唯科學主義（1900～1950）》，雷頤譯，南京：江蘇人民出版社 1998 年版。

37. 王岳川著《後殖民主義與新歷史主義文論》，濟南：山東教育出版社 1999 年版。

38. 張京媛主編《後殖民理論與文化批評》，北京：北京大學出版社 1999 年版。

39. 〔法〕雷奈‧格魯塞著《東方的文明》，常任俠等譯，北京：中華書局 1999 年版。

40. 〔美〕費正清著《美國與中國》，張理京譯，北京：世界知識出版社 1999 年版。

41. 〔美〕周策縱著《五四運動》，周子平等譯，南京：江蘇人民出版社 1999 年版。

42. 中國中外關係史學會編《中西初識》，鄭州：大象出版社 1999 年版。

43. 孫尚揚著《聖俗之間》，北京：中國廣播電視出版社 1999 年版。

44. 傅浩著《葉芝評傳》，杭州：浙江文藝出版社 1999 年版。

45. 陶東風著《後殖民主義》，臺北：揚智文化事業有限公司 2000 年版。

46. 〔法〕安田樸著《中國文化西傳歐洲史》，耿昇譯，北京：商務印書館 2000 年版。

47. 〔法〕維吉爾‧畢諾著《中國對法國哲學思想形成的影響》，耿昇譯，北京：商務印書館 2000 年版。

48. 〔美〕費正清著《偉大的中國革命》，劉尊祺譯，北京：世界知識出版社 2000 年版。

49. 〔美〕施堅雅主編《中華帝國晚期的城市》，葉光庭等譯，北京：中華書局 2000 年版。

50. 〔英〕葛瑞漢著《中國的兩位哲學家：二程兄弟的新儒學》，程德祥等譯，鄭州：大象出版社 2000 年版。

51. 〔美〕柯文著《歷史三調：作為事件、經歷和神話的義和團》，杜繼東譯，南京：江蘇人民出版社 2000 年版。

52. 徐海松著《清初士人與西學》，北京：東方出版社 2000 年版。

53. 顧爲民著《中國與羅馬教廷關係史略》，北京：東方出版社 2000 年版。

54. 吳孟雪、曾麗雅著《明代歐洲漢學史》，北京：東方出版社 2000 年版。

55. 鄭家馨主編《殖民主義史：非洲卷》，北京：北京大學出版社 2000 年版。

56. 王曉路著《中西詩學對話：英語世界的中國古代文論研究》，成都：巴蜀書社 2000 年版。

57. 〔英〕巴特・穆爾－吉爾伯托著《後殖民理論──語境　實踐　政治》，陳仲丹譯，南京：南京大學出版社 2001 年版。

58. 王岳川著《中國鏡象》，北京：中央編譯出版社 2001 年版。

59. 孟華主編《比較文學形象學》，北京：北京大學出版社 2001 年版。

60. 〔美〕卡爾・貝克爾著《18 世紀哲學家的天城》，何兆武譯，北京：三聯書店 2001 年版。

61. 〔美〕費正清著《觀察中國》，傅光明譯，北京：世界知識出版社 2001 年版。

62. 〔波〕愛德華・卡伊丹斯基著《中國的使臣──卜彌格》，張振輝譯，鄭州：大象出版社 2001 年版。

63. 張西平著《中國與歐洲早期宗教和哲學交流史》，北京：東方出版社 2001 年版。

64. 〔法〕福柯著《詞與物》，莫偉民譯，上海：上海三聯書店 2001 年版。

65. 〔意〕伊塔洛・卡爾維諾著《命運交叉的城堡》，張宓譯，南京：譯林出版社 2001 年版。

66. 王岳川著《後現代後殖民主義在中國》，北京：首都師範大學 2002 年版。

67. 〔美〕何偉亞著《懷柔遠人：馬嘎爾尼使華的中英禮儀衝突》，鄧常春譯，北京：社會科學文獻出版社 2002 年版。

68. 〔意〕白佐良、馬西尼著《意大利與中國》，蕭曉玲等譯，北京：商務印書館 2002 年版。

69. 〔美〕弗裏曼等著《中國鄉村，社會主義國家》，陶鶴山譯，北京：社會科學文獻出版社 2002 年版。

70. 〔美〕馬克・賽爾登著《革命中的中國：延安道路》，魏曉明等譯，北京：社會科學文獻出版社 2002 年版。

71. 何寅、許光華主編《國外漢學史》，上海：上海外語教育出版社 2002 年版。

72. 〔德〕海德格爾著《荷爾德林詩的闡釋》，孫周興譯，北京：商務印書館 2002 年版。

73. 計翔翔著《十七世紀中期漢學著作研究：以曾德昭〈大中國志〉和安文思〈中國新志〉爲中心》，上海：上海古籍出版社 2002 年版。

74. 嚴建強著《十八世紀中國文化在西歐的傳播及其反應》，杭州：中國美術學院出版社 2002 年版。

75. 徐善偉著《東學西漸與西方文化的復興》，上海：上海人民出版社 2002 年版。

76. 王岳川著《發現東方》，北京：北京圖書館出版社 2003 年版。

77. 〔法〕保爾·利科著《虛構敘事中時間的塑性》，王文融譯，北京：三聯書店 2003 年版。

78. 〔澳門〕《文化雜誌》編《十六和十七世紀伊比利亞文學視野裏的中國景觀》，鄭州：大象出版社 2003 年版。

79. 羅志田著《國家與學術：清季民初關於「國學」的思想論爭》，北京：三聯書店 2003 年版。

80. 〔美〕宇文所安著《他山的石頭記》，田曉菲譯，南京：江蘇人民出版社 2003 年版。

81. 〔美〕宇文所安著《迷樓》，程章燦譯，北京：三聯書店 2003 年版。

82. 〔美〕宇文所安著《初唐詩》，賈晉華譯，北京：三聯書店 2003 年版。

83. 〔美〕宇文所安著《中國文論：英譯與評論》，王柏華譯，上海：上海社會科學院出版社 2003 年版。

84. 〔美〕杜贊奇著《從民族國家拯救歷史》，王憲明譯，北京：社會科學文獻出版社 2003 年版。

85. 〔法〕謝和耐著《中國與基督教：中西文化的首次撞擊》，耿昇譯，上海：上海古籍出版社 2003 年版。

86. 〔美〕鄧恩著《從利瑪竇到湯若望：晚明的耶穌會傳教士》，余三樂等譯，上海：上海古籍出版社 2003 年版。

87. 〔美〕柯文著《在傳統與現代性之間：王韜與晚清改革》，雷頤等譯，南京：江蘇人民出版社 2003 年版。

88. 馬祖毅、任榮珍著《漢籍外譯史》，武漢：湖北教育出版社 2003 年版。

89. 黃宗智主編《中國研究的範式問題討論》，北京：社會科學文獻出版社 2003 年版。

90. 閻宗臨著《傳教士與法國早期漢學》，鄭州：大象出版社 2003 年版。

91. 張國剛著《從中西初始到禮儀之爭：明清傳教士與中西文化交流》，北京：人民出版社 2003 年版。

92. 趙毅衡著《詩神遠遊：中國如何改變了美國現代詩》，上海：上海譯文出版社 2003 年版。

93. 〔加〕哈羅德·伊尼斯著《帝國與傳播》，何道寬譯，北京：中國人民大學出版社 2003 年版。

94. 王曉路著《西方漢學界的中國文論研究》，成都：巴蜀書社 2003 年版。

95. 〔美〕阿里夫·德里克著《跨國資本主義時代的後殖民批評》，王寧等譯，北京：北京大學出版社 2004 年版。

96. 許寶強等選編《解殖與民族主義》，北京：中央編譯出版社 2004 年版。

97. 〔德〕烏爾里希·貝克著《全球化時代的權力與反權力》，蔣任祥等譯，桂林：廣西師範大學出版社 2004 年版。

98. 〔美〕本傑明·史華茲著《古代中國的思想世界》，程鋼譯，南京：江蘇人民出版社 2004 年版。

99. 〔葡〕安文思著《中國新史》，何高濟等譯，鄭州：大象出版社 2004 年版。

100. 〔法〕李明著《中國近事報導（1687～1692）》，郭強等譯，鄭州：大象出版社 2004 年版。

101. 〔美〕宇文所安著《盛唐詩》，賈晉華譯，北京：三聯書店 2004 年版。

102. 〔美〕宇文所安著《追憶》，鄭學勤譯，北京：三聯書店 2004 年版。

103. 〔意〕馬國賢著《清廷十三年》，李天綱譯，上海：上海古籍出版社 2004 年版。

104. 〔法〕謝和耐著《中國人的智慧》，何高濟譯，上海：上海古籍出版社 2004 年版。

105. 〔美〕彭慕蘭著《大分流：歐洲、中國及現代世界經濟的發展》，南京：江蘇人民出版社 2004 年版。

106. 葛桂錄著《中英文學關係編年史》，上海：上海三聯書店 2004 年版。

107. 姜亮夫著《敦煌學概論》，北京：北京出版社 2004 年版。

108. 許明龍著《黃嘉略與早期法國漢學》，北京：中華書局 2004 年版。

109. 張哲俊著《中國古代文學中的日本形象研究》，北京：北京大學出版社 2004 年版。

110. 〔美〕衛三畏著《中國總論》，陳俱譯，上海：上海古籍出版社 2005 年版。

111. 〔英〕邁克·克朗著《文化地理學》，楊淑華等譯，南京：南京大學出版社 2005 年版。

112. 張法著《走向全球化時代的文藝理論》，合肥：安徽教育出版社 2005 年版。

113. 〔法〕杜赫德編《耶穌會士中國書簡集：中國回憶錄》，鄭德弟等譯，鄭州：大象出版社 2005 年版。

114. 〔美〕史景遷著《曹寅與康熙：一個皇室寵臣的生涯揭秘》，陳引馳等譯，上海：上海遠東出版社 2005 年版。

115. 〔法〕弗朗索瓦·於連、狄艾里·馬爾塞斯著《（經由中國）從外部反思歐洲——遠西對話》，張放譯，鄭州：大象出版社 2005 年版。

116.〔德〕萊布尼茨著《中國近事》，梅謙立等譯，鄭州：大象出版社2005年版。

117.〔美〕彭慕蘭著《腹地的構建》，馬俊亞譯，北京：社會科學文獻出版社2005年版。

118.〔美〕魏斐德著《洪業：清朝開國史》，陳蘇鎮等譯，南京：江蘇人民出版社2005年版。

119. 劉耘華著《詮釋的圓環──明末清初傳教士對儒家經典的解釋及其本土回應》，北京：北京大學出版社2005年版。

120. 姜其煌著《歐美紅學》，鄭州：大象出版社2005年版。

121. 張西平著《傳教士漢學研究》，鄭州：大象出版社2005年版。

122. 劉正著《圖說漢學史》，桂林：廣西師範大學出版社2005年版。

123.〔日〕西原大輔著《谷崎潤一郎與東方主義──大正日本的中國幻想》，趙怡譯，北京：中華書局2005年版。

124.〔美〕哈羅德‧布魯姆著《西方正典》，江寧康譯，南京：譯林出版社2005年版。

125.〔美〕成中英著《從中西互釋中挺立》，北京：中國人民大學出版社2005年版。

126.〔美〕羅伯特‧路威著《文明與野蠻》，呂叔湘譯，北京：三聯書店2005年版。

127.〔美〕愛德華‧W‧薩義德著《人文主義與民主批評》，朱生堅譯，北京：新星出版社2006年版。

128.〔英〕瓦萊麗‧肯尼迪著《薩義德》，李自修譯，南京：江蘇人民出版社2006年版。

129.〔美〕劉若愚著《中國文學理論》，杜國清譯，南京：江蘇教育出版社2006年版。

130.〔美〕羅麗莎著《另類的現代性》，黃新譯，南京：江蘇人民出版社2006年版。

131.〔德〕斯賓格勒著《西方的沒落》，吳瓊譯，上海：上海三聯書店2006年版。

132.〔意〕維柯著《新科學》，朱光潛譯，合肥：安徽教育出版社2006年版。

133. 沈福偉著《中西文化交流史》，上海：上海人民出版社2006年版。

134. 莫東寅著《漢學發達史》，鄭州：大象出版社2006年版。

135. 張西平編《歐美漢學研究的歷史與現狀》，鄭州：大象出版社2006年版。

136. 何培忠主編《當代國外中國學研究》，北京：商務印書館2006年版。

137. 〔美〕M.G.馬森著《西方的中國及中國人觀念：1840～1876》，楊德山譯，北京：中華書局 2006 年版。

138. 〔美〕E.A.羅斯著《變化中的中國人》，公茂虹等譯，北京：中華書局 2006 年版。

139. 〔美〕哈羅德·伊羅生著《美國的中國形象》，於殿利等譯，北京：中華書局 2006 年版。

140. 〔美〕明恩溥著《中國鄉村生活》，陳午晴等譯，北京：中華書局 2006 年版。

141. 〔美〕明恩溥著《中國人的氣質》，佚名譯，北京：中華書局 2006 年版。

142. 〔英〕麥高溫著《中國人生活的明與暗》，朱濤等譯，北京：中華書局 2006 年版。

143. 〔法〕亨利·柯蒂埃著《18 世紀法國視野裏的中國》，唐玉清譯，上海：上海書店出版社 2006 年版。

144. 周寧著《天朝遙遠：西方的中國形象研究》，北京：北京大學出版社 2006 年版。

145. 張國剛、吳莉葦著《啓蒙時代歐洲的中國觀》，上海：上海古籍出版社 2006 年版。

146. 朱耀偉著《當代西方批評論述中的中國圖像》，北京：中國人民大學出版社 2006 年版。

147. 〔英〕李約瑟著《中國古代科學思想史》，陳立夫主譯，南昌：江西人民出版社 2006 年版。

148. 〔美〕赫伯特·席勒著《大眾傳播與美利堅帝國》，劉曉紅譯，上海：上海世紀出版集團 2006 年版。

149. 〔美〕愛德華·W·薩義德著《東方學》，王宇根譯，北京：三聯書店 2007 年版。

150. 〔印度〕帕爾塔·查特吉著《民族主義思想與殖民地世界》，范幕尤等譯，南京：譯林出版社 2007 年版。

151. 〔印度〕帕薩·查特傑著《被治理者的政治》，田立年譯，桂林：廣西師範大學出版社 2007 年版。

152. 〔法〕伊夫·謝弗勒著《比較文學》，王炳東譯，北京：商務印書館 2007 年版。

153. 〔美〕孟德衛著《1500～1800 中西方的偉大相遇》，江文君等譯，北京：新星出版社 2007 年版。

154. 陳永國等主編《從解構到全球化批判：斯皮瓦克讀本》，北京：北京大學出版社 2007 年版。

155. 孫康宜、孟華主編《比較視野中的傳統與現代》，北京：北京大學出版社 2007 年版。

156. 〔意〕馬可波羅著《馬可波羅行紀》，馮承鈞譯，北京：東方出版社 2007 年版。

157. 錢林森編《法國漢學家論中國文學——古典詩詞》，北京：外語教學與研究出版社 2007 年版。

158. 熊文華著《英國漢學史》，北京：學苑出版社 2007 年版。

159. 姜智芹著《傅滿洲與陳查理》，南京：南京大學出版社 2007 年版。

160. 〔美〕詹姆斯·C·斯科特著《弱者的武器》，鄭廣懷等譯，南京：譯林出版社 2007 年版。

161. 〔美〕史書美著《現代的誘惑：書寫半殖民地中國的現代主義（1917～1937）》，何恬譯，南京：江蘇人民出版社 2007 年版。

162. 〔英〕安吉拉·麥克羅比著《文化研究的用途》，李慶本譯，北京：北京大學出版社 2007 年版。

163. 〔美〕戴維·S.蘭德斯著《國富國窮》，門洪華等譯，北京：新華出版社 2007 年版。

164. 〔美〕查爾斯·蒂利著《身份、邊界與社會聯繫》，謝嶽譯，上海：上海世紀出版集團 2008 年版。

165. 〔美〕傑弗里·馬丁著《所有可能的世界：地理學思想史》，成一農等譯，上海：上海世紀出版集團 2008 年版。

166. 〔英〕裕爾撰，〔法〕考迪埃修訂《東域寄程錄叢：古代中國聞見錄》，北京：中華書局 2008 年版。

167. 〔美〕費正清主編《中國的思想與制度》，郭曉兵等譯，北京：世界知識出版社 2008 年版。

168. 姜智芹著《當東方與西方相遇——比較文學專題研究》，濟南：齊魯書社 2008 年版。

169. 〔美〕魏因伯格著《科學、信仰與政治》，張新樟，北京：三聯書店 2008 年版。

170. 〔美〕托爾斯坦·凡勃倫著《科學在現代文明中的地位》，張林等譯，北京：商務印書館 2008 年版。

171. 〔德〕莫宜佳著《中國中短篇敘事文學史》，韋凌譯，上海：華東師範大學出版社 2008 年版。

172. 王曉路主編《北美漢學界的中國文學思想研究》，成都：巴蜀書社 2008 年版。

173. 〔德〕弗蘭克著《白銀資本：重視經濟全球化中的東方》，劉北成譯，北京：中央編譯出版社 2008 年版。

174. 〔美〕伊曼紐爾・沃勒斯坦著《否思社會科學——19 世紀範式的局限》，劉琦岩、葉萌芽譯，北京：三聯書店 2008 年版。

175. 〔法〕余蓮著《勢：中國的效力觀》，卓立譯，北京：北京大學出版社 2009 年版。

176. 桑兵著《國學與漢學：近代中外學界交往錄》，北京：中國人民大學出版社 2010 年版。

二、學位論文

1. 馮若春《「他者的眼光」——論北美漢學家關於「詩言志」、「言意關係」的研究》，四川大學博士論文，2004 年。

2. 泊功《日本式的東方學話語：近代日本漢學與中國遊記》，東北師範大學博士論文，2007 年。

3. 彭松《歐美現代中國文學研究的向度和張力》，復旦大學博士論文，2008 年。

三、期刊與報紙論文

1. 李思純「與友論新詩書」，載《學衡》1923 年 7 月第 19 期。

2. 江小平編譯「法國中國文學研究概況」，載《國外社會科學》1987 年第 12 期。

3. 陳曉明、戴錦華、張頤武、朱偉「東方主義和後殖民文化」，載《鍾山》1994 年第 1 期。

4. 張寬「薩伊德的『東方主義』與西方的漢學研究」，載《瞭望》新聞周刊 1995 年第 27 期。

5. 熊音「論『意境』及其英譯」，載《湖北電大學刊》1996 年第 9 期。

6. 躍進「國際漢學研究新視野——評《西方文論與中國文學》」，載《文學評論》1999 年第 2 期。

7. 胡偉希「全球視野與本土意識」，載《探索與爭鳴》2000 年第 2 期。

8. 周振鶴「《耶穌會士中國書簡集》中日譯本略比」，載《中國圖書商報》2001 年 8 月 23 日。

9. 張松建「殖民主義與西方漢學：一些有待討論的看法」，載《浙江學刊》2002 年第 4 期。

10. 康志傑「滿篚清光應照眼——評耶穌會士中國書簡集」，載《中華讀書報》2003 年 1 月 22 日。

11. 楊慧玲「耶穌會士中國書簡集——十七世紀末至十八世紀中期中國基督教史研究的珍貴資料」，載《世界宗教研究》2003 年第 4 期。

12. 周寧「漢學或漢學主義」，載《廈門大學學報》2004 年第 1 期。

13. 陳燕谷「比較文學與『新帝國文明』」，載《中國社會科學院院報》，2004 年 4 月。

14. 閻純德「從『傳統』到『現代』：漢學形態的歷史演進」，載《文史哲》2004 年第 5 期。

15. 康慨「葛浩文回擊厄普代克批評」，載《中華讀書報》2005 年 9 月 7 日。

16. 張西平「《耶穌會士中國書簡集》：歐洲『中國形象』的塑造者」，載《中國圖書商報》2006 年 3 月 31 日。

17. 李華川「《耶穌會士中國書簡集》書後」，載《中華讀書報》2006 年 6 月 21 日。

18. 崔玉君「80 年代以來大陸的國外中國學研究：回顧與展望」，載《國際關係學院學報》2006 年第 3 期。

19. 張雲江「法國啟蒙運動中的『儒學』鏡象」，載《書屋》2006 年第 9 期。

20. 王毅、李景鑫「互識與溝通：耶穌會士與中西文化交流——寫在《耶穌會士中國書簡集》中文譯本出版之際」，載《邯鄲師院學報》2006 年第 4 期。

21. 〔日〕泊功「淺論近代日本漢學與對中國的東方學話語」，載《深圳大學學報》2006 年第 5 期。

22. 任成大「20 世紀海外嚴羽研究述評」，載《甘肅社會科學》2007 年第 4 期。

23. 楊惠玉「論西方漢學雜誌《通報》及其對中國科技的關注」，載《復旦學報》2007 年第 4 期。

24. 張萬民「見山是山？見水是水？——海外學者比較詩學研究的三種形態」，載《文藝理論研究》2008 年第 1 期。

25. 韓軍「跨越中西與雙向反觀——海外中國文論研究反思」，載《文學評論》2008 年第 3 期。

26. 張西平「《東方學》與西方漢學」，載《讀書》2008 年第 9 期。

27. 鄥廣勝「後現代語境下的中國古典文學研究——宇文所安中國古典文學研究的幾個基本主題」，載《學術月刊》2008 年第 9 期。

28. 章輝「理論旅行：後殖民文化批評在中國的歷程與問題」，載《武漢理工大學學報》（社會科學版）2009 年第 1 期。

29. 劉康「國家傳媒的媒介和中介——中國眼中的西方『中國通』」，載《現代傳播》2010 年第 2 期。

四、英文著作

1. Waley, *Arthur.A hundred & seventy Chinese poems*. New York: A. A. Knopf, 1922, c1919.

2. Granet, Marcel.Ancient festivals and songs of China.Translated by John Reinecke.Paris: 〔s.n.〕, 1929.

3. Granet, Marcel.Chinese civilization.Translated by Kathleen E. Innes and Mabel R. Brailsford.London: K. Paul, Trench, Trubner; New York: A. A. Knopf, 1930.

4. R.H.Tawney: *Land and Labor in China*, London: George Allen & Unwin, Ltd, 1932.

5. George Puttenham.*The Arte of English Poesie*. Edited by Gladys Doidge Willcock and Alice Walker.Cambridge, London：The University Press, 1936.

6. Waley, Arthur. *Chinese poems: selected from 170 Chinese poems, more translations from the Chinese, The temple and the book of songs*. London: G. Allen and Unwin, 1946.

7. Waley, Arthur. *The life and times of Po Chü-I, 772〜846 A.D.* London: G. Allen & Unwin, 1949.

8. Waley, Arthur. *The poetry and career of Li Po, 701〜762 A.D.* London: G. Allen and Unwin; New York: Macmillan Co., 1950.

9. Hsia, Chih-tsing .*A history of modern Chinese fiction, 1917〜1957*.New Haven: Yale Univ. Press, 1961.

10. Ernest Fenollosa.*The Chinese Written Character as a Medium for Poetry*. Ed.Ezra Pound.San Francisco, California: City Lights Books, 1968.

11. Margret R.Thiele: *None but the nightingale: an introduction to Chinese literature*, Rutland, Vt.: Charles E. Tuttle Co., 1967.

12. Owen, Stephen.*Mi-Lou: poetry and the labyrinth of desire*. Cambridge, Mass.: Harvard University Press, 1989.

13. Saussy, Haun.*The Problem of a Chinese Aesthetic*.Stanford California: Stanford University Press, 1993.

14. Herbert Franke. 「In Search of China: Some General Remarks on the History of European Sinology」, In Ming Wilson and John Cayley, eds., *Europe Studies China*, London: Han-Shan Tang Books, 1995.

15. Connery, Christopher Leigh: *The empire of the text: writing and authority in early imperial China*, Lanham: Rowman & Littlefield Publishers, c1998.

16. Loomba, Ania: *Colonialism-postcolonialism*, London; New York: Routledge, 1998.

17. Mote, Frederick W. Imperial China, 900〜1800. Cambridge, Mass.: Harvard University Press, 1999.

18. Quayson, Ato: *Postcolonialism: theory, practice, or process ?*, Cambridge, UK: Polity Press; Malden, MA: Blackwell Publishers, 2000.

19. Saussy, Haun.*Great Walls of Discourse and Other Adventures in Cultural China.*Cambridge, Mass.: Harvard University Asia Center: Distributed by Harvard University Press, 2001.

20. Fincham, Gail: *Conrad at the millennium: modernism, postmodernism, postcolonialism*, Boulder:〔Great Britain〕: Social Science Monographs, 2001.

21. Young, Robert: *Postcolonialism: an historical introduction*, Malden, Mass.: Blackwell Publishers, 2001.

22. Chowdhry, Geeta: *Power, postcolonialism, and international relations: reading race, gender, and class*, London; New York: Routledge, 2002.

23. Moore, Stephen D: *Postcolonial biblical criticism: interdisciplinary intersections*, London; New York: T & T Clark International, 2005.

24. Bush, Barbara: *Imperialism and postcolonialism*, Harlow, England; New York, N.Y.: Pearson Longman, 2006.

25. Saussy, Haun.Ed. *Comparative literature in an age of globalization.* Baltimore, Md.: Johns Hopkins University Press, 2006.

26. Owen, Stephen.*The late Tang: Chinese poetry of the mid-ninth century（827 ～860）.*Cambridge, Mass.: Harvard University Asia Center: Distributed by Harvard University Press, 2006.

27. Eric Hayot, Haun Saussy, and Steven G.Yao.Eds., *Sinographies: Writing China.*Minneapolis: University of Minnesota Press.2008.

後　記

　　帶著欣慰、遺憾與感傷交織的心情，以這樣一篇博士論文，結束了我在北大十餘年的求學生涯。北大佔據了我迄今為止人生的一半光景。當年自己懷著憧憬與忐忑，從豫西北的小城鎮走入昌平分校，延續著高中時的作息習慣，伴著一輪明月從自習室返回宿舍的場景，彷彿還停留在昨天；我還記得昏黃的路燈、碎石鋪就的小路、不知名的野草、樹叢中的蟲鳴，還有那揮灑了我們的青春、友誼與汗水的足球場。

　　昔日的同窗好友多已陸續離開北大，書寫著人生的藍圖，而我同燕園默默相守的日子一次次延長著。如今，到了驪歌響起的時節，真的要告別了，才發現自己是如此留戀校園的一草一木，恍惚間錯過了多少次同未名湖水和博雅塔影的心靈對話；從昌平二號樓到北大三十八樓，從萬柳公寓到暢春新園，最後到三十樓，北大給予我太多太多難忘的回憶，負笈燕園是我最為自豪的歲月。

　　棄我去者，昨日之日不可留。然而正是歷歷在目的往事改變和塑造了今天的我：懷揣著文學家的夢想進入書香五院，又因癡迷於思辨而輔修了三年哲學，最終選擇了考取文藝學這最具哲學氣質的文學專業攻讀碩士和博士學位；後殖民批評和文化理論則在大四時吸引了我，與世界格格不入的薩義德讓我學會從習以為常的日常圖像中反思真正的問題；還有碩士階段與我相伴三年的齊格蒙特・鮑曼，當 2003 年非典肆虐，伊拉克戰爭奪去了眾多無辜生命的時候，他讓我思考：現代性是如何塑造了我們的思維乃至道德，清晰的幾何學理想造成了種種災難，而傳媒又讓我們學會了漠然欣賞遙不可及、與己無關的故事。當我駐足於北京市委黨校院內利瑪竇、湯若望等傳教士墓前

悵然若失之際，突然理解了那些不遠萬里「誤讀」和「悟讀」中國的漢學家們，有著與當代理論家心同理同的世界主義期待：文化的意義在於打破邊界的隔膜，對話的基礎則在於將心比心的理解。

這篇論文得以完成，首先要感謝我的導師王岳川教授。如果從大二返回燕園選修《文藝美學》課算起，我從導師問學已有十年光景，學術上點點滴滴的進步，都離不開導師的悉心教導。我還記得 2003 年的那個下午，我捧讀導師新著《發現東方》時的激動心情，沙勿略和利瑪竇的故事吸引了我去研讀《利瑪竇中國札記》和艾田蒲《中國之歐洲》，關注文化交流的中介一度如何發現了東方和中國，繼而引入後殖民理論對漢學家「發現之道」進行反思，最終形成了這篇論文的寫作靈感。在西方中心主義的傳媒時代，導師提倡「發現東方與文化輸出」，體現了中國知識分子自覺的價值擔當，而中國文化走向世界有所作為的籲求，也正在得到越來越多的回應。十年來，從本科論文到碩士論文再到博士論文，從參與科研項目到發表學術成果，從成家立業到考學求職，導師對我的關懷遠遠不是師生這一層面所能涵蓋的。總是同時間賽跑的導師更教會了我做人的道理：生命之樹常青，只爭朝夕，永遠不給自己任何懈怠的理由，只有磨礪過的人生才有價值。我對這一切銘記在心，但願未來的日子，自己不辜負老師的希望，以北大為平臺飛得更高更遠。

感謝中文系的楊鑄老師、張輝老師和王麗麗老師，哲學系的章啓群老師和朱良志老師，藝術學院的高譯老師，感謝中國社會科學院的黨聖元老師，北京語言大學的黃卓越老師，清華大學的蕭鷹老師、羅鋼老師和中國傳媒大學的張晶老師，這些年來，在開題、寫作、修改和答辯的過程中，他們對我給予了無微不至的指導，這篇論文凝聚了他們的心血。感謝錢理群、盧永璘、吳曉東、韓毓海等諸位老師，課堂內外聆聽到的教誨，啓發和堅定了我從事學術研究的信念。

感謝戴登雲師兄幫助我走上學術的道路；感謝時勝勳師兄的悉心指點，讓我完善了論文的篇章結構；感謝陳春蓮師妹為我的答辯付出的辛苦；還有眾多師兄、師姐、師弟和師妹們，與你們共處的這些日子，是我人生的寶貴財富。

感謝七年來的舍友李春，共同的興趣與愛好使我們無話不談，他超凡的外語天賦幫我解決了西文文獻方面的困難。感謝與我在《北京大學研究生學志》編輯部一起工作過的各個院系的同學，2008 年我們共同參與的「西學視

野下的中國形象」系列筆談幫我完善了論文的主題，跨學科的學術交流使我受益匪淺，以學問爲事業則昇華了我的人生理想。

最後，我要感謝我的家人。感謝從襁褓中撫養我長大成人的外婆，願她的靈魂在天國永安；感謝將我帶到這個世上，爲我含辛茹苦的母親；感謝一直爲我學業和工作操勞奔波的舅舅；感謝我溫柔嫻靜的妻子，她對我求學和研究工作的支持，使我感受到相濡以沫的幸福。無論過去、現在還是未來，我的人生與他們同在。

學生時代最大的收穫就是感恩，那些所有與我在現實和文本中相識結緣的名字，都以不同方式影響和改變了我的人生，我不是一座孤島。我願以感恩的心面對未來的日子，努力讓這個世界更多寬容與友善。

2010 年 5 月 24 日星期一

於燕園

PS：論文付梓已是四年以後的事情，世事變化如白雲蒼狗，當初許下的諾言立下的志向，大多沒有實現。我的人生反而是朝著某種意料之外的方向行進著，但每次繁忙的工作之餘，打開電腦修改完善這篇文檔，眼前總是浮現出問學燕園的如歌十年。昌平園 2 號樓，燕園 38 樓，萬柳公寓 6 區，暢春園 4 號樓，燕園 30 樓，如大雁般在北大盤旋了 11 年，多少建築已成廢墟，多少故人已隔天涯，但對知識的虔誠與敬畏，對未來的理想與夢幻，長久在我的心頭跳動。曾經同來的注定分別，曾經分別後又在人生的某個十字路口重逢，感謝自我出生之日起所有相遇過的人。

從象牙塔走入機關大院，從關注文學形象到研究家國、政治形象，「形象」這一主題一直貫穿於我的經歷。套用靜安先生的三境界說，這些年我對生命與學問的感觸，經歷了三個階段，第一階段是「當時只記入山深，青溪幾度到雲林」，第二階段是「我本淮王舊雞犬，不隨仙去落人間」，第三階段是「夜深忽夢少年事，夢啼妝淚紅闌干」。只有親身體驗到社會運行的實際才有更爲直觀眞切的感受，如今的我更多感到，家國形象同人生定位一樣，是一個永遠在延續和波動的過程，無論人生的規劃是否成爲現實，能做的僅僅是保持

初心，積極融入和改變我們共同生活著的時代。生命與學問應該是相依相伴的孿生兄弟，以入世的心態做學問，以做學問的專注入世，用學術訓練的尖銳與犀利，去閱讀家國世界這本大書，參透紅塵人世的玄機。

這些年我最大的收穫是大仲馬所謂「最好的作品」——孩子，看著兒子走出襁褓，蹣跚學步，直至今天活蹦亂跳不時用匪夷所思的追問把我難倒，我深感人世間的幸福不在別處，就在身邊。感謝我可愛的兒子，感謝我的母親和妻子。唯一要做的就是倍加珍惜福田福報，為身邊的人守護好自己前進的每一步。

感謝我的導師王岳川教授，不僅悉心指導論文寫作，更向出版社鼎力推薦書稿。感謝花木蘭文化出版社的楊嘉樂副總編輯、高小娟社長為本書出版傾注的心力。與你們結下的善緣是我極大的榮幸。

「恒患意不稱物，文不逮意」，本書在博士論文基礎上修改完成，限於學力不足，加之後來沒有展開深入研究，疏漏錯誤之處一定不少，懇請讀者方家予以指正。我將以虔誠的心態對每一處錯誤負責。

2014 年 9 月 18 日星期四

於北京